Les magiciennes des âmes perdues

MEGAN

HART

Les magiciennes des âmes perdues

ROMAN

Traduit de l'américain
par Adèle Dryss

J'AI LU

Titre original
PLEASURE AND PURPOSE

Éditeur original
The Berkley Publishing Group, published by
The Penguin Group (USA) Inc.
375 Hudson Street, New York, New York 10014, USA.

À CelticAngel – vous savez pourquoi !
À mon super agent, Laura Bradford,
et à ma super éditrice, Cindy Hwang,
sans qui cette histoire n'aurait pu voir le jour.
Et, bien sûr, comme toujours et à jamais,
à Superman, parce que je n'aurais jamais rien fait de tout cela sans toi. Chacun d'entre nous a besoin d'un ange qui lui dit qu'il est capable de mener à bien sa destinée, capable de nourrir sa destinée.
Dean a Zachariah. Moi, je t'ai.

À une lectrice.
N.d.É.

Cinq principes de l'ordre de la Rédemption

1. *Il n'y a pas de plus grand plaisir que d'apporter le soulagement absolu.*
2. *La vraie patience porte en elle sa propre récompense.*
3. *Ce sont les épines qui font la beauté d'une fleur.*
4. *Égoïste est le cœur qui pense d'abord à lui.*
5. *Femmes nous naissons et femmes nous finirons.*

Remerciements

Je pourrais écrire sans musique, mais je suis heureuse de ne pas avoir à le faire.

Angel, Sarah McLachlan
Blue Dress, Depeche Mode
Breathe Me, Sia
Dragonfly, M. Craft
Écrire l'amour, Étienne Drapeau
Gravity, Sara Bareilles
Hanky Panky, Madonna
Hide and Seek, Imogen Heap
I Will Be Here, Steven Curtis Chapman
Keep Breathing, Ingrid Michaelson
Little Fox, Heidi Berry
Never Alone, Barlow Girl
Parce mihi domine, Jan Garbarek & The Hilliard Ensemble
Trio en mi bémol majeur, Schubert
Red Shoe Requiem, George S. Clinton
Set the Fire to the Third Bar, Snow Patrol featuring Marrha
Speeding Cars, Imogen Heap
Touch, Sarah McLachlan
The Way I Am, Ingrid Michaelson

Sérénité

1

Sérénité Faine n'avait jamais été affectée dans une maison aussi modeste. Elle n'avait même pas de nom... Comment un homme comme Edward Delaw, qui occupait une position aussi importante à la cour de Firth, pouvait-il habiter une demeure aussi humble? se demanda-t-elle en s'arrêtant à la grille pour observer la bâtisse.

— Tout va bien, madame?

Elle se retourna vers le cocher de la voiture qu'elle avait louée à la gare de Pevensie.

— Oui, Thomas, merci. M. Delaw m'attend.

Thomas considéra les lieux d'un air dubitatif.

— Vous êtes sûre? Il aurait envoyé quelqu'un vous accueillir, si c'était le cas.

— Je suis en avance. Le col de la montagne était dégagé et mon voyage a pris moins de temps que prévu. Tout ira bien.

L'homme semblait sceptique, et elle devina qu'elle devait lui paraître bien vulnérable dans sa tenue de voyage des plus simples, coupée dans un tissu grossier de couleur prune, ses longs cheveux blond foncé noués en une épaisse natte. Sa petite taille et sa minceur accusaient encore cette fragilité apparente. D'une main, elle tenait un bagage à roulettes; de l'autre, son paletot trop chaud en ce début de printemps.

Elle se demanda fugitivement si son aspect ne le décevait pas.

— D'accord, répondit-il en claquant la langue pour faire avancer les chevaux. Je repasse par ici après-demain, si vous avez besoin de moi.

Serena reporta son attention sur la maison. Du lierre vert tendre grimpait à l'assaut des murs de brique rouge, et la hauteur du toit à pignons laissait imaginer des chambres mansardées et confortables. De la fumée s'échappait de la cheminée, dessinant dans le ciel d'azur de longues volutes torsadées.

Les coquillages pilés de l'allée crissaient sous ses pas tandis qu'elle se dirigeait vers la porte dont le heurtoir, une tête de lutin en cuivre avec un anneau dans le nez, la fit sourire. Petit détail qui montrait que le maître des lieux avait le sens de l'humour et un certain style, malgré la simplicité de la maison et du jardin.

Elle se concentra un instant avant de frapper. Comme chaque fois qu'elle s'apprêtait à affronter une nouvelle mission, elle éprouvait une certaine appréhension qu'elle ne devait pas laisser transparaître. Après tout, un homme qui s'adressait à l'ordre de la Rédemption pour demander une dame de compagnie avait certaines exigences.

Elle se remémora les cinq principes de l'ordre et se calma peu à peu. Au moment où elle levait le heurtoir, la porte s'ouvrit si brusquement qu'elle fut déséquilibrée, et un homme qui sortait au même moment la heurta de plein fouet.

— Plus tard ! lançait-il derrière lui. Bonjour ! ajouta-t-il dans la foulée, en retenant la jeune femme qu'il venait de bousculer. À qui ai-je l'honneur ?

Il lui avait saisi le bras et la taille pour l'empêcher de tomber.

Serena lissa les plis de sa robe en s'efforçant de reprendre contenance.

— Je suis la dame de l'ordre que vous avez demandée, lord Delaw… car vous êtes bien lord Delaw, n'est-ce pas ?

— Je ne vous attendais pas avant une quinzaine de jours.

— J'ai voyagé plus vite que prévu. J'espère que mon arrivée anticipée ne vous cause aucun désagrément.

— Il se trouve que je pars pour Pevensie, où le prince de Firth m'attend pour me montrer son dernier jouet. Mais je serai de retour dans la soirée. Margera s'occupera de vous en attendant.

Son regard se posa sur le sac à roulettes usagé, aux pieds de la jeune femme.

— Ce sont là tous vos bagages ?

— Oui, milord, je…

— Ah oui, c'est vrai, dit-il avec un plissement des lèvres qui pouvait passer pour un sourire. L'ordre m'a prévenu qu'il m'incomberait de subvenir à vos besoins. Très bien, j'en profiterai pour prendre les dispositions nécessaires pendant que je serai en ville.

Il jeta un coup d'œil derrière elle, dans l'allée, et appela un homme qui venait de déboucher au coin de la maison en tenant par la bride un cheval noir scellé.

— Peter ! Dépêche-toi, mon gars ! Je suis pressé !

D'un bond, lord Delaw se jucha sur sa monture et partit au trot sans perdre une seconde.

On lui avait déjà réservé des accueils plus chaleureux, songea Serena en se tournant vers le palefrenier.

— Bonjour, lui dit-elle.

— Bonjour. Excusez-moi… vous êtes… ? Ah, j'y suis ! La dame de l'ordre, bien sûr. Dieu merci, vous voilà ! s'exclama-t-il en se baissant pour prendre le sac.

— Oui, euh… si je puis me permettre, pourquoi êtes-vous si heureux de me voir ?

Avec un petit rire, l'homme s'effaça pour la laisser passer.

— Parce que notre lord Edward est un sacré grincheux et franchement, ma mère et moi, on craint qu'il n'ait une attaque d'apoplexie s'il ne trouve pas très vite un peu d'apaisement.

Cette réponse n'étonnait pas vraiment Serena.

— Je ferai ce que je pourrai.

— M'man ! Elle est là ! cria Peter en traversant un petit vestibule et en lui ouvrant le chemin vers l'arrière de la maison.

Une odeur de pain chaud mêlée à d'autres fumets alléchants mit la jeune femme en appétit. Son estomac produisit un gargouillis révélateur qui fit rire Peter.

— Ma mère va vous préparer un repas pendant que je monte votre sac dans votre chambre.

— Merci, Peter, répondit Serena en souriant au jeune homme qui s'inclina exagérément devant elle.

— M'man !

La femme replète, qui était en train de sortir un plat du four, se redressa, les joues rouges.

— Par les flèches de Sinder, Peter ! Tu es obligé de crier comme si on était en train de t'égorger ? Qui est-ce ?

— C'est... Excusez, madame, mais je n'ai pas saisi votre nom.

— Sérénité. Sérénité Faine, répliqua-t-elle en s'avançant vers la femme.

— Vos parents étaient sous l'effet du worm quand ils vous ont baptisée, ou quoi ?

Serena ne s'offensa pas de cette allusion au fait que ses parents auraient abusé de ce vin additionné d'une substance hallucinogène très prisé chez les riches.

— Le nom de Sérénité est celui qui m'a été donné quand je suis entrée dans l'ordre de la Rédemption. Appelez-moi Serena, si vous préférez.

— Moi, c'est Margera. L'effarouchée, là, qui se cache dans le coin, c'est Abbie. Elle s'occupe du rez-de-chaussée.

L'intéressée émit une sorte de grognement en se renfonçant dans l'encoignure.

— Bonjour, Abbie, dit Serena sans obtenir de réponse et sans davantage s'en offenser.

— Elle a peur de vous, expliqua Margera. Je lui ai pourtant dit que vous ne mordriez pas – en tout cas, pas elle – mais elle est plutôt sauvage.

Abbie grogna de nouveau et quitta furtivement la pièce.

— Elle prend facilement la mouche, révéla Margera en agitant ses boucles grises. Peter ! Tu laisses ces petits gâteaux, sinon je te coupe les doigts !

Peter marmonna en saisissant une poignée de pâtisseries et s'éclipsa à son tour en courant.

— Il aura ma mort, celui-là ! Vous avez des enfants, Serena ?

— Non, répondit la jeune femme avec un pincement au cœur.

— Je suppose que vous avez faim.

— En vérité, je suis affamée.

— Eh bien, ça ne vous fera pas de mal de manger un peu, croyez-moi ! répliqua Margera d'un ton réprobateur. Un souffle de vent et vous vous envoleriez.

Serena se mit à rire.

— Tout de même pas ! Mon dernier maître préférait que je sois mince, il est vrai.

— Ici, le maître n'aime pas les sacs d'os, rétorqua Margera en coupant un pain brun avant de disposer les tranches dans une assiette, près d'un beurrier et d'un pot de lait.

Elle ajouta une tranche de pâté en croûte, puis invita Serena à s'asseoir à la table de bois massif.

— Si mon client préfère que je sois plus ronde, je m'efforcerai de le devenir, dit Serena en s'asseyant, l'eau à la bouche.

— Je m'attendais à ce que vous soyez un peu plus maquillée, un peu plus apprêtée, remarqua Margera en sortant une nouvelle fournée de petits pains.

— J'ai fait un très long voyage, vous savez, et le confort relatif ne facilitait pas la coquetterie.

Margera hocha la tête en lui tendant le couteau du beurre.

— Certes, mais vous négligez votre apparence, alors que vous êtes prête à maigrir ou à engraisser pour un homme ?

— Je ferais tout mon possible pour soulager le cœur de lord Delaw, répondit-elle en tartinant sa tranche de pain d'une épaisse couche de beurre.

— Vous irez jusqu'à honorer son lit, n'est-ce pas ?

— S'il me le demande, oui, je le ferai, acquiesça tranquillement Serena.

Le pain était délicieux.

— Alors, qu'est-ce qui vous rend différente d'une prostituée ?

— Les prostituées sont payées pour les services qu'elles proposent. Moi, je suis récompensée pour ce que je donne.

— Et vous donnez quoi ?

— La sérénité, bien sûr.

À la nuit tombée, Edward rentra chez lui dans un état de fatigue et d'irritation extrêmes. Heureusement, il s'était un peu calmé en s'apercevant que la fureur menaçait de lui donner la migraine.

Cillian Derouth accumulait tous les travers qui auraient dû l'empêcher d'être couronné prince de Firth. Il était arrogant, vaniteux, inconséquent, immoral et, pire que tout, intelligent. Un être stupide et dépravé aurait pu être façonné, entretenu dans la débauche afin d'être mieux contrôlé. Mais Cillian était plus futé que tous ceux qui l'entouraient, y compris son père, le roi Allwyn, tous ses conseillers et ses compagnons de noblesse. Plus futé qu'Edward lui-même, il devait bien le reconnaître, même s'il lui en coûtait. Toutes ces qualités avaient rendu Cillian dangereux.

D'un côté, il l'avait toujours été, même lorsqu'ils allaient à l'école ensemble. Mais ils étaient heureux, à l'époque. Le temps et les circonstances avaient ajouté la folie à la liste des défauts de Cillian, et Edward portait sa part de responsabilité dans cette affaire. Une responsabilité à laquelle s'ajoutait un lourd sentiment de culpabilité, que son rôle de chien de garde auprès de son ami d'enfance pour le compte de son père le roi ne soulageait en rien.

Laissant son cheval aux bons soins de Peter, Edward entra dans la maison avec l'intention de prendre un verre et de se mettre au lit. Avec un peu de chance, il passerait une nuit sans rêves. Le rai de lumière qui filtrait sous la porte de sa chambre l'arrêta net. Puis il se souvint.

Elle était arrivée aujourd'hui.

La dame de l'ordre. Il l'avait oubliée. Contrarié, il soupira en songeant qu'il allait devoir parler à cette femme, s'occuper d'elle alors qu'il n'aspirait qu'au repos.

Il ouvrit la porte et... se figea sur place. Elle avait rangé son salon privé, qui n'avait pas connu les attentions d'une bonne depuis qu'il avait renvoyé la dernière en date deux mois plus tôt, pour maladresse. Et elle ne s'était pas contentée de ranger. Son bureau, le manteau de la cheminée, les étagères de la bibliothèque et la petite commode reluisaient de propreté. Devant l'âtre où un feu crépitait, son fauteuil l'attendait, sur le tapis en tapisserie, près de la table basse où étaient posées une théière et une tasse.

La jeune femme s'était changée. Agenouillée devant les flammes, le dos d'une main dans la paume de l'autre, elle portait une robe bleu sombre à col montant et boutonnée sur le devant, de haut en bas.

— Lord Delaw, dit-elle en souriant.

D'un mouvement souple, elle se leva pour enlever du feu la bouilloire qui venait de se mettre à siffler et versa de l'eau dans la théière. Chacun de ses gestes était mesuré, précis, efficace. Toujours souriante, elle se plaça devant lui. Sa petite taille l'obligeait à lever la tête pour le regarder, et il découvrit que la couleur de ses yeux était la même que celle de sa robe.

— Puis-je vous débarrasser de votre manteau ?

Edward connaissait les fonctions des dames de compagnie de l'ordre de la Rédemption. Il avait dû signer un tas de documents pour attester qu'il comprenait à quelles responsabilités il s'engageait envers elle, et ce qu'elle lui procurerait en retour. Il n'avait engagé ni une servante personnelle ni une prostituée, mais un mélange des deux, et en même temps ni l'une ni l'autre. D'après son sourire, sa façon de s'agenouiller... il devina qu'elle lui apporterait bien plus encore.

— Je suis capable de l'enlever tout seul, merci.

Comme étonnée, elle inclina la tête.

— À votre guise. Mais je suis ici pour vous servir et je me ferai un plaisir de veiller à votre confort.

Il l'observa un instant, remarquant ses sourcils pâles, ses lèvres d'un rose soutenu.

— Vous êtes plus jolie que je ne m'y attendais.

Son sourire s'élargit imperceptiblement.

— Je suis heureuse que mon apparence vous plaise.

— Vous m'avez fait du thé ? demanda-t-il, comme elle semblait attendre quelque chose.

— Oui.

— À cette heure, le thé m'empêche de dormir. J'ai besoin de me reposer.

— C'est un mélange de ma composition, une combinaison d'herbes qui facilitent la détente.

— Très bien, dit Edward, impressionné malgré lui.

À peine était-il assis qu'elle se mettait à genoux à ses pieds, servait le thé et lui tendait sa tasse, avant de reprendre sa position, les mains l'une dans l'autre, paumes vers le haut.

L'arôme du breuvage était réellement agréable. Il en but une gorgée.

— C'est bon.

— Je vous ai fait couler un bain. Il sera à la température idéale quand vous aurez terminé votre thé.

Edward s'interrompit au moment où il allait prendre une nouvelle gorgée.

— Comment avez-vous fait ? Le thé ? Le bain ? Vous ne saviez pas à quelle heure je rentrerais.

— En effet, mais cela fait partie de mes attributions et de mon plaisir que de prévoir ces choses-là. Je ne serais pas une dame de l'ordre digne de ce nom si je n'étais capable de guetter votre retour par la fenêtre.

Il l'observa plus attentivement.

— Comment vous appelez-vous ?

— Sérénité, milord.

— Sérénité... ? Voilà un prénom peu courant.

— C'est celui qui m'a été donné quand je suis entrée dans l'ordre.

— Je vois, dit-il alors qu'il ne voyait rien du tout, car s'il connaissait les fonctions de l'ordre de la Rédemption, il savait peu de choses de son fonctionnement. Il vous plaît ?

— Mon nom ?

— Oui, Sérénité.

— Oui, répondit-elle après un silence. La sérénité vient avec la rédemption, non ? C'est ce que vous avez choisi, n'est-ce pas ? Mais vous verrez que la quiétude n'est pas forcément synonyme d'inaction.

Elle avait raison, et aucune des femmes de chambre qu'il avait eues à son service n'aurait su faire une telle réflexion.

— Toutes les dames de compagnie de l'ordre ontelles un surnom ?

— Lorsque nous y entrons, nous recevons un nom qui reflète la nature de nos compétences. Vous pouvez m'appeler Serena, si vous préférez.

— Non, je trouve que Sérénité vous va très bien.

Quand elle lui sourit, il se demanda comment il avait pu croire qu'elle n'était pas jolie.

— Merci. Et moi, comment dois-je vous appeler ?

Cette question surprit Edward.

— Comment appeliez-vous ceux qui m'ont précédé ?

Ses yeux bleus pétillèrent, et il pensa à l'éclat du soleil sur une source d'eau pure.

— Comme ils le souhaitent. Milord ou milady, monsieur ou madame, maître ou maîtresse.

— Rien de tout cela, pour ma part, trancha-t-il, même si ces marques de révérence d'un autre temps sonnaient agréablement dans sa bouche. Appelez-moi Edward, ou monsieur, si vous préférez.

Sérénité inclina brièvement la tête.

— C'est votre préférence qui compte. Peut-être pourrions-nous essayer de la déterminer ensemble ?

De nouveau, cet éclat dans les yeux de la jeune femme. Il ne s'attendait pas à ce qu'elle ait le sens de l'humour, et au lieu de le mettre à l'aise, son attitude le désarçonnait.

— Êtes-vous obligée de vous agenouiller ?

— C'est la posture de l'attente, dit-elle avec l'air de quelqu'un qui avait répondu à la même question des centaines de fois. Je trouve cette position confortable et commode, dans l'exercice de mon service.

— Mais vous ne l'adoptez pas quand je ne suis pas là, n'est-ce pas ?

— Cela m'arrive de temps en temps, monsieur, lorsque je ne suis pas en train d'épousseter, de mettre de l'ordre ou de faire le thé.

Bon sang ! Elle était intelligente et elle avait de l'humour, en plus, songea-t-il en détournant le regard, s'efforçant de cacher l'intérêt qu'elle éveillait en lui.

— Vous avez fait des miracles. Celle qui vous a précédée chamboulait tout, alors que vous êtes parvenue à ranger sans rien changer de place.

Elle éclata de rire en renversant la tête en arrière et il contempla l'éclat de la lumière sur sa peau, les reflets dorés qui dansaient dans ses cheveux nattés.

— Je dois avouer que ce n'était pas une mince affaire, monsieur. Vous m'avez laissé un vrai défi à relever, mais le négligé et le désordre ne conviennent pas à la sérénité.

La pièce était beaucoup plus accueillante, il devait le reconnaître. Son regard s'arrêta sur la petite commode en bois ouvragé. Pour lui, et sans doute parce qu'il était le seul à en connaître le contenu, elle restait l'élément principal du mobilier. Les poignées fraîchement polies étincelaient.

— Vous avez carte blanche dans mes appartements, mais ne touchez pas à ce meuble, compris ?

— Bien sûr, s'inclina-t-elle sans lui poser aucune question, sans même regarder la commode. L'ordre m'a choisie d'après le questionnaire détaillé que vous avez rempli. J'espère que je correspondrai à votre attente, mais si vous avez des désirs particuliers, ou si, au contraire, certaines choses vous dérangent, dites-le-moi.

N'était-ce pas aussi pour cela qu'il l'avait demandée ? Pour sa discrétion, sa malléabilité ? En outre, elle était attirante, il ne pouvait le nier. Il aimait sa voix douce, ses gestes calmes, sa robe simple qui accentuait néanmoins chaque courbe de son corps, sa longue natte d'or…

Il reposa sa tasse sur le plateau, se leva et se dirigea vers le cabinet de toilettes.

— J'aimerais prendre ce bain, maintenant, dit-il en remarquant au passage qu'elle avait aussi changé les draps.

Elle avait d'ailleurs préparé le lit en repliant le bord des couvertures en triangle. Des senteurs d'essence de giroflée s'échappaient des oreillers soigneusement retapés.

Du savon et des serviettes étaient posés près de la baignoire d'où s'élevait un nuage de vapeur.

— Vous pouvez…

Me laisser, allait-il dire en se retournant. Mais il n'avait pas fini sa phrase qu'elle commençait déjà à déboutonner sa veste avec la même habileté qu'elle avait mise à servir le thé. Quelque chose dans la célérité, l'aisance de ses mouvements le cloua sur place.

— Personne ne m'a déshabillé depuis l'époque où j'étais en culottes courtes, murmura-t-il tandis qu'elle suspendait sa veste à un cintre.

Elle s'attaqua ensuite aux boutons de sa chemise, puis aux cordons de ses manches.

— Si jamais ce que je fais vous indisposait, dites-le-moi. Tant que je serai à votre service, je m'efforcerai de prévoir tous vos besoins et de vous satisfaire.

Il sentit ses petites mains agiles papillonner sur son torse, le temps qu'elle le débarrasse de sa chemise qui alla rejoindre la veste, dans la penderie. Puis elle entreprit de dégrafer la ceinture de son pantalon, et le cœur d'Edward fit un bond. Il y avait des mois qu'une femme ne l'avait pas touché à cet endroit.

— Et vous croyez que ça fera revenir la Famille sainte ? demanda-t-il pour essayer d'oublier la sensation de ses mains sur son ventre et le long de ses cuisses.

— Oui, absolument.

Elle s'était agenouillée devant lui et lorsqu'elle leva la tête, son visage se retrouva à quelques centimètres à peine de son caleçon. Il ne put s'empêcher d'imaginer sa bouche chaude sur la peau tendue de son sexe. Pourtant, elle ne faisait rien pour l'exciter…

— Vous n'êtes pas croyant, milord ?

Préférant engager une discussion philosophique plutôt que de penser à ses lèvres sur son pénis, il lui fit une réponse plus étoffée que prévu.

— L'histoire de Sinder et de la Famille sainte a été inventée par les prêtres pour faire peur aux hommes trop enclins aux excès en tout genre.

Elle dénoua elle-même le caleçon qui tomba à ses pieds dans un bruissement léger, l'incita à l'enjamber puis se leva sans même un regard sur sa nudité. Lui prenant la main, elle le guida vers le bac carrelé, légèrement en contrebas, au fond duquel se trouvait une grille d'évacuation.

— Seulement aux hommes ?

Pendant qu'il s'installait sur le banc prévu pour la toilette, elle trempa le gant dans un petit seau d'eau savonneuse.

— Ce sont rarement les femmes qui pillent ou qui tuent. Elles se contentent en général de voler et de mentir, jeta-t-il.

Elle le savonna, le rinça rapidement, et attendit qu'il soit dans la baignoire pour ajuster la température. Il ne put réprimer un petit soupir d'aise en s'adossant contre la céramique tandis que l'eau chaude caressait sa peau, et il commença à déboutonner la robe de la jeune femme, fermée jusqu'au cou, sans la quitter des yeux.

Il découvrit en dessous une fine chemise profondément décolletée sur des seins opulents. Une fente étroite laissait entrevoir des cuisses pâles et lisses entre lesquelles on devinait une ombre triangulaire.

Elle s'assit au bord de la baignoire et prit un gant.

— Puis-je vous aider ?

— Oui.

N'était-ce pas pour cela qu'il l'avait demandée ? Pour qu'elle l'assiste, dans tous les domaines ?

La vapeur du bain faisait rougir ses joues et frisotter les petits cheveux qui s'échappaient de sa natte. Elle promena le gant enduit d'huile odorante sur sa peau, mais il s'agissait plutôt d'un lent massage car elle l'avait déjà lavé.

— Personne ne m'a jamais… commença-t-il avant de s'interrompre, surpris par le son rauque de sa propre voix.

— … touché de cette manière ? murmura-t-elle en le regardant droit dans les yeux. Pris soin de vous de cette façon ?

Il acquiesça et se perdit dans les profondeurs bleues de ses yeux. Sa main se mouvait maintenant sur son ventre, et il sentit son sexe se tendre bien qu'elle ne l'ait pas touché. Un faible gémissement lui échappa. S'il avait surpris la moindre lueur narquoise dans son regard, il l'aurait renvoyée sur-le-champ, mais elle se contentait de le fixer avec une certaine solennité.

— Lord Edward, vous êtes tendu, de mauvaise humeur. Me permettez-vous de vous soulager ?

Elle attendit qu'il ait acquiescé d'un hochement de tête pour prendre son sexe dans sa main. Il ferma les yeux. Serena le masturba sans hâte tout en le caressant entre les jambes, de l'autre main. Il en avait envie depuis qu'il l'avait vue agenouillée en train de l'attendre. Oui, il avait tout de suite eu envie de sentir ses doigts, ses belles lèvres roses autour de son sexe. Envie d'entrer en elle pendant qu'elle tremblerait dans ses bras en criant de plaisir.

Edward rouvrit les yeux, s'attendant à se retrouver devant une prostituée à l'air blasé, mais il ne vit qu'une femme totalement concentrée sur ce qu'elle faisait. Sa poitrine se soulevait au rythme de son souffle rapide. L'eau avait rendu sa chemise totalement transparente et il distinguait clairement les pointes tendues de ses seins, au travers.

— Ça vous plaît ? demanda-t-elle en souriant.

— Enlevez… enlevez votre robe.

Elle obéit et il l'attira vers lui. Sans la moindre hésitation, elle entra dans l'eau et s'installa à califourchon sur lui. Sans plus d'hésitation, Edward la pénétra. Un petit cri de surprise échappa à la jeune femme.

— Je vous fais mal ?

— Non.

Comme il s'y attendait, elle était chaude. Trempée. Étroite. Il était bien en elle, et il se mit à onduler lentement. Serena murmura des paroles inarticulées et il dut s'interrompre car il commençait à perdre le contrôle. Son corps brûlait d'envie de se laisser aller à la frénésie de l'amour, mais son esprit s'accrochait à la raison.

Il reprit son va-et-vient avec l'eau qui clapotait entre eux. Quand il pinça doucement ses tétons entre ses doigts, elle émit de nouveau ce petit bruit, alors il s'arc-bouta en elle, d'une poussée, en faisant tourner les bouts de ses seins entre ses doigts.

Serena lâcha un long soupir et il eut envie de la baiser follement, sans retenue... de la serrer contre lui... de la mordre... Au lieu de cela, il écarta sa longue natte pour contempler la ligne admirable de son cou, posa les dents sur la peau tendre de sa gorge, avide de tester son goût, de se perdre en elle, de la posséder tout entière.

Comme elle gémissait de plus en plus fort, il finit par lâcher prise. Il intensifia le mouvement tout en plongeant une main dans ses cheveux. Un bout de sein disparut dans sa bouche. Doucement, il suçota cette fleur encore inconnue et se délecta de sa saveur légèrement salée.

Il allait jouir. Ses genoux cognaient contre les parois de la baignoire au rythme de ses coups de reins effrénés. L'eau les éclaboussait comme la mer les rochers.

Serena cria plus fort et, dans un sursaut de raison, il redescendit sur terre, prenant conscience qu'il était brutal. Mais il était allé trop loin, il ne pouvait plus faire marche arrière.

La jeune femme émit une ultime plainte et il laissa exploser son plaisir. Il crut perdre pied, mais s'efforça de ne pas sombrer dans la spirale vertigineuse de la passion, sinon il ne répondrait plus de rien.

Lorsqu'il eut un peu repris ses esprits, il s'aperçut que le cou de Serena portait la marque rouge de sa voracité. Restait à espérer que sa fougue n'avait pas laissé sur elle d'autres traces...

Retenant son souffle, il scruta son regard, cherchant dans ses yeux les signes de la douleur ou de la colère, expressions qu'il avait déjà suscitées chez ses partenaires.

Mais elle souriait.

— Sérénité ?

— Milord ?

— Laissez-moi.

Son sourire vacilla, mais elle s'écarta. Honteux de ce qu'il venait de faire, Edward quitta la baignoire où l'eau refroidissait déjà. Il se sécha devant la glace, détestant le reflet du visage sévère et accusateur qu'il lui renvoyait.

— Vous ai-je déplu ? s'enquit-elle derrière lui.

Il se tendit, attendant un geste de sa part, mais elle ne le toucha pas. Qu'elle soit là pour lui apporter le bien-être total n'excusait pas la façon dont il venait de se conduire. Il aurait pu prendre son plaisir sans pour autant agir comme un rustre.

Sans un mot, il se dirigea vers la porte et la laissa seule.

2

Surprise par son brusque changement d'humeur, Serena n'hésita pas à le suivre pour autant. Saisissant sa robe au passage, elle l'enfila et la reboutonna tant bien que mal tout en se hâtant derrière lui, pieds nus. Vêtu d'un peignoir de soie, la ceinture dénouée, il se tenait devant le feu du salon.

Se demandant ce qu'elle avait pu faire pour le froisser, Serena adopta la position de la servante fautive, comme on le lui avait enseigné, et s'agenouilla près de lui, sur le tapis.

— Pardon, milord, dites-moi en quoi je vous ai déplu…

— Arrêtez. Qu'est-ce qui vous prend ?

— Si j'ai mal agi…

Il l'observa avec une expression indéchiffrable.

— Enfin, que faites-vous ?

— J'attends.

— Vous étiez moins soumise, tout à l'heure !

— Mais je vous ai déplu, alors je vous exprime mes regrets, expliqua-t-elle.

— Vous ne m'avez pas déplu ! Relevez-vous !

Il se détourna, mais elle le contourna et se plaça devant lui. S'il avait voulu qu'elle parte, il le lui aurait dit.

Une dame de l'ordre de la Rédemption ne se contentait pas de servir le thé à l'heure ou de nettoyer une chambre en désordre. Sa mission consistait à délivrer les âmes torturées de leurs démons, et chaque fois qu'elle parvenait à apaiser une âme en détresse, c'était une flèche de plus dans le carquois de Sinder. Lorsque le carquois serait plein, et seulement alors, lui et sa femme et son fils, la Famille sainte, reviendraient pour dispenser la paix.

Pour cela, il ne suffisait pas de savoir procurer un confort physique. Les femmes de l'ordre devaient aussi apporter la paix de l'âme, et c'était là une entreprise de longue haleine nécessitant beaucoup de finesse et d'intuition. Jusqu'ici, Serena se félicitait, non sans une certaine fierté, de sa capacité à deviner puis assouvir les besoins de ceux qu'elle servait.

Mais de quoi celui-ci avait-il besoin ? Lui donner son corps n'avait pas suffi à soulager ses tensions. Visiblement, elle devait apprendre à le connaître mieux si elle voulait obtenir un résultat.

— Il n'est pas si facile de vous comprendre, milord. Cela me prendra plus de temps que prévu, j'en ai peur, et je vous prie de m'en excuser.

— Cessez d'insinuer que vous avez échoué, répliqua-t-il froidement.

— Je suis ici pour vous servir, mais femme je suis née et femme je finirai. Je ne suis pas une magicienne et je ne sais pas lire dans les pensées.

— Je n'aurais pas dû agir comme je l'ai fait pendant le bain.

— Vous… vous ne vouliez pas faire l'amour ?

Il éclata d'un rire sans joie.

— Je ne vous ai pas fait l'amour. Je vous ai baisée.

— Et vous ne vouliez pas me baiser ? enchaîna-t-elle en esquissant un sourire.

— Bien sûr que si, maugréa-t-il.

— Alors où est le problème ?

D'un geste prompt, il ouvrit les boutons qui fermaient le haut de la robe qu'elle avait remise en hâte et effleura l'endroit où ses dents avaient laissé leur empreinte.

Un silence s'écoula, se prolongea. Comme il se taisait, elle se demanda ce qu'elle pourrait dire, elle. Elle effleura la petite marque rouge en frémissant au souvenir de la façon dont il était entré en elle.

— C'est ça qui vous inquiète ?

— Oui, ce n'était pas utile.

De nouveau, elle réfléchit en choisissant soigneusement ses mots, un peu comme si elle s'aventurait sur des sables mouvants.

— Ça l'était, sinon vous ne l'auriez pas fait.

— Faire souffrir quelqu'un pour son propre plaisir ne se justifie jamais, décréta-t-il en fixant les flammes.

— Ce n'est rien, je vous assure.

— Si petite soit-elle, cette marque n'avait pas lieu d'être !

— Vous ne m'avez pas fait mal.

— Alors, pourquoi gardez-vous des traces ?

Elle osa se rapprocher de lui.

— Monsieur… vous vous êtes adressé à l'ordre de la Rédemption pour demander une dame de compagnie. Mon rôle est, entre autres, de me rendre agréable auprès de vous, que ce soit en m'occupant de votre intérieur ou en vous offrant mon corps. Cela fait partie de mes fonctions, mais vous devez me faire confiance quand je vous dis que j'en retire aussi du plaisir.

De toute évidence, il ne la croyait pas, et elle ne put s'empêcher d'éprouver un élan de sympathie envers cet homme tiraillé par des sentiments contraires. Elle se rapprocha encore, pour l'empêcher de se réfugier dans ses retranchements.

Soucieux de cacher les émotions confuses qu'elle déclenchait en lui, il se raidit en se détournant.

— Vous pouvez disposer, jeta-t-il. Je me lève à l'aube. Soyez là à mon réveil.

Comme il n'était pas question qu'elle discute ses ordres, Serena sortit sans un mot.

— Quant à celui-ci, il peut être chauffé sur la flamme, dit Cillian, prince de Firth, en brandissant une longue et fine verge métallique, les yeux brillants.

Il cingla une ou deux fois le vide avant de la raccrocher à son support, sur le mur, puis de reculer pour admirer sa collection.

— J'adore acquérir un nouveau jouet, ajouta-t-il en se tournant vers Edward. C'est presque comme m'offrir une nouvelle fille pour mon harem.

— On ne peut qu'admirer ton… bon goût.

Indifférent à la désapprobation d'Edward, Cillian se mit à rire.

— Ah, mon cher Edward, ne me dis pas que leur vue ne te fait pas bander !

— La vue des filles ou celle des jouets ? s'enquit Edward en s'appuyant à la table de bois massif, tandis que Cillian dénouait sa cravate puis la lançait à une femme nue qui la plia soigneusement.

— Les deux, bien sûr, répondit ce dernier en ôtant sa veste qui atterrit entre les mêmes mains.

La fille lui tendit un ruban, dont il se servit pour nouer les épais cheveux châtain cuivré qu'il portait longs.

— Tu as un délicieux harem, mon prince, mais pour le reste…

— Pour le reste, je te connais mieux que tu ne te connais toi-même, Edward. Tu meurs d'envie d'avoir une femme prosternée devant toi, de voir les marques se dessiner sur sa peau pendant que tu la fouettes, de te glisser dans la chaleur humide de son vagin doux comme le velours…

— Non, l'interrompit Edward. Tu te trompes.

Cillian l'observa de plus près et pouffa en enlevant sa chemise blanche, qu'il lança comme le reste à la servante nue.

— Tu crois ? Tu peux mentir à toi-même, mais pas à ça, jeta-t-il en montrant le renflement révélateur de sa braguette. Dis-moi qu'elle te laisse indifférent, enchaîna-t-il en désignant une autre femme nue, au centre de la pièce, allongée à plat ventre sur une croix en hêtre, les mains liées de part et d'autre.

Ses longs cheveux sombres flottaient sur son dos pâle, à la peau dorée. Entravées aux chevilles, ses jambes un peu écartées laissaient entrevoir la toison sombre de son bas-ventre.

— Je ne suis pas venu parler de mes excentricités sexuelles.

— Ah ? Alors, pourquoi es-tu là ?

— Parce que ton père voulait m'entretenir de ses projets te concernant.

— Pour le poste de ministre du conseil de la Mode ? Tu ne trouves pas que le bruit est aussi beau dans l'air que sur la peau ? reprit Cillian en faisant siffler les lanières du fouet.

— Le conseil de la Mode n'est pas moins important que le reste.

— Ça va, Edward. On m'offre ce ministère pour essayer de me détourner de mes distractions favorites : le sexe, l'alcool et le jeu. Et comme mon cher père ne me fait pas assez confiance pour me laisser des fonctions qui ont une importance réelle dans le gouvernement de Firth, il a décidé que je m'occuperais de la longueur des pantalons pour la saison prochaine.

— Je n'ai pas à juger des décisions de ton père.

Le prince lui adressa un regard venimeux qui aurait fait reculer n'importe qui d'autre, mais Edward se contenta de se préparer au flot d'injures qui n'allaient pas manquer de déferler sur lui.

Contre toute attente, Cillian lui répondit très calmement :

— Mon père te paie pour jouer les nounous auprès de moi, pour tempérer mes mauvais penchants, me maintenir sur le droit chemin.

Il fit claquer le fouet sur son avant-bras et ne frémit même pas, malgré la douleur.

— Ce n'est pas vrai, Edward ?

Edward dut admettre qu'il avait raison, et une ombre assombrit les traits fins de Cillian.

— Il te paie aussi pour me rendre heureux, n'est-ce pas ?

— Aucun homme n'a le pouvoir d'en rendre un autre heureux, mon prince, répliqua-t-il en s'inclinant légèrement, une main sur le cœur.

— Toujours le même, et en même temps… pas vraiment.

Il claqua des doigts et une femme apparut avec un pichet de worm. Cillian en but une longue gorgée.

Ayant depuis longtemps appris qu'avec le prince, il était souvent préférable de savoir se taire, Edward ne réagit pas à son sourire entendu. Cillian s'essuya la bouche avec le revers de la main et rendit le pichet à la servante.

— Quand ils m'ont jugé apte à réintégrer la bonne société, ils savaient que je ne retrouverais jamais le statut que j'avais auparavant. Aucun monarque ne voudra jamais marier sa fille à un fou, même un fou totalement guéri.

Avec une grimace, il laissa les lanières du fouet caresser son bras, une lueur de colère dans les yeux mais toujours aussi calme.

— Il ne voulait pas en arriver là, tu sais, continua-t-il. Il ne t'a jamais fait confiance, Edward, même quand nous allions à l'école ensemble. Ça ne t'a pas facilité la vie de ne pas avoir les faveurs du roi, n'est-ce pas ? Tu aurais pu choisir une autre occupation, mais ton père voulait absolument que tu réussisses mieux que lui. Il était marchand d'épices, c'est bien ça ? Il a obtenu sa place à la cour à la force du poignet, comme on dit.

Edward resta de marbre, impassible.

— Les pères espèrent toujours que leurs fils prospéreront mieux qu'eux. Que pense le mien de moi, à ton avis ? demanda Cillian avant d'éclater d'un rire à faire trembler les vitres. Non, il ne voulait pas de toi du tout, mon très cher Edward, mais j'ai insisté pour que ce soit mon vieux copain d'école qui soit chargé de me garder sous contrôle. Au début, il a farouchement refusé... après ce qui s'est passé... ce que nous avons fait ensemble, toi et moi... seulement, il fallait bien que ce soit quelqu'un, non ? Et maintenant, tu as une jolie maison à l'extérieur de la ville, ton assiette n'est jamais vide et tu es toujours habillé au dernier cri. C'est plutôt rentable de veiller sur moi, hmm ?

L'émotion avait assombri les yeux verts de Cillian.

— Oui, en effet, admit froidement Edward.

Ils se défièrent du regard pendant quelques instants, dans un silence plus éloquent que les mots, et Edward se souvint du temps où il considérait cet homme comme un frère, jusqu'à ce que Cillian mette un terme à cet échange en faisant claquer une fois de plus son fouet sur le dos de sa main.

— Quelle délicieuse brûlure... Tu es prête à y goûter, chérie ?

La femme se déhancha sur sa croix, exposant son sexe humide, et Cillian sourit à Edward, démentant la tension qui les opposait.

— Je ne renoncerai pas au sexe d'une vierge pour le conseil de la Mode, Edward. Pas pour aller me préoccuper de la différence entre le bleu paon et le bleu ciel, ou du prix de la laine ou de la soie, des expéditions ou ce genre de conneries. Un jour, je serai le roi de Firth mais en attendant, j'ai l'intention de m'amuser. Tu veux savoir quel sera mon premier décret, en temps que ministre de la Mode ? Les femmes ne porteront que des colliers de bondage et les hommes, des anneaux péniens et de simples cache-sexe. Rien d'autre.

— Je crains que tu ne rencontres quelques difficultés à faire voter ce genre de décrets.

Cillian s'esclaffa de nouveau.

— Tu peux rassurer mon père. Je saurai m'entourer d'assistants efficaces, mais pour le moment, je suis en proie à certains besoins qui demandent à être satisfaits, alors à moins que tu ne veuilles t'en charger, je te conseille de reculer un peu pour que je puisse m'occuper de cette charmante créature.

Edward s'empressa de faire marche arrière. Il n'avait pas la moindre intention d'assurer ce genre de services auprès du prince. Riant de plus belle, Cillian s'approcha de la jeune femme et dégagea tendrement ses cheveux pour exposer son dos nu.

— Juste une petite séance, ma douce, murmura-t-il.

La lanière claqua sur sa peau, la faisant sursauter en criant, mais la morsure cuisante et brève agit sur elle comme une stimulation dont Cillian perçut les effluves musqués. Galvanisé, il recommença.

Edward se serait bien passé d'être le spectateur de ces débordements malsains, si le roi Allwyn ne lui avait ordonné de rester auprès du prince lorsqu'il s'adonnait à ses vices, dans la mesure du possible, pour s'assurer qu'il n'allait pas trop loin, de nouveau. Mais c'était pour lui une vraie torture, que les sarcasmes du prince rendaient plus pénible encore. Il serait volontiers parti, mais la scène qui se déroulait le riva sur place. Cillian était un maître dans le jeu de la dominance physique. Après avoir fouetté la femme jusqu'à la limite du supportable, il glissa une main entre ses jambes et insinua ses doigts en elle. Elle se cambra sans vergogne avec un nouveau cri qui n'avait plus rien de douloureux.

— Edward, viens ici.

Il obéit, parce que si son esprit hésitait, il n'en allait pas de même pour son corps...

— Elle est au bord de l'orgasme. Elle se referme comme une huître autour de mes doigts. Elle va jouir.

La fille gémissait, tremblait de tout son être. Cillian retira sa main et se lécha les doigts.

— Elle est sucrée. Je veux que tu la goûtes.

— Cillian...

— Tu n'es pas marié, hein ? Et tu n'as pas de maîtresse, je le sais, alors tu n'as aucune excuse de refuser ce qu'elle t'offre si ardemment. D'ailleurs, elle te supplierait de la combler si je ne l'avais pas bâillonnée.

— Je n'ai pas envie de...

— Fais-le, ordonna le prince d'un ton menaçant. Tu as oublié à quel point c'était bon ?

— Non, je n'ai rien oublié.

Comment aurait-il pu ? Même s'il y avait longtemps qu'il ne prenait plus son plaisir de cette manière, il gardait un souvenir très vif des sensations violentes qui l'avaient dévasté, et de leurs conséquences.

— Alors viens... allez...

Edward s'avança, furieux de constater que malgré lui, son sexe avait durci.

— Si ça peut te faire plaisir.

— Et comment ! Touche-la.

Docile, Edward glissa une main entre les cuisses de la fille, puis entre les lèvres de son sexe trempé. Il y promena les doigts, se perdit dans le miel du désir avant de trouver le clitoris, petite crête glissante, bombée, palpitante... Elle semblait impatiente, nullement incommodée par les marques que les lanières du fouet avaient laissées sur son dos.

Échauffé par une vile excitation, il la caressa de plus belle, guidé par une violente envie de saisir, de lier, de mordre et de posséder. Une plainte sourde lui échappa quand il sentit son vagin se contracter autour de ses doigts tandis qu'elle creusait les reins. Elle aimait ce qu'il lui faisait.

— Baise-la avec ta main pendant que je la caresse avec mon fouet. À nous deux, on va la faire hurler.

Sans attendre sa réponse, Cillian fit cingler les lanières sur la peau déjà marquée de la fille pendant qu'Edward, vaincu, insinuait deux doigts en elle tout en pressant doucement le clitoris avec le pouce. La fille jouit tout de suite en se tortillant lascivement sur sa croix, et il faillit jouir avec elle tant son sexe était tendu.

— Tu te rappelles ce qu'on faisait tous les deux, Edward ? lui demanda Cillian d'une voix rauque.

— Oui.

— Comment on les baisait ? continua le prince entre deux coups de fouet.

Edward ne le regardait pas. Il fixait la fille sur laquelle Cillian se penchait pour souffler doucement sur les longues marques rouges qu'il lui avait infligées.

— Tu veux savoir ce qu'ils essayaient de me dire quand j'étais à l'asile ? murmura le prince dans les cheveux de sa partenaire. Qu'un homme bien ne bande pas à la vue de poignets attachés par une lanière de cuir, ou à celle des traces rouges que sa main a laissées sur des fesses bien rebondies.

La gorge d'Edward devint sèche tandis que Cillian effleurait la peau marquée et il voulut s'écarter, mais d'un geste vif, le prince l'en empêcha et l'obligea à poser sa main sur le dos lacéré.

— Tu te souviens de ce qu'on ressent quand on fait ça ? Tu sens combien la peau est chaude ? Délicieusement chaude ? Où est l'Edward que je connaissais ? Celui qu'elles s'arrachaient, qu'elles imploraient pour qu'il les attache ? Pourquoi m'as-tu abandonné, mon ami ?

Cillian lui mit le fouet dans la main avec autorité et ajouta :

— Cette fois, c'est toi qui la fouettes et moi qui la fais jouir.

Edward se dégagea si vivement que le fouet tomba à ses pieds, et il recula comme s'il s'agissait d'un serpent prêt à le mordre.

— Tu vas trop loin, Cillian, dit-il d'une voix qu'il aurait préférée plus assurée.

— Tu es mieux placé que quiconque pour savoir que je m'arrêterai à temps. Je sais jusqu'où je peux aller. C'est toi qui...

— Au revoir, mon prince, l'interrompit Edward en s'inclinant exagérément.

Cillian ramassa son jouet.

— Tu crois ce qu'ils m'ont dit, à propos de ce que ne font pas les hommes bien, Edward ?

— Oui, fit-il en s'arrêtant au niveau de la porte.

Un rire dur s'éleva alors.

— Et tu crois que les hommes bien mentent, mon ami ?

Edward s'éloigna sans répondre et pressa le pas sans se retourner lorsque le fouet cingla de nouveau et que la fille cria.

Serena passa la journée à rendre les appartements d'Edward le plus agréables possible, tâche relativement aisée dans la mesure où ils étaient meublés confortablement et avec goût. Après avoir tout rangé et nettoyé minutieusement, elle prit un livre dans la bibliothèque et lut en attendant son arrivée.

Quand elle l'aperçut par la fenêtre, qui remontait l'allée au grand galop, elle mit la bouilloire, dont elle avait déjà pris soin de faire chauffer l'eau, sur le feu. Mais à la façon dont Edward sauta de son cheval et se dirigea à grandes enjambées vers la maison, elle devina qu'il avait besoin de quelque chose de plus fort que le thé.

Échevelé, les vêtements froissés, il entra en trombe dans la pièce, en poussant la porte si fort qu'elle rebondit violemment contre le mur et fit tomber un ouvrage de l'étagère surchargée.

Sans un mot, elle lui tendit un verre et ce qu'il s'apprêtait à dire mourut sur ses lèvres. Il avala le whisky d'un trait, grimaçant sous la brûlure de l'alcool, puis, les yeux brillants, il lança le verre dans le feu avant de se jeter sur elle et de la plaquer contre le mur.

Pris de frénésie, il releva ses jupes en glissant une main dessous, tout en ouvrant son pantalon et en lui mordillant le cou avec une sorte de faim désespérée.

La force de cet assaut, la morsure de ses dents sur sa peau tendre incendièrent les sens de la jeune femme, mais il ne s'en rendit pas compte tant son ardeur l'égarait. Il étouffa ses plaintes sous ses baisers tout en palpant son bas-ventre. Son sexe nu s'y fraya un passage et elle le sentit s'immiscer dans les replis du sien. S'accrochant à ses épaules, elle écarta les jambes en s'arc-boutant pour aller à sa rencontre, mais malgré son excitation, elle n'était pas encore prête, alors il lui demanda de lui lécher les doigts avant de les insinuer en elle, tout en faisant rouler son pouce sur le clitoris.

Peu après, il la pénétrait sans difficulté avec un long gémissement de volupté, le front pressé contre le sien. Puis il s'empara de ses lèvres et elle répondit à son baiser, grisée par son odeur de whisky qui se confondait avec celle du désir.

Quand il l'embrassa de nouveau dans le cou avec la même voracité, une flambée de désir la transporta sans la surprendre, car Serena nourrissait depuis longtemps une attirance secrète pour ce genre de déchaînements sans merci où se mêlaient délices et douleur.

Se félicitant d'être aussi mince, grâce à l'insistance de son précédent employeur, elle noua les jambes autour des reins d'Edward qui la souleva sans effort.

Derrière elle, les rayonnages s'ébranlaient, les livres chancelaient, lui rentraient dans les côtes mais si elle tremblait, ce n'était pas parce qu'elle était malmenée mais parce qu'elle était au bord de l'orgasme.

Edward ondulait en grognant sauvagement à chaque coup de reins, et le dernier fut si violent que le bois se fendit derrière elle. Il poussa un cri d'extase qui fit exploser le plaisir de Serena. Frémissant l'un dans l'autre, ils sombrèrent dans une félicité partagée.

Pantelants, ils restèrent ainsi jusqu'à ce que leurs souffles s'apaisent et qu'Edward la libère. Ses jupes se déployèrent autour de ses chevilles, et Serena sourit en sentant la moiteur épaisse du sperme entre ses jambes.

— Bonsoir, monsieur, dit-elle alors, et c'étaient les premiers mots qu'ils échangeaient depuis son retour.

Une main sur une étagère, Edward avait la tête baissée, comme si rester debout réclamait toute son énergie. Elle remonta alors son pantalon et l'incita doucement à aller s'asseoir.

— Ça va ?

— Je vous demande pardon, dit-il en acceptant un second verre.

Sa réponse la surprit et elle s'agenouilla à ses pieds, adoptant la posture de l'attente.

— Je ne comprends pas, monsieur.

Cette fois, Edward prit le temps de déguster le whisky, gorgée après gorgée.

— Je n'aurais pas dû vous traiter de cette manière.

Serena choisit ses mots avec soin avant de répondre. Elle n'avait jamais servi un homme comme lui. Tous ceux qui l'avaient précédé ne la désiraient pas sexuellement, mais aucun de ceux qu'elle avait aidés à assouvir leurs besoins ne s'était ensuite excusé.

— Je ne comprends toujours pas.

— Vous n'êtes pas une prostituée, l'ordre a été très clair là-dessus.

Elle commençait à entrevoir les raisons de sa détresse.

— Je suis ici pour vous apporter le soulagement en accord avec les principes de l'ordre. Vous avez requis les services de mon corps, je vous les ai fournis. Vous n'avez pas à me demander pardon.

Il l'observa un instant et effleura les marques rouges que sa bouche avide avait laissées sur son cou.

— Sérénité…

— Monsieur ?

Un léger sourire étira les lèvres bombées de la jeune femme.

— Est-ce le rôle d'une dame de compagnie d'être traitée aussi rudement ?

Il s'agissait sans doute d'une question sans réponse, mais elle s'efforça de lui en donner une :

— Si j'ai l'impression que vous vous êtes montré trop dur sans autre raison que de me faire du mal, il me faudra déterminer si le désagrément que vous m'avez infligé vous a soulagé.

Il la considéra avec curiosité.

— Et si c'était le cas ?

— Chaque fois que j'apporte le soulagement absolu à l'un de mes clients, c'est une flèche de plus dans le carquois de Sinder. C'est ce que je crois, et tel est mon but. Aussi, si j'estime qu'en me traitant sans ménagement vous parviendrez à la sérénité, je me laisserai faire et contribuerai ainsi au retour de la Famille sainte.

« Toutefois, poursuivit-elle en tendant l'index, si je m'aperçois que vos excès sont motivés par des intentions purement égoïstes, que me rudoyer ne vous apaise en rien… je partirai et rejoindrai l'ordre. Vous serez alors contraint de payer les amendes qu'encourent ceux qui ne respectent pas les termes du contrat qu'ils ont signé. Je ne suis pas un souffre-douleur.

Edward saisit son doigt levé.

— Et que pensez-vous de la façon dont je vous ai traitée jusqu'ici ?

— Je crois que vous n'êtes pas en accord avec vos besoins, dit-elle en lui caressant la joue.

Il posa une main sur la sienne et la garda un instant contre son visage, avant de l'en retirer.

— Je suis content que vous soyez là pour veiller sur ces besoins.

— Je ne m'inquiète pas, vous savez. Je ne suis pas en verre, je ne vais pas me casser.

— Qu'en savez-vous ?

Le défi qui pointait dans sa voix la surprit, mais elle ne se déroba pas.

— L'expérience m'a enseigné beaucoup de choses.

— L'expérience lors de vos missions ?

Pas exactement, car avant de découvrir sa vocation, la vie lui avait déjà appris les limites de ce que son corps pouvait supporter.

— En partie, éluda-t-elle.

— Est-ce que l'ordre vous forme à ce genre de choses ?

Il semblait inquiet et désorienté, deux sensations que Serena ne voulait pas encourager.

— Toutes les dames de l'ordre reçoivent la même formation de base, répondit-elle avec un calme qu'elle espérait lui faire partager. Mais nous avons toutes nos spécialités, nos capacités personnelles. Certaines sont plus patientes que d'autres, d'autres ont de meilleures manières. Bien que nous soyons toutes entraînées à apporter le réconfort, il existe autant de façons d'y parvenir qu'il y a d'étoiles dans le ciel.

— Êtes-vous déjà tombée sur quelqu'un que vous n'aviez pas envie de servir ?

Elle sourit.

— Ce n'est pas une question d'envie. Quand j'ai une mission à accomplir, je l'accomplis.

— Mais s'il ne vous plaît pas ?

Elle réfléchit un instant à la meilleure façon de lui expliquer.

— Il y a cinq principes dans l'ordre de la Rédemption. Le dernier est : « Femmes nous naissons et femmes nous finirons. » Je suis une femme, mais aussi une femme de l'ordre chargée d'une mission à remplir. J'ai appris à être les deux en même temps.

— Vous mettez une part de vous-même de côté et vous passez de l'une à l'autre.

— Lorsque c'est nécessaire.

Elle s'alarma en voyant son visage se durcir. Ses paroles l'avaient contrarié et elle ne comprenait pas pourquoi. Quand il s'écarta, elle comprit qu'elle l'avait de nouveau perdu.

— Vous pouvez me faire du thé, maintenant, se contenta-t-il de lâcher, et elle s'exécuta.

3

— Par les flèches de Sinder ! Tu as l'air crevé, s'exclama Alaric Dewan en s'installant sur le canapé en face d'Edward.

Edward leva les yeux de la chope de cidre chaud épicé qu'il fixait sans y toucher, et le considéra, les mains croisées sous l'épaisse masse de cheveux blonds qui bouclaient sur sa nuque.

— Franchement, Edward, on dirait que tu as passé la nuit à boire et à baiser comme un dingue, pour reprendre une expression chère à ce vieux Cillian.

— Je n'ai pas fermé l'œil, se contenta de répondre Edward en se laissant aller contre le dossier.

À cette heure de la journée, ils étaient seuls dans la bibliothèque du palais où il avait fui l'agitation monotone de la cour afin de se détendre et de réfléchir.

Alaric haussa ses pâles sourcils.

— Comment se fait-il ?

Edward se frotta le visage avant de répondre. Il n'avait pas pris la peine de se regarder dans une glace, ces derniers jours, mais si Alaric disait qu'il avait mauvaise mine, il le croyait, car son ami disait toujours la vérité sans se soucier d'y mettre les formes.

— J'étais préoccupé, avoua-t-il sans intention de lui en dire plus.

— Ah ?

Alaric prit un biscuit sur la table basse qui les séparait, et le mangea avec le même plaisir qu'il mettait dans tout ce qu'il faisait.

— À cause de quoi ? Laisse-moi deviner... de notre cher Cillian, je parie.

Peu désireux d'évoquer ses relations avec le prince, Edward haussa les épaules et Alaric se mit à rire.

— Il a encore nargué son père, n'est-ce pas ? Et donc toi, par la même occasion. Mais il y a autre chose... chez toi, par exemple. Je me trompe ?

Pourquoi fallait-il qu'Alaric soit aussi intuitif ?

— Pourquoi dis-tu ça ?

Il eut un haussement d'épaules trop affecté pour être innocent.

— On raconte que tu as pris une dame de compagnie.

— Bon sang, vous n'avez rien de mieux à faire que de parler de ma vie privée, à la cour ?

— C'est donc vrai !

— Je n'ai pas de temps à consacrer à la formation d'une dame de compagnie. Je voulais quelqu'un qui soit déjà opérationnel.

— Mon cher ami, une dame de compagnie n'est pas une bonne. Et encore moins une dame de l'ordre.

— Je sais ! s'irrita Edward.

— Tu ne l'as pas engagée uniquement pour nettoyer tes appartements et repasser tes vêtements... si ?

Edward préféra ignorer le sous-entendu évident. Alaric se pencha pour tenter de remettre de l'ordre dans les manchettes en dentelle de sa chemise.

— Parce que si c'est le cas, elle a des progrès à faire, conclut-il.

Edward se dégagea d'un geste brusque.

— Je ne suis pas rentré depuis deux jours ! J'ai dormi dans mes appartements du palais.

— Tiens, pourquoi ?

— Parce que Cillian avait besoin de moi et qu'il m'est plus facile de me concentrer sur mes devoirs quand je suis ici.

En réalité, il redoutait de rentrer chez lui et de retrouver Sérénité car il craignait de ne pouvoir s'empêcher de lui sauter dessus, comme la dernière fois. Regarder Cillian satisfaire ses fantasmes l'excitait malgré lui, terriblement.

Alaric s'affala de nouveau dans le canapé en croisant les pieds sur la table, bousculant les chopes de cidre au passage.

— Alors que tu as une femme empressée et consentante qui t'attend à la maison pour satisfaire tes désirs ? Je croyais que tu aurais hâte de la retrouver, au contraire, surtout quand on pense à ce que cela te coûte financièrement…

— Ni plus ni moins qu'une maîtresse. Et elle n'attend rien d'autre de moi que ce dont nous sommes convenus par contrat.

— Tu veux dire qu'elle n'attend pas de liens affectifs ?

Edward lâcha un juron en se levant et se mit à faire les cent pas devant la cheminée. Les amis de longue date ne présentent pas que des avantages, particulièrement quand ils connaissent votre passé et la façon dont il affecte votre présent.

— Tu évites ce genre d'engagements, ce n'est pas un secret, insista Alaric. Il n'y a pas de mal à l'admettre, mon vieux.

— Contrairement à toi qui passes ton temps à briser les cœurs.

— Oui, je passe mon temps à séduire et à coucher, mais je laisse mes partenaires heureuses, pas en larmes. Et puis, tout le monde sait qu'Alaric Dewan est un amant exquis mais sans cœur, alors celles qui succombent ne le font que pour le sexe, sans réclamer davantage de moi.

— Et pour plus de sûreté, tu évites les liaisons avec celles qui espèrent te changer.

— C'est dans notre intérêt à tous les deux. Elles savent à quoi s'en tenir dès le départ. Au moins, je suis honnête avec elles comme avec moi, ce qui est le plus important.

— Tu crois que je ne suis pas honnête avec moi-même ?

S'il y avait un homme à qui Edward pouvait poser une telle question, c'était bien Alaric, son ami de toujours.

— J'ai l'impression que tu ne veux pas te voir tel que tu es, Edward, à cause de ce qui s'est passé autrefois.

Edward frissonna, alors qu'il savait depuis le début où cette conversation les mènerait.

— C'était il y a longtemps.

— Oui, une éternité, et depuis tu te contentes de la compagnie occasionnelle d'une prostituée pour satisfaire tes besoins ! Pourtant, tu es plutôt beau gosse, ta bourse est bien remplie et tu occupes une position enviable à la cour. Que tu ne veuilles pas te retrouver prisonnier du mariage, je comprends, mais tu pourrais au moins prendre une maîtresse.

— Elles ont beau prétendre qu'elles sont satisfaites de leur sort, elles espèrent toujours plus qu'une rente mensuelle.

— Contrairement à une dame de compagnie.

Edward hocha la tête, et il sentit soudain la main d'Alaric sur son épaule.

— Ce n'était pas ta faute, arrête de culpabiliser.

Ces mots n'avaient pas le pouvoir d'apaiser le poids des remords qui le rongeaient depuis des années.

— J'étais là quand elle est morte, lui rappela Edward. Je suis aussi fautif que Cillian.

— Nous étions des gamins tous les trois, et elle, c'était une pute...

— C'était une femme !

La gorge serrée, Edward se souvint de son sourire lorsqu'il lui avait demandé son nom, qu'elle ne lui avait pas donné, d'ailleurs.

— Elle vendait son corps et elle en avait vu d'autres. Cillian a toujours aimé repousser toujours plus loin les limites. C'était un accident, conclut fermement Alaric.

— Tu crois peut-être que cela me soulage ?

Alaric n'était pas là, cette nuit-là. Il ignorait ce qui s'était passé. Seuls Cillian et Edward savaient. Ensuite, Cillian avait sombré dans la folie et tous les deux étaient devenus des menteurs.

— Tu es le seul qui ne soit pas à blâmer, insista Alaric avant de se lever. Va retrouver ta dame de l'ordre, Edward. Laisse-la accomplir son devoir en s'occupant de toi, puisque tu as payé pour ça. Et repose-toi.

— Mais Cillian…

— Je me suis laissé dire que notre cher Cilly a bu comme un trou et qu'il s'est écroulé sur les genoux de ce crétin de Persis Denviel. Même son père ne te demande pas de le veiller jour et nuit.

Incapable de prononcer un mot, malgré tout ce qu'il avait sur le cœur, Edward se tourna vers son ami et lui serra chaleureusement la main pour le remercier.

— Tu as raison.

— Oui. Et de toute façon, tu n'habites pas bien loin. Une brève chevauchée et tu seras de retour en quelques minutes, si besoin. Allez, va.

— D'accord.

Avec un petit sourire, Alaric ajouta :

— Je passerai peut-être chez toi, demain… pour voir ta dame de compagnie par moi-même. Comment est-elle ?

— C'est… une femme… comme les autres.

Et bien que cette réponse ne semblât pas satisfaire Alaric, ce fut la seule qu'Edward fut en mesure de lui donner.

Serena l'avait attendu patiemment pendant deux jours, mais quand la porte s'ouvrit et qu'il apparut enfin, elle ne put ignorer le soulagement qui l'envahit.

Il ne s'approcha pas d'elle.

— Dans quel état vous êtes-vous mis ! lui reprocha-t-elle en le regardant batailler avec les lacets de ses manchettes. Vous n'aviez personne pour vous servir ?

Edward renonça à essayer de défaire les nœuds et s'en remit à elle.

— Non, je n'ai pas de valet au palais, sauf dans des circonstances particulières.

Une fois les attaches dénouées, elle les plia soigneusement et les posa sur la commode avant de l'aider à ôter sa chemise.

— Je vais vous faire couler un bain, murmura-t-elle.

— Bonne idée, merci.

Sa réaction la soulagea car elle avait craint qu'il n'ait pas apprécié ses services et la rejette. Tout en s'activant dans la salle de bains, elle songea à tous ceux qu'elle n'avait pu contenter, quoi qu'elle fît. Il n'y avait pas de honte à échouer auprès de tels individus, à condition d'avoir tout essayé. Quelque chose en eux les empêchait d'accéder au bien-être, envers et contre tout.

Edward n'appartenait pas à cette catégorie, en tout cas. Il ne semblait pas réfractaire à l'apaisement, mais elle ne savait pas vraiment comment s'y prendre tant il paraissait miné par l'incertitude. Elle n'avait pas d'autre solution que de redoubler d'efforts. Heureusement, elle n'en était qu'au début de sa mission.

Lorsqu'il entra dans la salle de bains, elle fut néanmoins rassurée. Sa nudité ne semblait pas le gêner, ce qui signifiait qu'il se détendait en sa présence. Il s'habituait à elle.

Comme la dernière fois, elle le savonna soigneusement et lui lava les cheveux avec du savon parfumé avant de le rincer à l'eau claire en le coiffant avec ses doigts, déployant ses cheveux sur ses épaules. Edward se laissa faire en fermant les yeux.

— Monsieur ? Vous vous endormez ? demanda-t-elle au bout d'un moment.

Il ouvrit un œil.

— Oui… j'en ai peur.

— Alors vous devriez peut-être aller vous coucher tout de suite plutôt que de prendre votre bain, si c'est ce que votre corps réclame.

— Loin de moi l'idée d'entrer en conflit avec ce que mon corps réclame ou avec ce qu'une femme propose. Je pourrais peut-être gagner contre mon corps, mais contre une femme, jamais ! plaisanta-t-il avec un sourire qui lui réchauffa le cœur.

Elle lui tendit une serviette moelleuse et le laissa se sécher tout seul, pour aller préparer l'immense lit dont le vaste baldaquin touchait presque le plafond.

— Voulez-vous me rejoindre ? J'aime avoir un peu de chaleur auprès de moi.

Serena acquiesça et se déshabilla sans tarder, aussi à l'aise en costume d'Ève que dans sa robe. Pourtant, bien qu'elle se soit souvent retrouvée nue devant un homme, le regard d'Edward l'intimida.

Il le promena lentement de son visage à son long cou gracieux, puis ses épaules, ses bras, ses mains, ses hanches. Il s'attarda sur son ventre, se perdit brièvement entre ses jambes, glissa vers ses cuisses, ses genoux, ses orteils, avant d'attaquer une brusque ascension et de plonger dans ses yeux. Il souriait.

— La première fois que je vous ai vue, je vous ai trouvée quelconque. J'ai cru, inconsidérément, que vous étiez banale, insipide. Ni laide ni belle.

Ces propos auraient blessé une autre femme que Serena, qui se contenta d'opiner.

— Et comment me trouvez-vous maintenant ?

— Vous n'êtes pas insipide, pas du tout. Les courbes de votre corps, votre façon de bouger vous rendent différente des autres femmes.

Il caressa la petite tache de naissance rouge qu'elle portait sur la hanche gauche, tache que les sages-femmes appelaient « le baiser de Kedalya ».

— Vos défauts vous rendent unique, Serena.

— Les fleurs sans épines ne sont pas les plus belles, dit-elle de sa voix rauque. Et puis, reconnaissez que vous n'avez pas pris le temps de me regarder jusqu'ici, monsieur.

— C'est vrai. Venez vous coucher, je suis fatigué.

Elle baissa l'intensité des lampes à gaz et le rejoignit. Aussitôt, il l'attira dos contre lui et elle se blottit dans son étreinte. Un silence s'écoula. Son souffle effleurait le bas de sa nuque, il posa une main sur son ventre et elle ferma les yeux.

— Je ne m'étais pas préparé à une femme comme vous, Sérénité.

Elle voulut se retourner, mais il l'en empêcha.

— J'ai relu les lettres d'informations que l'ordre de la Rédemption m'a envoyées à votre sujet, ainsi que le contrat. J'en avais pris connaissance attentivement, je sais ce que je suis tenu de vous apporter et ce que vous me devez en échange. Pourtant, je n'étais pas préparé, répéta-t-il.

— Parce que je ne suis ni laide ni insipide ?

— Parce que je ne vous croyais pas vraiment capable de m'aider.

Serena s'efforçait de respirer au rythme de son souffle.

— Et maintenant ?

Il resta silencieux si longtemps qu'elle finit par croire qu'il s'était endormi, mais quand il reprit la parole, sa voix grave et basse l'enveloppa comme les voiles de la nuit.

— Maintenant, je sais sans le moindre doute que je dois au moins vous laisser essayer.

Serena sourit en se nichant plus étroitement contre lui.

— Je relève le défi.

— Vous dites cela pour me faire plaisir, ou parce que vous le pensez vraiment ?

— Je ne mens pas. D'ailleurs, cela vous déplairait.

— Avez-vous menti à ceux qui m'ont précédé ?

— Même si le mensonge embellit la réalité, il apporte plus de peine que de joie. Non, je n'ai jamais trouvé nécessaire de mentir.

— Mais l'avez-vous fait ? Pour leur faire plaisir, par exemple ?

Serena réfléchit en glissant ses doigts entre les siens.

— S'il s'agissait, par exemple, de leur dire que telle couleur ou telle coupe de vêtement leur seyait particulièrement alors que je ne le pensais pas vraiment, j'ai peut-être évité d'être trop rude. Mais concernant les questions ou les décisions importantes, je ne les ai jamais incités à faire des choix malencontreux pour les ménager.

— Je n'imaginais pas que votre devoir s'étendait à des tâches aussi délicates, requérant de la diplomatie, le sens de l'anticipation.

La main qu'il avait posée sur son ventre, sur laquelle elle pressait la sienne, se mit à se mouvoir lentement.

— Il n'y a pas de plaisir plus grand que d'apporter le réconfort. C'est pour cela que je suis entrée dans l'ordre de la Rédemption.

Il lui caressa le cou de ses lèvres.

— Depuis combien de temps en faites-vous partie ?

— Sept ans.

— Sept ans ? Mais vous n'avez pas plus de…

— J'ai vingt-huit ans.

— Je ne vous donnais pas plus de vingt ans.

Les yeux grands ouverts dans l'obscurité, Serena sentit le bras d'Edward se resserrer autour d'elle.

— L'ordre n'impose pas de limite d'âge à ses initiées. Certaines découvrent leur vocation à un âge encore plus avancé que le mien.

— Pourquoi avez-vous choisi ce métier? s'enquit-il après un silence.

— J'avais seize ans lorsque mes parents m'ont mariée à un homme qu'ils me destinaient. Un an plus tard, nous avons eu un fils, et j'ai aimé mon mari pour m'avoir offert un cadeau aussi précieux, à défaut d'autre chose.

Elle dut faire un effort pour continuer:

— À l'âge de deux ans, mon fils est mort d'une forte fièvre.

Le bras d'Edward se resserra encore.

— Je suis désolé.

— Mes parents moururent de la même fièvre. Conformément aux lois de notre commune, tout ce qu'ils possédaient revint à mon mari parce qu'il n'y avait pas d'héritiers mâles dans la famille. Au moment où nous aurions pu nous rapprocher pour tenter d'atténuer notre chagrin, il a sombré dans l'absinthe et la drogue.

— Et vous? questionna-t-il doucement.

— Je… je me suis laissé engloutir par ma douleur pendant un certain temps.

Serena ferma les yeux, comme si des ténèbres plus épaisses pouvaient l'isoler de ses souvenirs déchirants. Elle songea aux nuits qu'elle avait passées, terrassée par l'absinthe et le poids de son chagrin, à ces mains étrangères auxquelles elle s'était raccrochée. À des lieux où elle était allée, des choses qu'elle avait faites pour échapper en vain à son supplice.

— Me détruire, m'infliger de petites douleurs me permettait de m'arracher par instants à la torture insoutenable que j'endurais.

Il ne la lâcha pas mais elle le sentit se raidir imperceptiblement, ce qui revenait au même.

— Et comment avez-vous trouvé l'ordre?

— Mon mari avait dilapidé notre héritage et j'ai dû prendre une place de fille de cuisine. La maîtresse de maison avait une dame de compagnie qui s'appelait Tranquilla Caden. C'est elle qui m'a fait découvrir l'existence de l'ordre et son but. Bien sûr, je connaissais l'histoire de la Famille sainte et de lord Sinder qui avait marché dans le vide et dont les pas avaient fait surgir les montagnes.

— Et le souffle, le vent.

— Oui, et sa rencontre avec Kedalya dans les bois, dont il tomba amoureux. Un fils naquit de leur amour.

— Et c'est là que les interprétations diffèrent.

— En effet. Certains prétendent qu'elle le trahit, d'autres que ce sont nos propres querelles qui ont conduit la Famille sainte à regagner la Terre du Dessus, pour attendre le temps où les hommes et les femmes ne succomberont plus à la haine.

— Mais tout le monde s'accorde sur le fait que chaque fois qu'un être humain accède à l'apaisement total, une nouvelle flèche s'ajoute dans le carquois de lord Sinder. Une fois celui-ci plein, la Famille sainte pourra revenir.

Elle sourit dans l'obscurité, les yeux toujours clos.

— Je le crois aussi. Je pensais qu'apporter le soulagement à autrui était le meilleur moyen de le trouver soi-même. Je rompis donc mon mariage et entrai dans l'ordre.

Il la retourna face à lui et elle ouvrit les paupières. Elle discernait un peu les traits de son visage grâce à la faible lueur qui pénétrait par la fenêtre.

L'air grave, il l'attira contre lui.

— Et maintenant ? Vous allez mieux ?

— J'ai renoncé à l'autodestruction, murmura-t-elle. Et ma peine s'est apaisée. Mais je souffrirai toujours.

Il lui caressa les cheveux, puis referma les mains en coupe autour de son visage.

— Qu'est-ce qui vous soulage aujourd'hui, Sérénité ? Toujours les petites douleurs pour vous distraire de la plus grande ?

— Oui.

Avec un soupir, il la serra tandis qu'elle enroulait un bras autour de lui. Il lui caressa le dos, mais elle le sentait toujours tendu et elle se demanda pourquoi.

Elle releva la tête et lui toucha la joue à son tour.

— Qu'avez-vous ?

— C'est votre histoire...

— Je suis désolée. Si j'avais su qu'elle vous affecterait autant, je...

— Chut... Je suis content de la connaître.

Et, avec la tendresse d'un amant, il posa un baiser sur son front, sur ses paupières, ses joues et enfin sur ses lèvres. Cette douceur la bouleversa à tel point que l'espace d'un instant, elle oublia pourquoi elle était là et s'offrit le luxe de se laisser réconforter.

Soudain, un goût salé lui fit comprendre qu'elle pleurait. Elle voulut s'en excuser, mais il l'en empêcha en s'emparant résolument de sa bouche, lui enjoignant de s'abandonner. Elle gémit sous l'ardeur de sa langue et, s'enhardissant, elle lui répondit sans réserve.

Son sexe avait durci contre elle. Elle murmura son nom en glissant une main dans ses cheveux, tandis qu'il lui mordillait le cou.

— C'est le genre de petite douleur que vous recherchez ? chuchota-t-il contre ses lèvres.

— Oui...

Ses dents se firent plus voraces, les plaintes de Serena plus érotiques encore. Il roula sur le dos de sorte qu'elle se retrouve à califourchon sur lui. Son pénis tendu contre son bas-ventre, il le frotta contre son clitoris en se déhanchant doucement.

— Qu'est-ce que mes prédécesseurs vous ont fait ? Vous ont-ils attaché les poignets ?

— Oui, avoua-t-elle en frissonnant.

— Racontez-moi la fois où votre plaisir a été le plus fort.

Grisée par les sensations qu'il éveillait en elle, elle ne répondit pas tout de suite, alors il accentua la pression de sa main sur sa hanche.

— Je vous ai posé une question.

— Certains étaient plus exigeants que d'autres…

— Répondez à ma question.

— Je me souviens d'une femme… Elle avait attaché mes poignets à la colonne de son lit, puis déchiré ma robe. Ensuite… elle… elle m'a donné un coup de cravache sur le dos.

Les pointes de ses seins durcies, elle sentait le feu du désir l'embraser de plus en plus. Avec un grognement, il glissa les doigts entre leurs corps frémissants et lui caressa le sexe.

— C'était une femme ? fit-il d'une voix de velours qui décupla l'ardeur de la flamme qu'il attisait si savamment. C'est elle qui vous a laissé le souvenir le plus excitant en mélangeant la douleur et la jouissance ?

— Les hommes sont plus forts, mais les femmes peuvent être plus raffinées dans la cruauté.

S'efforçant de ne pas se déhancher sans vergogne contre sa main, elle tenta de se contrôler.

— Et cette femme vous a soulagée de votre chagrin ?

— Quand elle me caressait, je ne pensais plus à rien.

— Continuez de me parler en prenant mon sexe dans votre main.

Serena referma les doigts à la base de son pénis puis remonta jusqu'à l'extrémité, là où la texture différente indiquait une zone plus sensible qu'elle effleura avec précaution, palpant, contournant. Il retint son souffle, tout en appuyant sur son clitoris.

— Ça la rassurait d'être cruelle. Dans l'intimité de sa chambre, elle pouvait exprimer la colère que sa bonne éducation lui interdisait de manifester en public.

Il plaqua les deux mains sur ses fesses, l'incitant à se frotter contre lui, ce qu'elle fit avec délectation.

— Et vous lui permettiez de se défouler sur vous plutôt que sur ceux à qui elle en voulait, dit-il d'une voix rauque tandis qu'elle le masturbait lentement.

— Oui.

— Cela vous soulageait en vous détournant de votre propre cauchemar. Que faisait-elle d'autre ?

— Elle me pinçait les bouts des seins, l'un après l'autre, avant de me toucher…

— Où ?

— Entre les jambes.

— Avec la main ?

Ce disant, il faisait rouler ses tétons entre ses doigts.

— Oui, et…

— Avec la langue ? Elle vous léchait, Serena ?

— Oui, oui, oui… gémit-elle en renversant la tête en arrière tout en continuant son mouvement de va-et-vient sur son pénis.

Soudain, Edward roula sur elle et lui bloqua les poignets au-dessus de la tête.

— J'ai envie de vous lécher, moi aussi.

Il plongea entre ses jambes sans lui laisser le temps de répondre. Sa langue trouva le point sensible, s'agita sur la petite crête érigée, la tortura lascivement avant que ses lèvres ne l'aspirent doucement en de subtiles succions qui arrachèrent un cri d'extase à la jeune femme. Éperdue, elle ondulait au rythme de sa bouche tandis qu'un doigt se frayait un chemin en elle, puis un autre.

Pressée de mieux s'offrir à ce baiser divin, elle écarta largement les jambes. Une pression nouvelle, en elle, en un point secret et ultrasensible, la fit se cambrer.

Brûlante de plaisir, elle se tendit à l'imminence de l'orgasme mais, alors que la langue se lovait toujours sur son clitoris, l'explosion familière n'arrivait pas. À la place, une succession de vagues se déroulèrent, de plus en plus intenses, augmentant peu à peu sans toutefois atteindre l'apothéose.

Contrairement à d'autres qui n'avaient pas su la faire jouir, Edward était tellement expert en la matière qu'il la maintenait au bord de l'orgasme par le duo magique de ses lèvres et de ses doigts sans la laisser basculer dans la félicité suprême. Elle était à sa merci.

— C'est moi qui vous ferai oublier tout le reste, Serena…

Incapable d'articuler un mot, elle émit un son rauque.

Les doigts d'Edward allaient et venaient en elle, pressant, appuyant, puis il les retira lentement et elle ne perçut plus que la caresse de son souffle contre son sexe brûlant, de sa langue de gourmet, de ses lèvres affamées.

C'est alors qu'elle parvint à l'apogée mais, au lieu de se dissoudre dans l'extase, comme d'habitude, elle se sentit propulsée très haut vers le ciel avant de fuser à travers la brume cotonneuse des nuages pour exploser dans une nuit claire au-delà, une nuit lumineuse où elle flotta en se laissant bercer. Plus besoin de se tendre pour atteindre le sommet, son corps ne tremblait pas, ne palpitait pas, ne tressautait pas. Non. Tout était là, sublime et calme…

— Sérénité, murmura Edward en posant les lèvres sur son sexe aussi tendrement qu'il avait embrassé sa bouche.

Le monde disparut pendant un moment, une heure, une éternité, elle n'aurait su le dire. Cela ne lui importait plus. Elle était anéantie.

Son corps avait répondu merveilleusement. Idéalement. Aucune des femmes qu'il avait connues avant elle n'avait réagi ainsi. La plupart parvenaient à l'orgasme si l'on pratiquait les bonnes caresses et si l'on prenait son temps. Mais rares étaient celles qui pouvaient jouir avec une telle perfection, atteindre l'extase de l'esprit et du corps simultanément.

Au bout de quelques minutes, il se souleva un peu et la pénétra lentement. Au début, il avait eu envie de lui faire l'amour durement, frénétiquement, mais à présent il aspirait à la douceur, à une satiété bien plus subtile. Il se mit à aller et venir en elle sans hâte, tout en aspirant entre ses lèvres la peau de velours de son cou, de sa gorge. Parfois, il la mordillait et elle répondait par de petits gémissements qui faisaient courir des ondes de plaisir de la base de son pénis à l'extrémité. Il accéléra un peu le mouvement, se cambrant quand elle lui griffa le dos, sans entamer la chair mais suffisamment fort pour que des picotements violemment érotiques le parcourent.

Le coup de reins qu'il lui infligea alors l'amena loin au creux de son ventre. Elle cria, et il s'immobilisa aussitôt.

— Vous ne me faites pas mal… assura-t-elle. Prenez votre plaisir plus fort si vous en avez envie.

Edward était perdu. Combien de fois avait-il renoncé à sa propre satisfaction de peur d'être trop brusque avec ses partenaires ? Il avait passé des heures à leur procurer orgasme après orgasme en se refrénant, lui. Finalement, il avait renoncé à prendre des maîtresses car aucune ne lui apportait jamais ce qu'il attendait.

Jusqu'à Sérénité. Sérénité qui s'ouvrait à lui sans réserve, réagissant à tout ce qu'il lui faisait. Une femme pouvait feindre l'orgasme en imitant les cris de plaisir et même les spasmes involontaires qui accompagnaient la jouissance, mais la rougeur qui lui incendiait la gorge et les joues sous l'effet de l'excitation ne pouvait être provoquée. Il la distinguait malgré la pénombre. Il sentait la chaleur qui émanait de son corps en feu, de ses seins, de sa peau qu'il aimait tant suçoter.

Il intensifia son va-et-vient et elle s'accorda à son rythme en soulevant les reins.

Une image de la fille que Cillian avait fouettée passa soudain devant ses yeux, mais un autre visage remplaça aussitôt cette vision, celui de Serena qu'il domptait avec une cravache. Un cri rauque lui échappa alors et il jouit violemment, dans une explosion de plaisir qui le secoua de la tête aux pieds. Chaque jet de sperme le propulsa plus haut dans le nirvana des sens et, dans un ultime déferlement d'extase, il cria son nom.

Il la garda serrée contre lui un bon moment avant de rouler sur le côté. Son corps moite frissonnait à présent. Elle le couvrit et l'enlaça pour lui offrir sa chaleur.

Alors, pour la première fois depuis des semaines, son esprit torturé céda aux exigences de son corps et il s'endormit profondément.

4

— Vous allez en ville aujourd'hui ?

Agenouillée au côté d'Edward, Serena attendait qu'il boive le thé qu'elle lui avait préparé.

— Non, le prince passe la journée avec son père.

— Il se conduit vraiment mal ? demanda-t-elle en lui beurrant une tranche de pain.

— Cillian ? Oui, vraiment. Mais depuis que je le connais, il s'est toujours mal conduit.

La jeune femme l'examinait attentivement. Sa façon de parler, de bouger lui apprenait beaucoup sur lui. L'observation était un art subtil mais nécessaire qui ne s'acquérait que par la pratique. Ce matin, elle remarqua qu'Edward prenait son temps et elle n'avait pas l'intention de le presser.

— Il se calmera sans doute en vieillissant. Même les enfants les plus durs s'assagissent en grandissant.

Il lui jeta un regard étrange.

— Oui, mais j'en doute en ce qui le concerne. On a trop longtemps réagi avec indulgence à ses dérives.

— Alors ses parents ne lui ont pas rendu service.

— Non, en effet. Sa mère est morte quand il était enfant, et son père a cru que les poneys et les friandises le consoleraient mieux que la tendresse et l'attention.

— Quand il était enfant ? Mais je croyais… qu'il en était un.

— Vraiment ? Non, Cillian a mon âge, Sérénité, même si son comportement et ses caprices peuvent laisser penser qu'il est plus jeune.

— Excusez-moi, mais vous disiez que vous vous occupiez de lui et j'ai cru...

Une expression tourmentée traversa le regard d'Edward.

— Il n'est plus un gamin, mais il a toujours besoin que l'on s'occupe de lui, expliqua-t-il.

Constatant que cette conversation le mettait mal à l'aise, Serena changea de sujet.

— Avez-vous terminé votre thé ?

— Oui.

Lorsqu'elle eut débarrassé, il lui fit signe de s'approcher et elle s'agenouilla près de lui, dans la posture de l'attente, le dos d'une main dans la paume de l'autre. Elle lui sourit, mais il ne se dérida pas.

— Passez-moi le livre qui est sur mon bureau.

Elle obéit sans hésiter, ne s'étonnant même pas quand il ne fit pas un geste pour le prendre.

— Reposez-le.

Docilement, elle s'exécuta. Lorsqu'elle revint vers lui et s'agenouilla, elle remarqua toutefois une lueur nouvelle dans ses yeux.

— Sérénité, êtes-vous vraiment prête à faire tout ce que je vous demande ?

— Dans les limites du raisonnable, oui. Toutefois, je dois veiller à anticiper vos désirs sans que vous soyez obligé de demander.

— Et vous croyez possible d'y parvenir ? s'étonna-t-il.

On lui avait déjà posé cette question et elle avait une réponse toute prête.

— J'ai une certaine expérience.

Il s'agita dans son fauteuil, visiblement perplexe.

— Mes compétences étaient précisées dans le contrat que vous avez signé, ajouta-t-elle.

— Oui, mais lire les choses sur du papier et les voir réalisées dans la réalité, c'est assez différent.

Serena sourit.

— Nos marraines font de leur mieux pour nous affecter auprès de ceux qui sont le plus susceptibles de nous convenir. Ma présence auprès de vous a été mûrement réfléchie. Je suis votre réconfort, ce dont vous aviez besoin avant que vous ne le sachiez. Je suis là pour vous.

Sa réaction n'était pas inhabituelle, pourtant elle s'émut quand il posa une main sur ses yeux. Doucement, elle retira cette main pour la garder dans la sienne et il dessina des petits cercles dans sa paume, avec son pouce.

— Avez-vous déjà été envoyée auprès de quelqu'un que vous méprisiez ?

— Seulement une fois, avoua-t-elle en sentant son visage s'assombrir malgré elle.

— Mais vous l'avez servi malgré tout ?

— Bien sûr.

Il l'invita à s'asseoir près de lui, bien que le fauteuil ne soit pas vraiment prévu pour deux.

— Avez-vous réussi ?

— Non. Je n'ai rien pu faire pour lui.

— Est-ce pour cela que vous le méprisiez ?

— Non ! s'indigna-t-elle en se tournant vers lui. Pas du tout !

— Alors, est-ce parce que vous le méprisiez que vous avez échoué ?

Cette fois, Serena réfléchit avant de répondre.

— Non. J'aurais été incapable de le changer même si j'avais éprouvé de l'affection pour lui. C'était un homme aigri et violent, qui se croyait autorisé à se servir de ses poings sous prétexte qu'il avait vécu une tragédie.

Il cessa de caresser sa main.

— Il vous a battue ?

— Oui.

— Ses excès étaient purement égoïstes et ne l'apaisaient en rien, commenta-t-il en reprenant ce qu'elle lui avait dit un peu plus tôt.

— Oui.

Encore aujourd'hui, ce souvenir la faisait rougir. Vander Decamden lui avait fait un œil au beurre noir et mis le nez en sang, avant qu'elle ait le temps de riposter en lui envoyant un coup de pied dans la figure qui l'avait mis K.-O. Elle était partie dès le lendemain avec la bénédiction de l'ordre.

— Un homme capable de lever la main sur une femme…

— Un homme qui se sert de ses poings contre une femme, rectifia-t-elle. Et cela n'a rien à voir avec le fait d'utiliser ses mains parfois lestement pour procurer du plaisir.

— Tout dépend de l'intention.

Elle ne répondit pas, le laissant aller là où il souhaitait en venir. Elle remarqua que son souffle s'était accéléré et qu'un éclat nouveau luisait dans ses yeux.

— Est-ce que vous aimez… être… attachée ?

— Quelquefois, murmura-t-elle, troublée.

Son pouce avait repris sa petite ronde au creux de sa main et quand elle le regarda, son expression la fit frissonner d'anticipation.

— Passez-moi ce ruban qui se trouve sur mon bureau.

Elle le lui tendit. Il le fit glisser entre ses doigts un instant, avant de le lui enrouler autour des poignets sans toutefois l'attacher.

— Vous pouvez vaquer à vos occupations, maintenant.

— Pardon ? dit-elle sans comprendre.

Edward sourit.

— Tant que ce ruban restera en place, vous serez dans mes bonnes grâces, mais s'il tombe, je serai contrarié.

Elle se troubla de nouveau pour deux raisons. L'une, plutôt égoïste, venait de son goût secret pour certains ordres impérieux qui l'excitaient au plus haut point. L'autre, plus généreuse, était de savoir qu'il se donnait le droit de prendre ce qu'elle lui offrait.

— Si cela peut vous contenter, monsieur.

— Nous verrons bien.

Ce n'était pas tant d'avoir les poignets liés qui posait un problème, mais de garder le ruban enroulé autour. Sous le regard attentif d'Edward, elle fit du thé, le servit, puis débarrassa et lava les tasses. Elle recousit ensuite l'ourlet de son pantalon qui s'était défait, puis repassa une cravate. Le ruban devenait de plus en plus lâche, mais il ne tombait pas.

— Sérénité ? dit-il enfin. Donnez-moi ce livre.

Il désigna un volume posé sur une étagère hors de sa portée.

— Le vert ?

— Oui ?

Elle était si près de lui qu'elle percevait son odeur, une odeur masculine, épicée. Un léger parfum champêtre émanait de ses vêtements et d'en dessous, de sa peau, celui de son savon favori. Le thé qu'elle lui avait préparé ajoutait une dernière note boisée à ces troublants effluves. Elle se haussa sur la pointe des pieds pour tenter d'atteindre le livre, tout en sachant qu'elle n'y arriverait pas. Ses doigts parvenaient tout juste trois étagères en dessous.

Et le ruban tomba.

— Je vous ai donné une tâche impossible à effectuer, murmura Edward. Et vous avez échoué.

Elle ne se baissa pas pour ramasser le ruban à ses pieds.

— Vouliez-vous que j'échoue ?

Edward promena une main dans ses cheveux, puis dénoua le ruban qui nouait sa natte.

— Je crois bien, oui.

Il déploya sa chevelure sur ses épaules en la coiffant avec ses doigts.

— Pourquoi ?

— Parce que je voulais une raison de ne pas être content de vous, dit-il en lui relevant le menton pour l'obliger à le regarder dans les yeux. Mais je viens de découvrir que même lorsque je suis mécontent, vous trouvez le moyen de me satisfaire. C'est plutôt déconcertant.

Serena sourit.

— Vos attentes sont donc comblées. Cela vous embarrasse ?

— Énormément.

Il approcha sa bouche de la sienne sans l'embrasser, lui prit la main et la posa sur son sexe chaud et dur, l'incitant à le caresser à travers le pantalon. Ses lèvres effleuraient les siennes à présent, mais ne l'embrassaient toujours pas.

— Enlevez votre robe, je veux vous voir nue.

L'entendre retenir son souffle quand elle lui obéit la combla d'aise. Il se caressa tout seul en la regardant se déshabiller, et attendit qu'elle soit dévêtue pour baisser son pantalon.

— Venez ici.

Elle s'installa à califourchon sur ses genoux. Son érection se retrouva dressée entre eux.

— Ouvrez ma chemise.

Dès que son torse fut dénudé, il l'attira plus étroitement contre lui. Leurs ventres se retrouvèrent pressés l'un contre l'autre et Serena exhala un soupir. Son clitoris avait enfin trouvé ce qu'il cherchait : la base de son pénis contre lequel il s'appuyait.

Les mains sur ses hanches, il l'aida à se frotter plus fort contre lui pendant que leurs bouches se mêlaient en un baiser à la fois langoureux et avide. Leurs langues s'affrontèrent dans une danse sauvage, puis les dents d'Edward s'égarèrent sur la douceur de sa peau, mordillant le menton, le cou, la gorge.

— Soulève-toi, grogna-t-il, adoptant une familiarité plus grande.

Et il se glissa en elle. Un gémissement leur échappa et Serena renversa la tête en arrière. Leurs bouches se mêlèrent à nouveau avec une faim décuplée. Un incendie les embrasa.

Pendant qu'il allait et venait en elle, il continuait de la mordre par instants, de plus en plus fort, en petites décharges douloureuses qui propulsaient son plaisir vers des cimes divines.

Il lui avait dit que ce n'était pas cela, faire l'amour, mais ce n'était pas « baiser » non plus. C'était bien plus, songea Serena. Leurs corps se mouvaient dans un accord parfait, l'orgasme montait, montait...

— C'est bon ? chuchota-t-il.

— Oh, oui... je...

Sa voix devint rauque quand il plaça les doigts sur son clitoris où ils se mirent à tourner.

Les mots devinrent superflus. Ivres de volupté, ils ondulèrent dans un corps à corps effréné, cherchant l'extase éperdument. Elle jouit la première dans un éblouissement dont les vibrations se propagèrent à lui, l'emportant irrésistiblement.

Il l'enferma dans ses bras lorsqu'elle laissa retomber la tête contre son épaule et ils restèrent ainsi, enlacés. Elle écouta le son de sa respiration tandis que son sexe toujours en elle ramollissait, mais ils ne se séparèrent pas pour autant.

— Vous allez devoir faire des efforts, monsieur, murmura-t-elle finalement.

— Comment ça ?

Elle sourit contre son épaule.

— Si vous voulez vraiment que j'échoue.

Edward soupira et la serra un peu plus fort.

— Je sais, Sérénité. Je sais.

Et ils n'abordèrent plus le sujet.

— C'est une sorcière ?

Edward leva les yeux de son livre.

— Qui, Alaric ? Ta nouvelle conquête ? Elle est un peu irritable, à ce qu'on dit, mais sorcière… je n'irais pas jusque-là.

Alaric fronça les sourcils et s'installa plus confortablement dans le canapé, en face d'Edward.

— Non, non, je ne parle pas de Larissa. Quoique « irritable » fait figure d'euphémisme en ce qui la concerne. Je voulais parler de ta dame de compagnie.

Comprenant qu'il ne pourrait esquiver la question, Edward posa son livre.

— Pourquoi me demandes-tu ça ?

— Parce que j'ai l'impression qu'elle t'a jeté un sort. Tu es méconnaissable. Même notre cher Cillian m'a pris à part pour me parler de ta métamorphose. Il se demandait si tu ne t'adonnais pas au worm ou à l'herbe, car tu affiches un sourire béat depuis quelques jours.

Edward secoua la tête.

— Non, je lui ai dit que ce n'étaient pas mes excès mais son comportement plus calme, ces derniers temps, qui me permettait de me détendre.

— Il ne t'a pas cru, répliqua Alaric en prenant une tranche de melon sur la table basse. Et si tu veux mon avis, il ne tardera pas à retomber dans ses travers.

— Il y a des chances, oui, admit Edward en regardant son ami déguster son melon juteux. Est-ce que tu fais l'amour à Larissa comme tu dévores ce fruit ? Pas étonnant qu'elle soit irritable.

Alaric leva les yeux au ciel.

— Personne ne fait l'amour à lady Larissa, mon vieux. Si tu as la chance d'être invité à partager son lit, c'est clairement elle qui te fait l'amour, pas le contraire.

— Elle me semble parfaite pour toi, Alaric, dit Edward qui connaissait un peu la demoiselle en question. Une fille qui fait tout le travail pendant que toi tu profites du bénéfice, que pourrais-tu souhaiter de mieux ?

Alaric aspira le jus du melon entre ses dents.

— Tu sais qu'elle me monte comme un poney, avec la cravache et tout ?

Edward haussa un sourcil intéressé, mais la discussion s'arrêta là car la porte de la bibliothèque s'ouvrit et Cillian fit irruption dans la pièce, suivi de près par Persis Denviel, son dernier jouet en date. Les deux hommes apportaient des pichets de worm et des bols d'herbe.

— Edward ! Mon cher ami Edward ! s'écria Cillian, déjà imbibé, de toute évidence.

Ses yeux brillaient anormalement, ses pupilles étaient dilatées et ses joues, congestionnées. Il leva le pichet :

— Et Alaric ! Joignez-vous donc à nous !

— Non, merci, répondit Edward. Je dois rentrer, et je ne tiens pas à devoir m'attacher à la selle pour être sûr de rester sur mon cheval.

Cillian fit la grimace.

— Pourquoi veux-tu rentrer ? Tu n'as rien chez toi qui puisse remplacer l'amitié et la compagnie que tu trouves au palais.

Alaric émit un petit rire de gorge en se redressant, et Cillian reporta aussitôt son attention sur lui. Il s'approcha en rejetant ses cheveux cuivrés en arrière.

— Tu es au courant, n'est-ce pas ? fit-il en désignant Edward de la tête. Tu sais pourquoi notre bel et cher Edward sourit comme ça ?

L'œil rieur, Alaric s'inclina devant le prince.

— Ce n'est pas à moi de le dire.

Cillian avait l'esprit trop vif pour que le worm puisse altérer son acuité. Il adressa un regard affûté à Edward.

— Une nouvelle maîtresse ?

— Rien de tel.

Mais Cillian l'observait attentivement, remarquant le nœud parfait de la cravate, le gilet soigneusement boutonné, le pli impeccable du pantalon, la brillance des chaussures bien cirées. Pendant ce temps, Persis avait allumé un bol et aspirait avec délectation la fumée au parfum puissant.

— Je te trouve drôlement bien mis pour un type d'ordinaire plutôt… débraillé, insista Cillian en se penchant vers lui pour le renifler de près. Et tu sens bon. Quelqu'un prend soin de toi, Edward, mais ce n'est pas une maîtresse, n'est-ce pas ? Une épouse, alors ? Te serais-tu marié en secret avec une riche héritière ?

— Tu sais bien que je ne me marierais jamais sans t'en informer.

Edward n'aimait pas la lueur hallucinée qui s'était allumée dans les yeux de Cillian, qui le contourna et toucha le ruban retenant ses cheveux sur sa nuque.

— Tu n'as pas fait ça tout seul, Edward. D'habitude, tu portes une natte échevelée que tu attaches tant bien que mal avec un vieux bout de ficelle.

Alaric rit à nouveau.

— Il a raison, vieux. Tu es impeccable, il n'y a pas à dire.

Edward lui jeta un regard noir avant de s'adresser au prince.

— Écoute, je…

Les doigts de Cillian se refermèrent sans douceur sur le catogan.

— Chut ! Laisse-moi deviner.

Sans le lâcher, il l'examina de très près, huma encore, l'air concentré. Puis son sourire s'élargit et il lança :

— Tu as une dame de compagnie !

Edward réprima un soupir.

— Oui.

Cillian applaudit.

— Mais c'est formidable, mon ami ! Comment s'appelle-t-elle ?

— Sérénité, répondit Edward en essayant de rendre sa voix la plus neutre possible, malgré le tressaillement que la réaction du prince fit naître en lui.

— Sérénité, répéta Cillian dans un souffle, levant les yeux au plafond comme s'il réfléchissait. Elle est bien entraînée, semble-t-il, parce que tu en sembles très proche, de la sérénité.

— Cilly, le bol s'est éteint ! se plaignit Persis, avachi dans un fauteuil près du feu.

Cette remarque lui valut un regard princier fort peu amène, et Edward songea que Persis ferait bien de s'abstenir d'adopter ce ton-là. Mais Persis n'était pas un homme prudent.

— Il a l'air de penser que c'est à moi de garder ce bol allumé, jeta Cillian à Edward.

— Cilly… persista l'autre en montrant le bol. Il n'y a plus de fumée…

Edward saisit Cillian par la manche.

— Milord.

Un instant, le prince fixa cette main de ses yeux verts, puis il se dégagea d'un coup sec.

— Ne t'inquiète pas, mon cher Edward, murmura-t-il tandis que Persis craquait une allumette. Je ne lui ferai pas de mal. Pas trop.

Edward secoua la tête.

— Cillian…

En une seconde, avec cette célérité qui contribuait à son imprévisibilité, Cillian se retrouva contre Edward et lui murmura tout bas, en effleurant son oreille de ses lèvres :

— Persis est là de son plein gré, comme les autres. Ce qu'il subit, il l'a choisi, il l'a voulu. Tu comprends ?

— Je comprends, se résigna Edward.

Le prince recula et sourit.

— Je suppose que tu ne te joindras pas à nous ?

— Non, merci.

Se redressant, le prince rajusta son gilet.

— J'aimerais beaucoup faire la connaissance de ta dame de compagnie, Edward. Je devrais peut-être m'en offrir une, moi aussi… quoique mes favoris me suffisent pour le moment, et me coûtent bien moins cher !

— Il n'entre pas dans ses fonctions de me servir ailleurs que chez moi, dit froidement Edward.

— Alors tu vas nous organiser une petite sauterie, n'est-ce pas mon bon ami ? susurra Cillian.

Sans attendre sa réponse, il s'écarta vivement, saisit Persis par la cravate et se mit à le secouer sans ménagement, à tel point que le bol se retrouva par terre. Sans se soucier des plaintes de son souffre-douleur, il quitta la pièce en le tirant derrière lui, mais il ne fallait pas être sorcier pour deviner que les lamentations du garçon étaient feintes et qu'il appréciait le traitement dont il faisait l'objet.

— Bon, lança Alaric quand Cillian eut refermé la porte derrière eux. On dirait que tu vas devoir donner une petite fête. Je serai invité ?

Edward soupira en se frottant le menton.

— Il ne manquerait plus que tu ne le sois pas, tu es mon meilleur ami.

— Vraiment ?

Edward fronça les sourcils. Une étrange amertume avait percé dans son intonation, mais il crut s'être trompé car Alaric enchaîna en riant :

— Évidemment que je le suis, espèce d'andouille ! Qui d'autre pourrait supporter ton insupportable arrogance ?

— De nous deux, c'est toi qui remportes la palme, dans ce domaine !

Alaric frotta ses ongles contre sa veste pour les faire briller, avant de poser sur son ami un regard perspicace.

— Oui, bon, tu as peut-être raison. Pour revenir à cette soirée... tu ne veux pas qu'il la rencontre, n'est-ce pas ? Tu as peur de ce qu'il pourrait lui faire.

— Légalement, il n'a aucun droit sur elle. Elle est liée à moi, et exclusivement à moi, jusqu'à la fin de notre contrat. Si Cillian le violait, il devrait rendre des comptes à l'ordre de la Rédemption qui est très puissant. Son influence s'étend jusqu'ici, à Firth.

— Ce n'est pas ça qui l'empêchera d'essayer, remarqua Alaric. Il a déjà enfreint la loi du Livre, par le passé.

— Transgresser les règles de l'ordre serait beaucoup plus grave. Même Cillian n'aurait pas l'inconscience de s'y aviser.

— Peut-être. Tu le connais mieux que moi, après tout. Il n'en reste pas moins que s'il décide de la rencontrer, tu auras beaucoup de mal à l'en dissuader.

— Je sais.

— Bon, et moi ? Aurai-je une chance de la rencontrer ? le taquina Alaric.

— Si tu veux ! répondit Edward en riant. Viens à la maison, Margera nous préparera un dîner.

De nouveau, un air de nostalgie assombrit le regard d'Alaric.

— Tu m'as manqué, Edward. Tu es parti trop longtemps. Je suis content que tu sois enfin revenu.

— Parti ? Je n'ai pas bougé d'ici.

— Non, c'est vrai. Pas physiquement.

Ils se regardèrent un instant.

— Je te demande pardon, reprit finalement Edward.

Alaric alla vers lui et les deux hommes se serrèrent fermement les avant-bras dans un geste familier.

— Tu es pardonné. Tu étais perdu, c'est tout, mais je suis content de voir que tu as retrouvé ton chemin.

— Oui, voilà, j'ai retrouvé mon chemin.

— Eh, regarde, dit Alaric en le lâchant et en esquissant son sourire de tombeur auquel aucune femme ne restait insensible. Cillian a laissé le worm !

5

— Ne vous fiez pas aux apparences, il est bien plus redoutable qu'il n'en a l'air, lança Alaric en désignant Edward, l'œil rieur.

— Tais-toi donc, fit Edward en prenant le verre que Serena venait de remplir à nouveau avant de s'agenouiller à ses pieds, dans la posture de l'attente. Ne l'écoutez pas, Sérénité, il exagère, ajouta-t-il en lui caressant les cheveux.

La jeune femme sourit. L'ami d'Edward lui avait plu d'emblée et sa bonne opinion de lui n'avait cessé de croître au fil de la soirée.

Ils avaient tous les trois partagé un délicieux dîner préparé par Margera et servi par Serena dans les appartements d'Edward. À présent, les hommes venaient d'entamer un pichet de worm et la conversation s'animait.

— C'est lui que vous ne devez pas écouter, répliqua Alaric. Il est à moitié fou.

— Seulement à moitié ? Merci, mon ami, tu me flattes, riposta Edward en posant une main sur son cœur.

Serena observait les deux hommes avec une certaine curiosité, remarquant à quel point Edward se détendait en présence d'Alaric. Elle-même n'avait jamais su atteindre ce résultat avec lui. À un moment, il se leva et se dirigea en titubant vers la pièce contiguë où se trouvait le cabinet d'aisances, la laissant seule avec son ami pour la première fois de la soirée.

— Vous ne violez pas votre contrat en me servant ? s'enquit-il comme elle remplissait son verre.

Il semblait la taquiner, mais elle perçut un intérêt réel dans sa question.

— Je crois que mon maître aime offrir à boire à ses amis de temps en temps, alors je ne crois pas trahir mes engagements dans la mesure où j'agis en accord avec lui. Et puis, je le fais de mon plein gré.

— Ah, dit Alaric en se laissant aller dans son fauteuil, l'air rêveur.

— Depuis quand ? demanda-t-elle alors calmement.

— Depuis la première fois que je l'ai vu, répondit-il sans faire semblant de ne pas comprendre de quoi elle parlait. Et vous ?

— C'est plus récent, répliqua-t-elle avec un petit rire.

Il but une gorgée et, dans le silence, ils entendirent Edward chanter dans la pièce voisine, ce qui les fit éclater de rire.

— Comment ne pas l'aimer ? reprit Alaric. Vous-même, vous l'aimez, n'est-ce pas ?

Serena secoua doucement la tête.

— Je suis sa dame de compagnie, et je peux vous assurer que mon devoir envers lui passe avant tout, quels que soient les sentiments qu'il m'inspire.

Alaric se rapprocha d'elle.

— Vous n'aimez jamais vos maîtres ? À moins que… vous ne tombiez amoureuse à chaque fois ?

— S'ils ne recherchaient que l'amour, ils n'auraient pas besoin des services d'une dame de l'ordre. Mais… oui, je me suis forcément attachée à tous ceux que j'ai servis. Il faudrait avoir un cœur de glace pour rester insensible.

— Mais il ne s'agit pas d'amour, jamais ?

Ils se dévisagèrent un instant, presque comme deux amis, tandis qu'elle cherchait comment répondre à sa question.

— Il n'y a pas de place pour l'amour dans la vie d'une dame de compagnie de l'ordre de la Rédemption. Nous serions bien malheureuses si nous tombions amoureuses pour nous faire congédier, à la fin.

Il but un peu de worm.

— Pourquoi devez-vous partir ? Si votre maître tombe amoureux de vous, et vous de lui, ne pouvez-vous pas rester ? Cela doit bien arriver, non ?

— Oui, en effet.

— Vous désapprouvez ?

— La relation qui se noue entre un maître et sa dame de compagnie est très spéciale. Elle peut susciter de fortes émotions, de part et d'autre, mais il ne faut jamais oublier qu'il s'agit d'un contrat. Un contrat signé dans un but précis. Si j'arrive à soulager mon maître et à lui procurer le bien-être absolu ne serait-ce que quelques instants, j'aurai rempli ma part. Je m'en remettrai alors à l'ordre jusqu'à ce que la Famille sainte ait retrouvé sa place.

— Vous n'avez pas répondu à ma question, Serena. Que se passe-t-il si vous tombez amoureuse de votre maître, et réciproquement ? Votre amour lui apporte le salut, d'accord, et ensuite ? Vous partez ? N'est-ce pas un vrai gâchis, dans ce cas ?

— Mon devoir est d'apaiser, répéta-t-elle. L'ordre sait très bien qu'il ne peut s'agir d'un état définitif, mais seulement d'un soulagement plus ou moins durable.

Alaric prit le petit bol sur la table et Serena alluma le bout d'une brindille dans le feu, avant de l'approcher de l'herbe tassée à ras bord du récipient. Il agita celui-ci sous son nez, inhala la fumée, puis s'adossa de nouveau dans son fauteuil.

— Je crois que vous avez encore esquivé ma question, mais j'ai trop bu, je suis incapable de réfléchir clairement. En tout cas, votre vie me semble bien solitaire.

— Le but que je me suis fixé donne un sens à ma vie.

Alaric se pencha vers elle et laissa courir sa main le long de sa natte.

— Si seulement j'avais un but, je cesserais peut-être de toujours courir après l'impossible...

Serena allait répondre quand un grand bruit, provenant de la salle de bains, la fit sursauter. Elle se leva d'un bond, aussitôt imitée par Alaric qui, dans la précipitation, faillit marcher sur l'ourlet de sa jupe et lui faire perdre l'équilibre. Ils trouvèrent Edward dans la pièce contiguë, fixant d'un air hébété le tabouret qu'il venait de renverser sur son passage.

— Je crois bien que ce fichu truc vient de m'attaquer, déclara-t-il.

— Vous ne tenez pas bien sur vos jambes, monsieur, dit Serena en lui prenant le bras. Si je vous aidais à vous mettre au lit ?

Edward l'attira dans ses bras en riant et enfouit son visage dans son cou.

— Oh... oui... ça me plairait drôlement.

C'était la première fois qu'elle le voyait dans cet état. Amusée, elle le prit par la taille.

— Appuyez-vous sur moi.

Edward se figea sur place, refusant de bouger. Elle rit de nouveau et lui aussi, tout comme Alaric qui les observait, appuyé les bras croisés au chambranle de la porte.

— Laisse-la t'emmener au lit avant de te ridiculiser complètement, espèce d'idiot.

— Jamais Sérénité ne me trouverait ridicule ! Elle est ma dame de compagnie et donc, elle est censée approuver tout ce que je fais.

Serena leva les yeux au ciel en soupirant.

— Je crois que vous n'avez pas lu le contrat correctement, milord. Il ne stipule rien de tel.

Edward lui jeta un regard tellement ulcéré qu'Alaric éclata de rire.

— Comment ? Vous ne me trouvez pas charmant à tout point de vue ? Spi... spirituel ? Et... et aussi... et merde, emmenez-moi au lit.

Serena fut secouée d'un fou rire incontrôlable, et elle se demanda si la fumée de l'herbe qu'elle avait respirée malgré elle n'y était pas pour quelque chose. À moins que ce ne soit simplement le plaisir d'être dans cette situation cocasse avec ces deux hommes qu'elle appréciait vraiment.

— Allez viens, espèce d'empoté, tu vas casser le dos de cette charmante personne, si toutefois tu parviens à tenir à peu près debout.

Alaric aida Serena à emmener Edward dans la chambre où ce dernier se laissa tomber sur le lit en les entraînant avec eux. Enchevêtrés, il ne leur fut pas facile de se dégager, tellement ils riaient.

Lorsque Serena parvint à émerger d'un imbroglio de draps, elle s'appuya sur un coude et découvrit Alaric à moitié sur Edward qui gisait sur le dos, bras et jambes écartés.

— Edward, dit-elle, vous êtes complètement ivre.

Il parvint à lui glisser une main dans les cheveux.

— Je dirais même plus... je suis... beurré comme un coing.

— Vous aurez mal à la tête demain, murmura-t-elle comme il l'attirait vers lui.

— À la tête, peut-être, mais ailleurs...

Sur ce, il s'empara de ses lèvres, prit la main qu'elle avait posée sur son torse et la plaça sur son érection.

Serena jeta un coup d'œil à Alaric qui n'avait pas bougé, les yeux clos, sa poitrine se soulevant à un rythme régulier.

— Monsieur, nous ne sommes pas seuls...

— Quoi ! s'exclama Edward en se redressant. Juste Ciel, Alaric ! Tu dors ? Tu es devenu complètement idiot ou quoi ?

Alaric entrouvrit les paupières.

— Tu as de la chance que je sois en train de marcher sur les nuages parce que, en temps normal, je t'aurais mis mon poing dans la figure.

— Serena, auriez-vous l'obligeance de m'enlever mes vêtements ? demanda Edward.

— Vraiment ? Il vous importe de ne pas dormir tout habillé ?

— Je crois avoir déjà laissé entendre que je n'avais pas l'intention de dormir, hmm ?

— Ah… et, pour votre ami, milord ?

Maintenant allongé sur le flanc, Alaric les observait.

— Je ne serais pas content de le savoir tout seul, estima Edward en le regardant. Et comment pourrais-je trouver la paix en sachant que mon cher Alaric est tout triste ?

Ce dernier s'appuya sur un coude pour se concentrer sur la conversation.

L'idée de se laisser toucher par un autre ne dérangeait pas Serena, mais le lien qui unissait cet homme et son maître compliquait un peu les choses. Alaric était amoureux d'Edward, mais ce n'était pas envers Alaric qu'elle devait se montrer loyale. Et puis, ils étaient tous les deux sous l'effet du worm et de l'herbe, des substances au pouvoir désinhibant capables de délier les langues et d'inciter à révéler des choses qui d'ordinaire seraient restées cachées. Comment réagirait Edward si son ami lui livrait ses sentiments, cette nuit ?

— Sérénité ? Je vous demande peut-être une chose que vous êtes incapable d'offrir ? s'enquit Edward en lui caressant les seins.

— Edward et moi sommes inséparables depuis longtemps. Rien ne pourra changer ça, intervint Alaric.

Serena se contenta de hocher la tête devant cette réponse à une question qu'elle n'avait pas posée.

— Dans ce cas, je me ferai un plaisir de vous aider à vous déshabiller tous les deux, dit-elle.

— Ah, Serena, si vous saviez à quel point vous me rendez heureux, fit Edward. Tous les jours, je remercie le prince de la Terre du Dessus de vous avoir envoyée à moi.

Elle déboutonna son gilet puis sa chemise, et glissa la main sur son torse nu.

— Asseyez-vous et laissez-moi faire.

Il lui obéit docilement. Impatient, Alaric se débrouilla seul et l'instant suivant, ses vêtements volaient dans la pièce. Il dénoua ensuite le ruban qui retenait ses cheveux et ce fut comme si une pluie d'or se déversait sur ses épaules. Quand Serena détacha ceux d'Edward, des ailes de corbeau, noires et lustrées, se déployèrent en un contraste saisissant avec les boucles blondes d'Alaric.

Les deux hommes se retrouvèrent nus alors que la jeune femme était toujours habillée. Edward ne cessait de la couvrir de baisers.

— Aide-moi à lui enlever sa robe, Alaric. Et modère-toi un peu, tu as toujours été un rapide avec les femmes.

Bientôt, la fraîcheur de l'air sur sa peau nue la fit frissonner. Alaric s'empara de sa bouche avec ardeur et sa langue en explora les secrets d'une manière impérieuse.

Elle sentit le matelas s'enfoncer un peu sous Edward, qui venait de s'agenouiller derrière elle et posait sa bouche humide et chaude sur sa nuque en refermant les mains sur ses seins. Il en pinça les pointes durcies, les fit rouler entre ses doigts. Elle avait deux hommes pour elle seule, l'un devant, l'autre derrière.

— Touche-la, Alaric. Elle est très ardente, tu vas voir. Je suis sûr qu'elle est déjà toute mouillée.

Sans se faire prier, Alaric glissa les doigts dans la douce toison bouclée puis les insinua en elle.

— Oh… elle est tellement étroite… qu'il doit être impossible de ne pas jouir tout de suite.

Edward plaqua ses lèvres sur les épaules de la jeune femme.

— Serais-je un meilleur amant que toi ? murmura-t-il contre sa peau. Regarde comme elle réagit… Mets un autre doigt en elle.

Alaric s'exécuta, et Serena comprit qu'il puisait aussi son plaisir dans la soumission. Edward lui écarta les cuisses puis, pendant qu'Alaric la caressait à l'intérieur, il lui excita le clitoris en le frottant savamment. La double stimulation lui arracha un cri étouffé qui gagna en intensité quand une morsure succéda au baiser, sur son épaule.

— Elle aime ça, remarqua Alaric.

— Elle adore. Embrasse-la toi aussi, fais-la gémir.

Alaric obéit. Serena n'avait pas besoin de feindre le plaisir pour plaire à son maître. Comment ne pas être en feu lorsque deux bouches, quatre mains, deux sexes en érection s'activaient sur elle ? En elle ?

Des lèvres étouffaient ses cris, une main lui maintenait les cheveux pour qu'elle ne bouge pas sous les assauts des bouches, des dents, des doigts.

— Pénètre-la, ordonna Edward.

Les deux hommes la soulevèrent, la retournèrent, agissant comme s'ils n'étaient qu'un. Ils s'étaient déplacés au bord du lit et Edward, derrière elle, la maintenait pendant qu'Alaric allait et venait en elle en roulant des hanches. Edward l'enserrait entre ses jambes tout en lui mordillant le dos, lui excitant le bout des seins de ses doigts experts.

— Elle est parfaite, approuva Alaric.

— Et elle a deux partenaires particulièrement doués.

Alaric donna un nouveau coup de reins et elle renversa la tête en arrière contre l'épaule d'Edward.

— Tu aimes ? lui souffla-t-il à l'oreille.

— Oui…

— Et ça ?

Il saisit son clitoris entre le pouce et l'index et le pinça par à-coups. Elle émit un son inarticulé en se contractant autour du sexe d'Alaric qui referma les mains autour de ses hanches.

— On la laisse jouir ? suggéra Edward d'une voix altérée. Ou bien on prolonge ?

— Parfois, plus on attend, meilleur c'est…

Alaric regardait Edward dans le miroir de la commode en face de Serena, Edward regardait Alaric, et Serena vit son propre visage, ses yeux brillant de désir, son corps pris entre les deux hommes.

— Je crois que c'est le moment, Alaric, murmura Edward au creux de l'oreille de la jeune femme. Ce n'est qu'un avant-goût, nous avons toute la nuit devant nous. Viens, Serena, viens pour nous.

Elle n'eut aucun mal à obéir. En fait, elle n'avait pas le choix. Déjà, elle avait basculé dans l'extase. Son corps se tendit, s'arc-bouta pour accueillir les assauts d'Alaric jusqu'au fond de son ventre. Une myriade d'étoiles étincelèrent dans un éblouissement prodigieux tandis que des soubresauts la parcouraient.

Alaric ferma les yeux sous l'effet des ondes qui vibraient autour de son membre.

— Tu sens le courant qui fuse en elle, n'est-ce pas ? lui dit Edward.

Au septième ciel, Serena sourit sous les baisers qui pleuvaient, avant de se laisser aller dans les bras qui la soutenaient, anéantie.

— Vous avez été parfaits, tous les deux, déclara Edward. J'ai envie que tu me prennes dans ta bouche, maintenant, Serena, mais peut-être qu'Alaric veut d'abord jouir en toi ?

— Non, répondit-il en se retirant lentement. J'ai envie de la goûter. Tu vois, je ne suis pas si rapide que tu le penses…

— Une compétition ? C'est ça que tu veux ? D'accord…

Edward orchestra un nouveau corps à corps. Pendant que Serena chevauchait la bouche d'Alaric, il s'appuya à la tête de lit et offrit son sexe à ses lèvres.

Elle se souvint qu'il était ivre et que dans son état normal, il ne se serait sans doute pas livré à de tels abandons. Il était bien différent de l'homme qu'elle avait côtoyé durant les deux semaines passées. Il se révélait soudain libéré, prêt à se soumettre à ses désirs sans retenue et sans honte.

Elle jouit de nouveau sous les lèvres d'Alaric et quand Edward lui tira un peu les cheveux, sa volupté franchit un cap, lui coupa le souffle. Sans savoir comment, elle se retrouva avec Alaric agenouillé derrière elle, qui la pénétrait de nouveau, et elle sombra dans un enchevêtrement de délices sans plus savoir qui était qui. Les mains, les sexes, les lèvres se confondirent. Serena devint extase pure. Elle se perdit au cœur du plaisir.

Dans ce royaume encore inconnu d'elle, elle reprit brièvement conscience lorsque Edward parvint à l'orgasme sans crier, sans gémir, mais en murmurant son nom :

— *Sérénité.*

Quand elle se retrouva sans forces, blottie entre ses deux amants, ils souriaient. Et elle se mit à rire.

— Alaric ? Nous l'amusons... Elle n'en a pas eu assez, apparemment.

— Laisse-moi le temps de reprendre mon souffle, d'accord ?

Peu après, de nouveaux soupirs s'élevaient et la nuit se termina dans un concert de plaintes langoureuses et de prénoms chuchotés tendrement.

6

— Quel dommage que j'aie passé tant de temps à m'habiller, ce matin ! Je me serais bien mêlé à ce tas informe.

Edward ouvrit immédiatement les yeux au son de cette voix languide. Il perçut un poids léger sur sa poitrine : Serena. S'étirant, il tenta de s'asseoir et découvrit, non sans une certaine contrariété, un autre corps tiède étendu contre lui…

— Ne te lève pas, tu n'es pas en état de recevoir et moi, je meurs de faim. Je vais voir ce que je peux trouver.

Appuyé au chambranle de la porte, Cillian ponctua ces paroles en faisant claquer ses gants sur la paume de sa main avec un petit sourire en coin qui ne présageait rien de bon.

Alaric s'enfonça sous les couvertures tandis que Sérénité s'asseyait en dégageant ses cheveux de son visage, libérant Edward qui se leva, nullement gêné. Ce n'était pas la première fois qu'il se montrait nu devant Cillian.

— Je ne t'attendais pas, mon prince.

— Je vois ça, répliqua Cillian en baissant les yeux sur l'érection matinale de son ami. Je ne voudrais pas t'empêcher de t'envoyer en l'air au saut du lit, Edward, mais il est plus de midi et je pensais vraiment te trouver debout et prêt depuis longtemps.

Midi ! Edward passa une main dans ses cheveux en grimaçant et s'aperçut qu'il avait la bouche pâteuse. Ses ébats de la nuit lui revinrent lentement à l'esprit et il reporta son attention sur Cillian en s'efforçant de demeurer impassible.

— Margera va s'occuper de toi. Je te rejoins dans une minute. Excuse-moi pour ce contretemps.

— Prends ton temps. Je serai dans la cuisine où je m'amuserai à terroriser ta petite servante, et à faire du charme à ta cuisinière virile pour qu'elle me donne l'un de ses délicieux biscuits roulés au sucre. Ils sont à damner un saint.

Edward perçut un froissement de tissu derrière lui et Sérénité apparut comme par magie avec sa robe d'intérieur, la lui enfila et noua la ceinture. Elle était nue, ses longs cheveux ruisselant dans son dos, nue sous le regard de Cillian qui évoquait celui d'un serpent convoitant une souris pour la dévorer.

— Va t'habiller, Serena.

Elle le regarda, puis regarda Cillian.

— Comme il vous plaira, dit-elle en ramassant sa robe avant de se diriger vers la salle de bains.

Cillian se lécha lentement les lèvres.

— Elle est drôlement belle, dis-moi.

— Elle me… convient, trancha Edward, qui n'avait aucune envie de parler de Sérénité avec Cillian dont le regard était revenu sur le lit où Alaric ronflait toujours.

— Bon, je descends à la cuisine, jeta le prince, quittant la pièce en faisant tournoyer sa cape.

Edward le suivit des yeux, l'estomac noué par autre chose que par ses abus de la veille. Quand il entra dans la salle de bains, Sérénité lui avait préparé une cuvette d'eau froide. Elle lui tendit un gant qu'il pressa sur ses paupières. De ses mains chaudes, elle l'aida à s'asseoir dans le fauteuil, près de la baignoire, puis les plaça sur ses épaules qu'elle massa avec douceur et fermeté à la fois. Elles soulagèrent certaines tensions... mais en créèrent d'autres tout aussi fortes.

S'agenouillant ensuite devant lui, elle prit ses mains dans les siennes.

— Je peux vous apporter du thé et quelque chose à manger, marcher sans bruit et parler tout bas, mais je ne peux pas éliminer les effets de l'herbe et du worm.

Il acquiesça.

— Je vous ai demandé de venir au lit avec moi, hier soir ?

— Vous ne vous souvenez pas ?

Il la laissa lui masser l'intérieur des poignets avec ses pouces, puis exercer une pression ferme près des tendons. À sa grande surprise, ses nausées s'atténuèrent.

— J'ai été idiot de consommer autant.

— J'ai fait ce que j'ai cru susceptible de vous plaire.

— Et... est-ce que cela vous a plu ? s'inquiéta-t-il.

Elle sourit.

— Oui, beaucoup.

Il eut envie de l'embrasser, et ce désir de tendresse le stupéfia. L'arrivée bruyante d'Alaric le dispensa de s'attarder sur ces réactions imprévues.

— Bonjour... J'ai un mal de tête épouvantable.

— Je vais vous faire du thé à tous les deux, déclara Serena en se levant et en s'éclipsant.

Alaric s'aspergea le visage avec l'eau glacée de la bassine, puis s'essuya en jurant.

— Et toi, mon ami ? J'imagine que tu as une migraine carabinée, non ? Est-ce bien Cillian que j'ai entendu ?

— Oui, il est ici.

Alaric s'approcha de la petite fenêtre et regarda dehors.

— Et pas seul, remarqua-t-il. On dirait qu'il a amené toute sa suite.

Edward le poussa pour regarder en bas à son tour.

— Nom d'un chien !

— J'ai bien peur qu'une sacrée nouba ne se prépare chez toi !

— Je te trouve bien joyeux, grommela Edward, avant de plonger la tête dans la bassine et de se mouiller partout en frissonnant.

— Pourquoi ne le serais-je pas, après la nuit que nous avons passée ? répliqua Alaric en lui tendant une serviette.

Ils se regardèrent un instant.

— Je garde un souvenir un peu vague de la nuit dernière, avoua Edward.

— Nous avons fait l'amour à cette superbe créature qui est en train de nous préparer du thé pour nous aider à nous remettre de nos excès, et elle nous a fait l'amour elle aussi. Rien d'autre.

— Bon…

— Ce n'est pas vrai…

— Quoi ? s'alarma Edward.

— C'est lady Larissa ! Elle vient de descendre de sa voiture.

Ce n'était pas la bonne saison pour ce type de réjouissances. Les sauteries qui duraient toute une semaine se donnaient généralement en hiver, quand le temps rendait les déplacements difficiles et que les extravagances en tout genre des invités aidaient à tuer l'ennui des jours raccourcis et des nuits interminables. Mais Cillian Derouth ne semblait pas se soucier de ces considérations.

— Je peux fournir la nourriture et l'hébergement, disait Edward à Sérénité.

Il était assis devant le feu, ce soir-là. À genoux devant lui, elle délaçait ses bottes.

— En revanche, pour les divertissements… ajouta-t-il en prenant le verre de vin chaud qu'elle lui tendit ensuite et en s'adossant dans le fauteuil tandis qu'elle lui mettait ses chaussons.

— Je suis sûre qu'Alaric pourrait vous aider...

Serena se leva pour attiser le feu, puis reprit sa place.

— Oui, Alaric pourrait, en effet.

— Laissez-le s'en occuper. Et les dames qui sont arrivées pourront peut-être jouer les hôtesses, puisque vous n'en avez pas.

Ce n'était pas un reproche, mais il sembla le prendre comme tel.

— Je ne veux pas que vous pensiez que j'ai honte de vous.

— Je sais que vous n'avez pas honte de moi.

« Mais moi, j'ai honte de moi », aurait-il pu ajouter. Et contre cela, elle ne pouvait rien.

Edward lui fit signe de poser la tête sur ses genoux, et elle s'exécuta avec un soupir d'aise.

— Défaites votre chignon.

Dès qu'elle eut ôté les épingles, il glissa les doigts entre les mèches nattées puis déploya l'opulente chevelure. Serena ferma les yeux en frottant sa joue contre son pantalon alors qu'il continuait de caresser ses cheveux, puisant visiblement un grand plaisir à la couvrir de tendresse.

Les gens heureux ne requéraient pas les services d'une dame de compagnie. Tous ses maîtres avaient souffert, en fait, et en avaient gardé des séquelles. Comme elle. Parfois, Sérénité découvrait la source de leur souffrance et parvenait à la dissiper. Parfois, elle repartait sans avoir pu en déceler la cause, mais même dans ces cas-là, elle réussissait à les consoler d'une manière ou d'une autre.

À la fois gentil et acerbe, futé et naïf, généreux et circonspect, Edward était toutefois différent de ceux qu'elle avait eus jusqu'ici. Il était le premier à s'être aventuré au-delà des barrières dont elle se protégeait, dans ce lieu secret que nul autre que lui n'avait touché du doigt, et cela la rendait nerveuse.

Edward était différent, oui, parce que…

Parce qu'elle était en train de tomber amoureuse de lui.

Il perçut sa raideur soudaine et reposa la main sur ses cheveux.

— Qu'est-ce qui vous préoccupe ?

— C'est à moi de vous demander ce genre de choses, Edward.

Il l'incita à le regarder.

— Je découvrirai vos secrets.

— Je vous les ai tous dévoilés, répondit-elle en se redressant et en lui effleurant la joue. Me direz-vous les vôtres ?

Il secoua la tête, lui prit la main et en porta la paume à ses lèvres chaudes. Serena se leva pour s'asseoir sur ses genoux.

— Edward… murmura-t-elle. J'aimerais tellement vous voir heureux.

— Pour réussir votre mission ?

— Pas seulement pour cela, non…

Elle l'embrassa avec douceur, mais la passion qu'ils partageaient conférait à chacun de leurs gestes une intensité spéciale.

— Si je vous disais que je souhaite que vous échouiez ?

Elle sentit sa gorge se serrer.

— Je vous coûte trop cher ? Vous aimeriez faire le décompte avec l'ordre, et en rester là ?

Il secoua la tête.

— Non, ce n'est pas ça, mais si vous réussissez, vous devrez partir. Et je ne veux pas que vous partiez.

Sérénité poussa un long, long soupir.

— Si j'échoue, je devrai aussi vous quitter, Edward.

— Devez-vous toujours quitter vos maîtres, Serena ?

— Oui.

— Vous n'avez jamais eu envie de rester ?

Elle prit son visage entre ses mains et murmura contre ses lèvres :

— Si, cela m'est arrivé.

Il émit un gémissement sourd et s'empara de sa bouche. Ses doigts se resserrèrent dans ses cheveux, il lui tira la tête en arrière et sa langue se lova autour de la sienne, lui arrachant un petit cri de désir.

Tout à coup, il s'écarta :

— Chaque fois que je crois être rassasié de vous, je m'aperçois qu'il n'en est rien. Je me demande si je le serai un jour...

— Je suis heureuse de vous servir...

— Non... il y a autre chose, Serena... Dites-moi.

Elle hésita. Lui dire ce qu'il avait envie d'entendre lui apporterait sûrement un bien-être passager, mais au bout du compte, cela risquait de lui faire plus de mal que de bien. La frontière était mince, un faux pas risquait de leur être fatal.

— Répondez-moi, insista-t-il.

— J'aime savoir que je vous apporte du plaisir.

Cette réponse ne parut pas le satisfaire. Il la repoussa, l'obligeant à se relever.

— Je me suis adressé à vous parce que je ne voulais pas de quelqu'un qui joue avec les sentiments. Je voulais une compagne capable de mettre mon esprit en paix, de faire de mon foyer un lieu paisible et confortable.

— Y suis-je parvenue ?

Elle voulut reprendre la posture de l'attente, mais il l'en empêcha.

— Restez debout. Oui, Sérénité, vous y êtes parvenue. Vous ne vous êtes pas contentée de remettre de l'ordre ici, de me faire le thé, vous avez redonné vie à ces lieux sinistres. Grâce à vous, ils ont retrouvé la lumière. Je vous en suis reconnaissant.

— Je suis heureuse que...

— Ce n'est pas tout, coupa-t-il en se levant, la dominant de toute sa hauteur. Vous ne vous êtes pas contentée de soulager mon esprit, vous m'avez apporté le bien-être du corps. C'est un cadeau inattendu, mais bienvenu.

Elle le regardait sans mot dire.

— Vous êtes ici pour me donner une chose que je crois impossible à atteindre.

— L'apaisement absolu. Il suffit que vous y accédiez ne serait-ce qu'un moment, et ma mission sera remplie.

— Et vous ferez tout ce qui est en votre pouvoir pour atteindre ce but, n'est-ce pas ?

Sa voix avait de nouveau baissé d'une octave, comme à l'approche d'un danger. Un frisson d'anticipation inattendu la parcourut.

— Oui, acquiesça-t-elle.

— Alors dites-moi que je suis plus pour vous qu'une mission, ajouta-t-il dans un murmure.

Comme elle aurait aimé le reconnaître ! Mais il n'y avait pas de place pour l'amour dans la vie d'une dame de l'ordre. Lui avouer ses sentiments ne ferait que ruiner sa mission. Elle ne devait pas oublier qu'elle était là pour lui. Rien que pour lui.

— Chacun est unique, Edward. J'accorde une place égale à chacun de mes maîtres.

Il releva lentement la tête. Lorsqu'il reprit la parole, l'acier tranchant avait remplacé le velours de sa voix.

— Eh bien, puisque je suis comme tous les autres, je vous aiderai à mener votre mission à bien.

— Edward...

— Enlevez votre robe.

Elle ne put réprimer un mouvement d'hésitation. Elle ne parvenait plus à n'être que la dame de compagnie. Serena s'immisçait entre eux.

— J'ai dit : enlevez votre robe.

Son ton dur lui fit l'effet d'une gifle et elle sursauta quand elle sentit ses doigts commencer à déboutonner l'encolure. Les yeux d'Edward luisaient dangereusement. Tout à coup, il paraissait plus grand, plus intimidant.

— Maintenant.

— Oui.

— Oui, monsieur, précisa-t-il.

— Oui, monsieur.

Elle s'empressa de lui obéir, puis elle plia soigneusement la robe et la posa sur le repose-pied.

— Attendez, l'arrêta-t-il alors qu'elle commençait à dénouer sa chemise. Je veux vous voir comme ça un moment.

Le cœur battant, Serena scruta son visage, mais il ne restait rien de l'homme tendre et doux qui la berçait sur ses genoux un instant plus tôt. Celui-là était capable d'être dur.

Elle frissonna, et les bouts de ses seins tendus sous le voile attirèrent son attention. Entre ses jambes, son clitoris palpita : il y posa les yeux comme s'il pouvait le voir.

— Avec la lumière du feu derrière vous, votre corps se dessine en ombre chinoise rouge et or. Je vois chaque ligne, chaque courbe à travers la chemise. Les bouts de vos seins appellent ma langue, Serena, et cette douce fente entre vos jambes réclame mon sexe.

La gorge serrée, elle déglutit avec peine. Elle pouvait à présent nommer l'émotion qui l'oppressait. Le désir. Le désir pur, cru et puissant.

— Enlevez votre chemise.

Elle l'enleva.

— Ouvrez les jambes.

Elle les ouvrit, haletant légèrement. Derrière elle, les flammes lui chauffaient le dos mais devant elle, c'était le regard d'Edward qui la mettait en feu.

— Je veux voir votre désir perler entre les lèvres. Montrez-moi.

Serena glissa une main au bas de son ventre et lui montra.

— Vous êtes mouillée… ça vous excite de m'obéir ?

— Oui, monsieur, ça m'excite.

— Caressez-vous avec votre nectar.

Obéissante, elle glissa un doigt en elle puis revint sur son clitoris. Edward exhala un long soupir et Serena se cambra un peu.

— Vos seins réclament aussi vos attentions. Vous aimez en pincer les petites pointes, n'est-ce pas ? Leur faire un peu mal, même, en les faisant tourner entre le pouce et l'index ?

Sa voix était devenue rauque et son érection tendait le devant de son pantalon.

— Oui, monsieur. Oui.

— Parce que ça vous permet d'oublier tout le reste.

— Oui !

Ses cuisses tremblaient à présent, tant les caresses qu'elle se prodiguait lui procuraient du plaisir. Elle se massa un sein, puis referma les doigts autour du téton. Ses deux mains entamèrent un tandem parfait.

— Vous pourriez jouir maintenant, n'est-ce pas ? Avec moi, là, qui vous regarde.

— Si cela vous plaît…

— Oui, ça me plaît. Mais quand je vous le dirai, pas avant.

— Bien, monsieur, s'inclina-t-elle malgré elle en cessant de se caresser.

— J'ai vu à quel point vous aimiez jouir. L'orgasme sera votre récompense lorsque vous m'aurez satisfait. Vous comprenez ?

Elle hocha la tête, et il tourna ses yeux à présent voilés vers la commode interdite.

— Dans ce meuble, vous trouverez une boîte. À l'intérieur se trouve un petit coffret. Apportez-le-moi.

La porte du meuble grinça quand elle l'ouvrit, et plusieurs boîtes alignées, sans signe particulier, s'offrirent à sa vue. Laquelle choisir ? Elle réfléchit rapidement, s'efforçant de se fonder sur ce qu'elle savait déjà de lui. Elle posa les mains sur la première, face à elle. À l'intérieur se trouvait le petit coffret de bois sculpté. Elle le lui donna, puis reprit la posture de l'attente.

— Venez ici.

Elle le suivit jusqu'à son bureau et le regarda déballer une fine chaîne en or, avec une pierre précieuse à l'une des extrémités et une petite boucle à l'autre. Il en sortit une seconde identique et les leva devant le feu, de sorte que la lueur des flammes se reflète dans les gemmes.

— Savez-vous ce que c'est ?

— Des boucles d'oreilles ?

— Non. Ce n'est pas fait pour les oreilles, dit-il en glissant une main en coupe sous l'un de ses seins et en ajustant la boucle autour du téton.

Elle retint son souffle lorsqu'il fit coulisser la bague, la serrant, mais juste ce qu'il fallait pour que ce ne soit pas douloureux. Peu après, son bout de sein devenu rose foncé lui infligeait des picotements délicieux. La pierre qui pendait au bout de la chaîne lui procurait des sensations au moindre mouvement. Il agrémenta l'autre sein du même dispositif.

— Vous les porterez pour moi ce soir.

Sans attendre sa réponse, Edward saisit dans le coffret une pièce sensiblement identique, à la différence que ce n'était pas une pierre précieuse au bout de la chaîne, mais une pièce en or en forme de V, au bout duquel se balançaient deux petites chaînes avec des joyaux.

— Asseyez-vous au bord du bureau et écartez les jambes.

Tremblante d'anticipation, Serena fit ce qu'il lui demandait. Le bois était lisse et frais sous ses fesses.

— Agrippez-vous au rebord des deux mains. Vous ne devrez pas bouger tant que je ne vous en aurai pas donné la permission.

De nouveau, Serena obéit, écartant les cuisses plus largement encore. Edward s'y insinua et elle retint son souffle, mais il resta là, entre ses jambes, sans la toucher, se contentant de la regarder pendant un long moment. De regarder son sexe, et c'était si excitant que son clitoris s'était érigé.

— Je vais le parer comme j'ai paré vos seins, dit-il en le prenant entre le pouce et l'index et en le masturbant comme on le fait avec un pénis.

Serena ne lâcha pas le rebord du bureau, mais elle gémit de plaisir et écarta encore un peu les jambes. De son autre main, il glissa le petit V en or autour du clitoris. Le pincement qui lui fut infligé fit courir en elle une onde mouvante. Au bout de leur chaîne, les gemmes bougeaient au moindre souffle et tapotaient le point le plus sensible de son anatomie.

— Vous porterez ça aussi, ce soir.

— Oui… je… oui, monsieur.

— Et j'ai deux autres ornements pour vous, bien qu'ils ne soient pas aussi jolis.

Cette fois, il sortit du coffret deux courts bracelets de perles, l'un deux fois plus gros que l'autre. Ils ne portaient pas de fermoir et étaient de toute façon trop courts pour être des poignets. Serena se demanda à quoi ils servaient, tandis qu'il les faisait cliqueter entre ses doigts.

— Ils ne sont pas faits pour être visibles, expliqua-t-il, comme s'il lisait dans ses pensées.

Il lui souleva une jambe et, lentement, introduisit le plus gros dans son vagin, une perle après l'autre. La dernière resta à l'extérieur, caressée par les gemmes qui pendaient à son clitoris. Au moindre mouvement, les boules venaient appuyer juste derrière le pubis.

— Vous répondez à merveille, Serena, lui dit-il, galvanisé par le sourire reconnaissant qu'elle lui offrit.

Elle était au bord de l'orgasme et se gardait bien de bouger, car il lui avait défendu de jouir sans sa permission.

— Bien. J'ai du travail. Servez-moi comme vous en avez l'habitude.

Sur ce, il alla s'asseoir à son bureau, ouvrit un grand livre devant lui et trempa sa plume dans l'encrier.

Déconcertée, la jeune femme demeura immobile jusqu'à ce qu'il lève les yeux, d'un air ennuyé.

— Allez me faire du thé, Sérénité.

Sans un mot, elle se leva et dut étirer ses doigts endoloris, tant ils étaient restés crispés au bord du bureau. Quand elle se retourna, les pierres s'agitèrent autour de son clitoris et les perles en elle roulèrent un peu. Elle gémit.

— Tout de suite, le thé.

— Oui, monsieur.

Elle avait servi nue plusieurs fois, mais jamais dans de tels atours. Elle fit trois pas et dut s'agripper au fauteuil d'Edward de crainte de chanceler, tant la torture que lui infligeaient ses ornements était divine.

Des sensations inouïes la parcouraient, mais Edward avait demandé du thé, alors... elle dut se répéter les cinq principes de l'ordre pour continuer.

Pendant le reste de la soirée, elle le servit de cette manière. À chaque pas, un tourbillon de volupté l'emportait : les bijoux frottaient, pressaient, appuyaient sur les zones les plus érogènes. Mais le soulagement suprême ne lui était toujours pas concédé.

Edward semblait de plus en plus irrité. Il ne se levait même pas pour prendre les dossiers dont il avait besoin, comme il le faisait d'habitude, mais s'adressait à elle sans relâche, la mettant à contribution plus qu'il ne se l'était jamais permis. Et à chaque minute qui passait, le corps de Serena criait de plaisir.

Un plaisir de plus en plus vif. Des pieds à la tête, chaque centimètre de sa peau devint aussi sensible que son clitoris et les bouts de ses seins. Tels de longs doigts invisibles, la légère brise qu'elle déplaçait en marchant effleurait son ventre, les rondeurs de ses fesses, ses tétons. La chaleur des flammes venait s'insinuer entre ses jambes en une caresse de feu. Chaque inspiration qu'elle prenait décuplait les sensations et elle finit toute tremblante, impatiente d'atteindre la plénitude au risque de devenir folle.

Enfin, Edward se leva.

— Placez-vous face au bureau, les mains à plat dessus.

Elle s'empressa d'adopter la position demandée, écartant les jambes d'elle-même. Il passa un doigt le long de sa colonne vertébrale et lorsqu'il parvint tout en bas, entre ses fesses, elle sursauta.

— Vous vous êtes montrée totalement dévouée, ce soir. Vous m'avez obéi en tout point sans vous plaindre. Le moment de la récompense est venu, vous l'avez bien méritée.

Oui, elle était prête à se soumettre, à endurer la torture, le plaisir tellement intense qu'il en devenait douloureux. Et puis elle adorait qu'il lui donne des ordres, elle adorait se laisser dominer, entraîner au pays de la volupté.

Elle l'aimait.

Serena poussa un long soupir tandis qu'Edward refermait une main autour de sa nuque et l'autre autour des chaînes qui pendaient de ses seins. Il les tira tout doucement et un soubresaut lui répondit. Puis il les ôta délicatement, une à une, et le soulagement fut si grand qu'un petit cri lui échappa. Il se mit alors à masser ses tétons, légèrement, puis elle l'entendit s'agiter derrière elle et elle reconnut le bruit des boutons qu'il défaisait. Elle attendit, tremblante d'anticipation.

La maintenant toujours par la nuque, il glissa une main vers son ventre, saisit la chaîne du V. De nouveau, elle se cambra. Quand il lui ôta l'objet, le soulagement fut si grand qu'elle faillit jouir. Ses muscles se contractèrent autour des perles toujours en elle. L'orgasme était là, en suspens, telle une énorme vague immobilisée dans son élan, prête à s'écraser sur le rivage.

Lentement, il retira les perles tandis qu'elle haletait, pantelante, à présent incapable de respirer sans faire de bruit, de frémir sans gémir. Éperdue, elle se déhanchait dans une offrande désespérée. Lorsqu'il retira la dernière perle, Serena ne savait plus si elle était en train de jouir ou de chevaucher une extase qui paraissait sans fin. Elle était partie à l'assaut d'une série de sommets, de plus en plus hauts.

Edward la pénétra d'un coup de reins. Elle était tellement mouillée qu'elle n'eut qu'à se cambrer pour qu'il soit en elle complètement. Il se mit à aller et venir si fort qu'elle dut s'accrocher à la table pour amortir l'assaut. Il continua avec la même fougue en poussant des cris de fauve, et l'orgasme de Serena explosa enfin. Enfin. Avec une violence qui faillit lui faire perdre conscience.

Mais ce n'était pas fini.

Il immisça les doigts entre ses fesses en poursuivant son va-et-vient et appuya un peu. Un deuxième orgasme s'épanouit alors que le premier n'était même pas encore terminé. Et quand il accéléra encore le mouvement, une troisième vague de plaisir pur l'emporta dans le tourbillon d'écume des deux premiers.

Edward la rejoignit dans un ultime coup de reins, avec des cris sauvages. Le bureau trembla, les chandelles vacillèrent.

Peu après, elle sentit ses lèvres chaudes sur son omoplate et le tissu de sa chemise contre sa peau nue. Elle s'aperçut alors qu'il s'était contenté d'ouvrir son pantalon. Pour une raison inconnue, cette découverte la fit sourire, puis rire. D'un rire rauque, presque méconnaissable.

Après un dernier baiser sur l'épaule, il se retira. Elle protesta, se demandant si elle allait être capable de bouger.

Mais elle n'eut pas à s'interroger longtemps. Edward l'aida à se redresser, la souleva dans ses bras et la porta jusqu'au lit. Là, il la coucha, la nicha soigneusement sous les draps propres et frais, et elle s'endormit.

7

Il y avait bien longtemps qu'Edward n'avait pas vu Cillian aussi calme. Allongé sur une méridienne, le prince de Firth semblait totalement détendu, la chemise ouverte, la veste jetée dans un coin. Il avait détaché ses cheveux qui flottaient sur ses épaules. À la lueur des flammes, ils évoquaient un souffle de feuilles d'automne soulevées par le vent. Il émit un soupir d'aise qui fit rire Edward.

— Je t'amuse ?

— Non, mais je ne pensais pas te voir un jour refuser une partie de cartes.

— Pas les cartes, mon cher. Une partie de cartes *avec* lady Larissa. Cette femme est une harpie.

Edward jeta un coup d'œil à la porte ouverte donnant dans la pièce voisine où lady Larissa, lady Marvina et lady Sentinell riaient des singeries d'Alaric et des autres lords que Cillian avait amenés avec lui.

— James et Persis amusent ces dames, remarqua Edward en buvant une gorgée de cidre épicé. Et Larissa rit plus particulièrement aux pitreries d'Alaric.

Cillian se redressa et suivit le regard de son ami.

— Au moins, il a l'air content et je ne peux pas en dire autant de toi. Quand vas-tu me revenir, Edward ? Tu me manques.

— Je ne suis pas parti bien loin.

— Depuis combien de temps me connais-tu ?

— Six années à l'école, cinq ensuite. Onze au total, calcula Edward en regardant James et Persis se déplacer à tâtons, la tête recouverte d'une nappe, au grand amusement des jeunes femmes qui ne cessaient de glousser.

Avec un soupir irrité, Cillian se leva et ferma la porte d'un coup sec.

— Onze ans, répéta-t-il en reprenant place dans la méridienne. Eh bien, j'espère que j'ai gagné à être connu.

Edward réfléchit avant de répondre. Il avait été très attaché à l'homme qui se trouvait devant lui, au temps où ils se comportaient comme deux jeunes loups, où rien ne les arrêtait.

— Tu as ma loyauté et ma compagnie, dit-il.

Cillian soupira :

— Avant, j'avais ton amitié. Nous étions inséparables. Nous faisions les quatre cents coups ensemble, nous étions des idéalistes épris de poésie et tout le monde nous enviait, toi, Alaric et moi. Aujourd'hui, mon père te paie pour jouer les nounous auprès de moi, pour empêcher son vaurien de fils de lui causer davantage de tracas.

Edward se leva et se mit à faire les cent pas devant le feu.

— Tu es toujours mon ami, Cillian. Ce n'est pas parce que je ne fréquente plus les putes avec toi…

— Mais tu m'accompagnais toujours lors de mes nouvelles aventures, l'interrompit le prince.

— Tu veux dire, tes nouvelles débauches.

Edward se tourna vers lui et les deux hommes s'affrontèrent du regard.

— Mes nouvelles expériences, rectifia Cillian, les yeux brillants. Tu ne peux pas avoir oublié combien c'était excitant d'explorer des voies encore inconnues de nous.

Edward aurait préféré l'oublier…

— C'était il y a longtemps.

Cillian se dressa d'un bond et rejoignit Edward. Il lui prit son verre, but dedans et le lui remit dans la main.

— Pas assez pour que tu ne t'en souviennes pas, mon cher, très cher ami. Je le vois dans les yeux quand tu me rejoins dans ma petite salle de jeu, et je le vois en ce moment même.

Edward le connaissait assez pour savoir qu'il serait vain de prétendre le contraire. Il n'avait jamais été capable de leur cacher quoi que ce soit, à lui ou à Alaric, ses deux meilleurs amis.

— Bien sûr que je me souviens, admit-il.

— C'est pour cela que tu as pris une dame de compagnie.

Stupéfait, Edward cogna bruyamment son verre contre le manteau de la cheminée.

— Non !

Cillian sourit.

— Tu es sûr ?

Edward secoua la tête, bien que le souvenir de Sérénité, de ses jolis seins, son sexe délectable paré de bijoux, ne le quittât pas.

— Elle n'est pas une prostituée.

— Je n'ai jamais dit ça, mon frère, mais c'est une dame de l'ordre dont le but est de combler tes désirs afin de t'apporter la paix.

— Sérénité n'a rien à voir avec le style de plaisirs que tu affectionnes, jeta Edward en finissant son verre.

Des éclats de rire leur parvenaient de la pièce voisine.

— Et tu as Persis pour te divertir, tu n'as pas besoin de moi.

— Persis est un compagnon d'orgies, Edward, il n'est pas mon ami. Toi et moi, c'était bien autre chose. Je pensais que tu le savais. C'est ton amitié qui me manque. Et puis tu me faisais rire, vraiment rire. Tu comprends ? Alaric et toi, vous étiez les deux seuls à ne pas me traiter comme un prince, comme un homme que l'on vénère. Tu es mon frère de cœur, Edward. Que puis-je faire pour retrouver ça ?

Edward resta d'abord silencieux. Ce discours ne le laissait pas indifférent et il ne pouvait douter de la sincérité de Cillian. Il méritait une réponse sincère.

— Rien. Ce qui a été est mort, en même temps que la fille.

Il rouvrit alors la porte à double battant et rejoignit les autres, laissant Cillian derrière lui.

Serena guettait le retour d'Edward à la fenêtre. Il était parti pique-niquer sur ses terres avec un petit groupe, au bord d'une mare d'eau claire où l'on pouvait se baigner.

Elle avait déjà rempli la baignoire pour lui et préparé ses vêtements. Parfois, elle faisait le tour des lieux pour vérifier que tout était en ordre, puis elle reprenait son poste, consciente d'attendre impatiemment le moment où il lui revenait, ne serait-ce que pour une heure, avant de retourner à ses invités.

Mais ce qu'elle préférait, c'étaient les nuits où elle l'avait tout à elle. Où elle le servait d'une tout autre manière. Elle sourit. La nuit, elle pénétrait dans un autre monde.

— Je comprends maintenant pourquoi il vous enferme ici. Vous êtes trop jolie pour être partagée avec nous autres.

Serena se retourna en sursautant et s'inclina aussitôt en reconnaissant le prince, dans l'encadrement de la porte.

— Mon prince.

— Je ne suis pas votre prince, si ? lança-t-il gaiement en entrant dans la pièce.

Dans la mesure où elle n'était pas une citoyenne de Firth, il ne l'était pas, non. Elle répondit toutefois en souriant :

— Lorsque je suis dans une province qui n'est pas la mienne, j'obéis à ses lois.

Il se déplaçait avec une grâce féline, un peu comme un danseur.

— Je préférerais que vous m'appeliez Cillian.

Elle était forcée de tourner sur elle-même pour suivre ses mouvements. Il feignit de s'intéresser aux étagères de livres, au bureau, à la vue, avant de reporter son attention sur elle. Il avait des yeux d'un vert vif qui faisait penser à l'herbe des prés en été. Son regard était doux, mais elle recula instinctivement quand il le plongea dans le sien.

— Lord Edward ne devrait pas tarder. Voulez-vous l'attendre ou souhaitez-vous que je lui transmette un message ?

Il s'approcha d'elle et elle ne bougea pas, bien qu'il fût si près qu'elle sentait son souffle sur son visage. Il n'était pas aussi grand qu'Edward, ni aussi musclé, mais elle ne doutait pas qu'il fût aussi fort. Pourtant, si Cillian la rendait méfiante, elle n'était pas inquiète pour autant.

— Cillian, dit-elle d'un ton ferme, lorsque l'on est dans la maison d'un autre…

— On la respecte, je sais.

Son sourire charmeur formait un étrange contraste avec son regard calculateur.

— Il vous a parée de certains bijoux, ajouta-t-il.

Ce n'était pas une question, et sans lui laisser le temps de réagir, il passa un pouce sur la pointe d'un sein si sensible qu'il se contracta aussitôt.

— Ici, murmura-t-il. Et ici, continua-t-il en effleurant l'autre.

Sa réaction la dispensait de toute réponse.

— Et plus bas, aussi…

L'espace d'un instant, elle crut qu'il allait la toucher là aussi, mais seul son regard la caressa entre les jambes. Pourtant, l'impact de ses yeux lui donna l'impression de porter à nouveau la petite pince sur son clitoris et de sentir le poids des pierres précieuses se balançant à chacun de ses pas.

— Et à l'intérieur de vous aussi, je dirais.

Sa voix n'était plus qu'un souffle un peu rauque.

Il s'approcha encore.

— C'est moi qui lui ai appris comment s'en servir, lui murmura-t-il à l'oreille, avant de s'écarter soudain. Vous sentez bon. C'est pour lui aussi ?

— Tout ce que je fais, c'est pour lui, parvint-elle à articuler.

L'expression indéchiffrable, il finit par hocher la tête, et Serena recula d'un pas en expirant l'air qu'elle avait retenu sans s'en rendre compte.

— Dites à Edward que j'aimerais vous avoir au dîner.

Avec un petit sourire, il s'inclina légèrement et quitta la pièce sans lui avoir demandé son avis sur la question. Il avait l'habitude d'être obéi et n'avait besoin de l'agrément de quiconque.

La requête du prince ne fut pas du tout du goût d'Edward.

— Que le diable l'emporte ! Il sait pourtant qu'une dame de l'ordre n'a pas à servir un autre que son maître.

— Il ne s'est pas adressé à moi, Edward. Il m'a juste chargée de vous transmettre sa demande.

— Sachant très bien que je ne pouvais pas refuser !

— Si vous n'avez pas envie que je vienne à ce dîner, je ne viendrai pas, dit-elle, bien qu'elle sût que ce n'était pas aussi simple.

Edward lui lança un regard sombre.

— Pour qu'il le prenne pour un affront personnel ? Vous n'imaginez pas de quoi il est capable.

— Il ne peut rien contre moi, mais contre vous, oui, évidemment. Et je pense qu'il serait pire pour vous d'endurer sa colère que de me voir à ce dîner.

Ce disant, Serena vérifiait que ses vêtements n'avaient besoin d'aucune reprise et qu'ils n'étaient pas tachés, avant de les plier soigneusement et de les ranger.

— Il cherche à me tourmenter. Cillian sait se conduire comme un vrai fumier quand il veut. Ce qui lui arrive plus souvent qu'il ne le faudrait.

Elle lui prit le poignet et le porta à ses lèvres.

— Ce n'est pas un problème pour moi de vous servir au dîner, Edward.

Une expression qu'elle ne sut définir passa dans ses yeux.

— Vous n'êtes pas ici pour parader comme un animal de foire ! Ou pour être contemplée comme une fleur rare. Or, c'est ce que veut Cillian.

— Il cherche à vous couvrir de honte ?

— Non.

Cette réponse la laissa sceptique.

— Alaric, Cillian et moi allions à l'école ensemble. Nous étions inséparables. Toujours unis pour faire des bêtises. Mais j'étais jeune et stupide, à l'époque. Je ne me rendais pas toujours compte des conséquences de mes actes.

Elle se doutait un peu à quel genre d'écarts ils s'étaient adonnés…

— Il m'a dit qu'il vous avait appris à utiliser les bijoux, murmura-t-elle.

— Entre autres choses, oui. Il aurait voulu que je reste comme avant, façonné à son idée, plutôt que me voir devenir l'homme que je suis.

— Et votre amitié ?

— Je suis loyal envers mon prince et j'accomplis mes devoirs envers lui de mon mieux, pour agréer aux demandes de son père, notre roi. En dehors de cela, il n'y a plus rien.

— Voilà qui doit le blesser profondément, commenta Serena.

Edward sembla étonné.

— J'ai toujours été son ami malgré sa couronne, pas à cause d'elle, et ça n'a pas changé. Mais vous ne savez pas ce qui s'est passé entre nous, Sérénité. Si vous le saviez, vous ne seriez pas si prompte à prendre la défense de Cillian, croyez-moi !

Elle avait touché le cœur du problème, songeat-elle. Le nœud de la blessure : le secret d'Edward. Ce qui l'avait amené à prendre une dame de compagnie. Le moment était venu d'aller un peu plus loin. De le forcer à soulever le voile et à se confier à elle, de sorte qu'elle puisse nettoyer la plaie pour lui permettre de se refermer. Mais elle avancerait pas à pas car... car elle ne tenait pas à ce qu'il commence à aller mieux.

Pour la première fois en de nombreuses années de service, elle ne voulait pas que son maître guérisse.

— Je vous demande pardon, dit-elle en se détournant afin qu'il ne voie pas les larmes dans ses yeux.

— Vous viendrez au dîner, mais pas pour nous servir. Vous vous assoirez à table avec nous, comme n'importe quel autre convive. Je peux au moins déjouer ses plans de cette manière.

— Je me ferai un plaisir de faire ce que vous souhaiterez, quelles que soient vos raisons.

Se radoucissant un peu, il tendit la main pour lui caresser la joue.

— Je sais.

Il la prit dans ses bras, posa le menton sur son crâne et respira dans ses cheveux.

Mais il ne dit rien. Aussi, au bout d'un moment, Serena se dégagea doucement et se mit à préparer les vêtements d'Edward pour le dîner.

— Quelle table ! s'exclama Alaric. Digne d'un prince, vraiment ! Une chose est sûre : nous n'allons pas mourir de faim !

Edward se tourna vers son ami.

— Je connais ton appétit.

Alaric sourit d'un air mutin.

— Un homme doit prendre des forces s'il veut profiter de tous les divertissements que tu lui proposes.

— Je crois que le palet ou la bataille ne sont pas des jeux aussi épuisants que ceux auxquels tu t'adonnes, répliqua Edward en riant.

Il essaya de lui envoyer une tape amicale, qu'Alaric esquiva.

— Ce n'est pas moi qui m'en plaindrai. Le destin a mis lady Larissa sur mon chemin, et qui suis-je pour m'élever contre le destin, hmm ?

— C'est Cillian qui l'a amenée ici, pas le destin, corrigea Edward.

— Parce qu'il savait qu'elle serait contente de me trouver là, mon vieux. Et une lady Larissa contente est beaucoup plus sociable qu'une lady Larissa contrariée... J'ai trouvé la compagnie de la dame plus qu'agréable. Je suis heureux d'avoir l'occasion de lui dire ma... ma flamme.

Surpris, Edward lui posa une main sur l'épaule.

— Tu... tu ne veux pas dire que...

— Si. Si elle veut bien de moi. Et si tu acceptais d'être mon témoin, je serais comblé.

Alaric, marié ? Et à lady Larissa, pas moins ? Stupéfait, Edward le félicita, songeant que si même Alaric envisageait de convoler, peut-être que lui aussi, après tout...

— Alaric, glissa la voix douce de lady Larissa qui venait d'entrer dans la pièce.

Elle adressa un gracieux signe de tête à Edward, tout en tendant élégamment la main à Alaric qui la baisa.

— Puis-je vous escorter à votre chaise ? lui proposa-t-il.

Ce fut au tour de James de faire son entrée, entouré de Sentinell et Marvina qui minaudaient à loisir, suivies d'un Persis boudeur.

— Pardon pour cette arrivée tardive, mon cher Edward, lança alors Cillian avec son intonation languide, mais j'ai trouvé cette ravissante créature qui hésitait, seule dans l'escalier, et j'ai cru bon de l'escorter moi-même.

Edward pivota vers la porte où le prince venait d'apparaître, Serena à son bras.

Il en resta sans voix. Elle avait insisté pour qu'il descende avant elle, sous prétexte qu'elle avait besoin de temps pour se préparer. Il s'attendait à la voir dans sa robe de dame de compagnie, à col montant et manches longues, boutonnée du haut du cou jusqu'à l'ourlet qui recouvrait les chevilles.

Mais, ainsi vêtue, elle était plus belle que jamais. Ce ne fut pas sa tenue qui lui coupa le souffle, mais elle, Serena. La robe était simple, sans plumes ni rubans, de coupe moderne cependant. Le décolleté carré était profond et la jupe taille haute, juste sous les seins, s'épanouissait souplement jusqu'aux chevilles, sans ampleur superflue. Elle avait relevé ses cheveux en un chignon haut et souple, révélant la ligne gracieuse de son cou sur lequel il perçut le léger bleu laissé par sa bouche... ce qui suffit à faire durcir son sexe.

— Je ne sais pas si vous avez remarqué, mais vous lui avez coupé le sifflet, glissa Cillian à Serena en riant. Et la vue de notre cher Edward muet comme une carpe est plutôt un événement, croyez-moi.

Edward s'inclina devant chacun d'entre eux, Cillian, d'abord, puis Sérénité. Il la regarda dans les yeux en pressant doucement ses doigts entre les siens.

— Vous êtes magnifique.

Cillian se mit à tousser.

— Et moi alors ? Ne suis-je pas magnifique ?

Un éclat de rire général salua la remarque. Edward lui prit la main, mais se contenta de la serrer énergiquement.

— Comme toujours, mon prince, comme toujours.

Sur ce, la petite assemblée s'installa à table. Edward et Cillian se trouvaient à une extrémité, Sérénité leur faisant face à l'autre bout.

Ce dîner n'aurait pas dû être différent de ceux qu'ils avaient déjà partagés, depuis le début de ce petit séjour de fête. Aux yeux d'Edward, la simple présence de Serena lui donnait une saveur particulière. Ses manières étaient irréprochables, comme toujours. Elle savait quels couverts utiliser, comment plier sa serviette. En vérité, elle connaissait mieux l'étiquette que la plupart d'entre eux, et quand elle but son vin un peu trop vite, il s'aperçut qu'elle agissait délibérément, afin de ne pas embarrasser lady Marvina dont les façons laissaient grandement à désirer.

Une bouffée de fierté l'envahit, alors qu'il n'y était pour rien. Il ne l'avait pas formée, elle ne lui appartenait pas. Elle riait ni trop ni pas assez, s'exprimait correctement, répondait toujours judicieusement. Elle n'était pas mieux habillée que les autres, veillait à ne pas paraître mieux éduquée. Pourtant, cela ne l'empêchait pas d'être l'incarnation même de la vraie lady. Oui, Edward était fier.

Il remarqua aussi combien Alaric était attentionné envers Larissa, veillant à ce que son verre soit toujours plein, se levant pour aller chercher son châle sans qu'elle ait à le demander. Un œil averti décelait tout de suite qu'il ne se comportait pas seulement comme un soupirant attentionné, qu'il y avait autre chose. Edward ne fut pas le seul à le remarquer : Cillian s'en aperçut aussi.

Quand ils se dirigèrent vers la bibliothèque pour prendre le café et les digestifs, le prince tira Edward par le coude.

— Notre Alaric est mordu, murmura-t-il.

Leur ami s'était installé au pied de sa belle, assise dans un fauteuil, la contemplant avec passion.

— Je trouve qu'elle lui va bien.

— Vraiment ?

Edward tourna la tête vers lui.

— Oui, pourquoi ? Pas toi ? Il est en adoration devant elle, et elle…

— Elle va le dévorer tout cru et le recrachera aussitôt, jeta Cillian. C'est une sale petite garce.

Elle était en train de mettre un peu de son dessert dans la bouche de son chevalier servant. Une véritable affection brillait dans ses prunelles, et ils rirent ensemble lorsqu'elle essuya un peu de cacao sur son menton.

— Si je puis me permettre, tu as tort. Ils semblent très bien s'entendre.

Cillian pouffa et sortit sa petite boîte d'herbe de la poche de sa veste. Il roula un cigare qu'il leva vers Edward pour lui demander du feu.

— Je ne crois pas que tu sois sincèrement heureux pour lui.

— Bien sûr que si ! répondit Edward en prenant sa petite boîte d'allumettes en argent.

— C'est moi qui t'ai donné cette boîte d'allumettes, dit Cillian en lui saisissant le poignet.

— Oui, en effet.

Les deux hommes se regardèrent un instant dans les yeux, puis Cillian baissa la tête pour allumer le cigare.

— Elle ne le partagera pas.

— Je ne m'attendais pas à ce qu'elle le fasse, répliqua Edward en prenant la boîte d'herbe et en se roulant une cigarette sans demander la permission. Mais elle ne l'empêchera pas de voir ses amis.

— Elle le fera si elle découvre qu'il en pince pour toi, glissa Cillian avec un petit sourire narquois.

Edward observa Alaric. Il racontait une histoire à grand renfort de gestes, et son auditoire s'amusait beaucoup.

— Ne fais pas semblant de l'ignorer, enchaîna Cillian en lui soufflant la fumée dans la figure. Tu es loin d'être stupide.

— Arrête, Cillian. Laisse tomber.

— Oh, je ne lui reproche rien, tu sais. Je dirais même que je le comprends ! Je t'aime beaucoup moi-même, alors que tu me hais.

Edward aspira l'herbe au parfum puissant et retint sa respiration. Inutile de discuter, songea-t-il. Cillian n'en ferait qu'à sa tête, comme toujours.

Il recracha la fumée qui forma un épais nuage entre eux, opaque comme un secret.

— À quoi joues-tu ?

Cillian ne répondit pas, mais ses yeux s'attardèrent sur Sérénité.

— Non, dit Edward.

— Tu l'as bien partagée avec Alaric.

Edward fulmina intérieurement, s'en voulant de ne jamais penser à fermer sa porte à clé.

— Je ne la partage pas.

Quelque chose s'altéra dans l'expression du prince. L'ombre d'une émotion s'y fit jour, qu'Edward ne put identifier mais qu'il aurait pu prendre pour de la tristesse, de la souffrance peut-être, s'il n'avait eu la conviction que Cillian était incapable d'éprouver de tels sentiments.

— Je la veux. Je veux une femme que je ne craigne pas de briser et je sais qu'elle est de cette trempe. Ça se voit, Edward, elle a vécu, et la vie ne l'a pas laissée indemne. Elle a des cicatrices.

— Non, le contredit Edward en regardant son adorable Serena, l'estomac serré.

— Elles ne sont peut-être pas visibles, mais ce ne sont pas les plus visibles qui font le plus de dégâts.

Edward se retourna vers lui, exaspéré par l'intonation insinuante. Il l'affronta du regard, son visage à quelques centimètres du sien, à présent. Cillian sentait l'alcool et l'herbe, et il arborait un regard triomphant. Edward recula d'un pas.

— Pardon, mon prince. J'ai outrepassé mes limites.

— Tu outrepasses toujours tes limites, jeta Cillian entre ses dents. Depuis que nous sommes amis.

— Je ne partagerai pas Serena.

— Et quand elle te quittera et que je l'engagerai, que ressentiras-tu ?

— Tu ne peux pas choisir ta dame de compagnie, remarqua Edward avant de s'apercevoir que le prince se moquait de lui.

— Mais elle partira, Edward. C'est inévitable.

Edward secoua la tête en la contemplant, à l'autre bout de la pièce, en train de rire avec grâce.

— Nous ne sommes plus à l'école, Cillian ! Pourquoi faut-il que tu veuilles toujours ce que j'ai ? Elle n'est pas un cheval ou une veste qu'on échange, bon sang !

— Elle est ta dame de compagnie, mon cher. Et elle meurt d'envie que tu lui donnes ce que tu t'obstines à lui refuser. Je me trompe ?

Hors de lui, Edward préféra se taire. Cillian avait toujours eu le don de lire en lui, au plus profond. De trouver les clés qui protégeaient ses secrets les plus intimes.

— Je parie que tu ne l'as jamais prise comme je le pense, n'est-ce pas, mon cher ? Tu ne l'as pas déshabillée puis ligotée… bien que le seul fait d'y penser te fasse bander comme un fou.

— Non, avoua-t-il, se maudissant de s'être laissé prendre dans son jeu.

Le petit rire de Cillian lui fit l'effet d'un doigt lui courant le long de la colonne vertébrale en lui griffant la peau.

— Je sais que tu en as envie. Tu as toujours adoré ça. Les attacher. Combien de fois l'avons-nous fait ensemble, mon cher ami ? Moi à genoux devant elle, en train de la lécher, et toi derrière, en train de la baiser ? Combien de filles avons-nous prises comme ça, toi et moi ?

Trop, songea Edward. Beaucoup trop. Et pas assez… Le rouge lui montait aux joues, sa gorge était sèche.

— Elles aimaient ça, tu sais. Et toi aussi. Pourquoi te refuser ce dont tu as vraiment envie ?

Cillian était derrière lui, à présent. Si près qu'Edward sentait son souffle sur sa nuque, la chaleur de son corps. Heureusement, les autres ne faisaient pas attention à eux…

— Elle en est capable, Edward, sinon, ils ne te l'auraient pas envoyée. L'ordre de la Rédemption ne commet jamais d'erreurs.

— Mais c'est à moi qu'ils l'ont envoyée, pas à toi, parvint à articuler Edward.

Cillian émit un petit rire d'où s'échappaient les senteurs lourdes de l'herbe.

— Je ne la veux pas pour moi, je veux seulement qu'on la partage. Peut-être est-ce la seule possibilité qui me soit donnée de t'approcher de nouveau.

— Tu es un manipulateur pervers et sans scrupules, Cillian.

Il pensait ce qu'il disait, mais les mots lui parurent vides. Edward ne pouvait effacer de son esprit les images de ces corps ligotés, entravés, qui les avaient jadis réunis lors de diaboliques orgies.

— Et nous avons été amis, lui rappela Cillian dans un murmure. Aujourd'hui, nous ne le sommes plus et je veux y remédier.

Il afficha de nouveau un air triste, mais cet accablement ne pouvait être sincère.

— Alors laisse-moi y croire un moment, Edward, fais-moi cette faveur, ajouta-t-il. En souvenir du bon vieux temps.

— Non.

Cette fois, l'émotion qui assombrit le regard du prince n'était pas feinte.

— Tu vas me donner ce que je veux, sinon je dis à lady Larissa que son nouveau jouet baisait ta dame de compagnie dans ton lit, juste avant sa venue. J'ai peur qu'elle le prenne mal, pas toi ? Pauvre Alaric… Quoi ? Tu crois que je ne le ferais pas ?

— Je sais que tu es assez vicieux pour ça ! Mais pourquoi faire du mal à Alaric ?

Cillian regarda les autres, qui semblaient beaucoup s'amuser.

— Parce que, en le faisant souffrir, je te fais souffrir, *toi*. Parce que tu l'aimes plus que moi. Parce que, quand je veux quelque chose, je m'arrange pour l'obtenir.

— Si j'accepte, tu ne seras plus jamais mon ami, mon frère. Plus jamais.

— Arrête de me faire payer ce que tu sais.

Edward avait envie de lui envoyer son poing dans la figure. De faire taire sa jolie petite bouche pleine de fiel. De lui casser les dents ! Autrefois, c'est ce qu'il aurait fait… mais à présent, beaucoup de choses avaient changé.

— Ce soir, Edward. Sinon, Larissa apprendra la vérité sur son amant.

Sur ce, Cillian rejoignit les autres. Aussitôt, Persis courut vers lui avec du worm et de l'herbe.

Edward desserra un peu sa cravate. Il avait envie de boire quelque chose de frais. Comme par magie, son souhait se réalisa à l'instant même. Une main fine et douce plaça un verre entre ses doigts. Il cligna des yeux et vit Serena. Cette femme qui était venue lui apporter la paix.

— Montez dans ma chambre et attendez-moi, lui dit-il.

Obéissante comme à l'accoutumée, elle s'exécuta sur-le-champ.

Quand Edward tourna les yeux vers Cillian, celui-ci lui adressa un bref signe de tête.

Le marché était conclu.

8

Serena ignorait quelle était la cause de la tension entre Edward et Cillian, mais elle ne tarderait pas à l'apprendre. En attendant, elle prépara un bon feu de cheminée dans lequel elle jeta des huiles parfumées, puis elle confectionna des cigarettes d'herbe, remplit un pichet de worm, et un autre de whisky. Elle s'apprêtait à faire chauffer de l'eau pour le thé lorsque la porte s'ouvrit.

Il n'était pas seul et Serena raccrocha la bouilloire à son crochet quand elle vit qui l'accompagnait. Elle se raidit. Le visage fermé, Edward se dirigea vers elle et prit le verre de whisky qu'elle lui tendait.

— Mon seigneur Cillian, mon seigneur Edward, dit-elle pour les accueillir.

— Vous n'avez pas à l'appeler ainsi, Sérénité, répliqua Edward. Il n'est pas « votre » seigneur. Moi seul le suis.

— C'est vrai, ma foi, approuva Cillian, l'air moqueur.

Le regard de Serena allait de l'un à l'autre.

— Edward ?

Il s'était fermé. Rien de ses émotions ne transparaissait.

— Vous êtes une très bonne dame de compagnie, commença-t-il.

— Merci.

Confortablement installé dans le fauteuil d'Edward, Cillian se tapotait les lèvres du bout de l'index en observant la jeune femme.

— Vous devez obéir à celui que vous servez.

— Oui, répondit-elle, perplexe.

— Comme vous avez obéi aux autres.

— Eh bien... chacun de mes maîtres est unique pour moi, le temps de ma mission. Et j'agis de même pour chacun d'entre eux, oui.

Elle crut le voir frémir et voulut aussitôt aller vers lui, mais il l'en empêcha.

— Redites-moi comment vous parveniez à adoucir votre souffrance.

Là était donc la raison de toutes ces questions...

— La douleur physique m'aide à soulager celle de mon âme, dit-elle lentement.

Cillian bougea dans son fauteuil avec un petit gémissement. Edward s'agrippa au manteau de la cheminée et continua :

— Vous avez besoin de la douleur.

Il n'eut pas à se faire plus explicite. Elle sut exactement ce qu'il attendait d'elle, et comment lui apporter le soulagement. Mais quand elle s'agenouilla devant lui dans la posture de l'attente, son cœur se serra car cela signifiait aussi la fin de sa mission auprès de lui.

— Oui, dit-elle. J'en ai terriblement besoin.

Elle sentit ses mains sur ses cheveux et frissonna.

— Je vais vous la donner, Serena, parce que j'en ai très envie.

Au printemps, la glace qui recouvre les rivières se fend et se brise jusqu'à ce que l'eau ayant dormi dessous tout l'hiver puisse bouillonner à la surface et dissoudre ce qui reste. C'est l'image qu'Edward évoqua à Serena, lorsqu'il eut pris sa décision. Celle d'une eau vive libérée de la glace qui la figeait sous l'ardeur rayonnante du soleil.

Il portait déjà en lui cette disposition à commander, à exiger l'obéissance. Ce n'était pas la première fois qu'elle la décelait en lui. Mais elle n'avait pas mesuré toute l'étendue de ses dispositions dominatrices et son aptitude à les contrôler.

Le ton de sa voix quand il lui donna l'ordre de se déshabiller, la lueur qui s'alluma dans ses yeux quand il la détailla dans toute sa nudité l'excitèrent jusqu'à la pointe du clitoris.

Cillian émit une plainte sourde lorsqu'il découvrit les bijoux dont ses seins et son sexe étaient parés.

— Elle est parfaite, dit-il en se levant et en venant tourner autour d'elle.

Il s'arrêta derrière elle, et elle sentit son souffle sur son épaule. Mais il ne la touchait pas, alors elle comprit que si Cillian était le maître partout ailleurs, il ne l'était pas avec Edward. En cet instant, en ce lieu, Edward était le prince.

— Elle porte ces bijoux comme une reine, Edward.

Son maître eut un sourire plein de fierté qui fit courir en elle une flamme très douce. Les pierres précieuses se balancèrent, comme mues par une brise, et son clitoris se raidit.

— Oui. Touche sa peau.

— Du satin, approuva le prince en lui obéissant aussitôt.

Sa main était longue et douce, la main d'un homme qui ne travaillait pas. Elle se promena lascivement sur son corps, ses hanches, ses cuisses.

Cette caresse fit durcir les pointes de ses seins, et quand elle s'insinua entre ses jambes pour jouer dans sa petite toison, elle eut l'impression que c'était Edward qui la touchait, tant son regard était ardent. Edward qui faisait palpiter son clitoris dans sa pince d'or. Edward…

— Tu veux la goûter, Cillian ?

— Bien sûr… murmura le prince à l'oreille de Serena.

Elle ignorait ce qui s'était passé entre eux autrefois, mais en cet instant suspendu, ces événements étaient mis entre parenthèses.

— Alors, fais-le, jeta Edward, tout en commençant à se déshabiller.

Cillian attira Serena quelques pas en arrière jusqu'à ce qu'elle soit assise sur le bord du bureau. Il lui écarta les cuisses, la contempla, et les regards avides des deux hommes la mirent en feu.

— C'est la première fois que vous avez un prince à vos pieds, je parie ? s'enquit-il d'un ton amusé.

Elle baissa les yeux.

— Non, répondit-elle.

Il éclata de rire, puis sa tignasse cuivrée s'approcha de son ventre et Serena retint son souffle lorsque sa langue passa sur le bijou en forme de V. C'était… irrésistible. Mais il ne tarda pas à le lui ôter, et elle se cambra de plaisir à la rencontre de sa bouche. Son clitoris disparut entre ses lèvres pendant qu'il glissait un doigt en elle pour appuyer sur les points névralgiques du plaisir.

Nu, à présent, Edward les regardait.

— Sérénité, venez ici.

Cillian s'écarta, et elle marcha vers Edward d'un pas que le baiser du prince avait rendu chancelant.

— Mettez les mains à plat contre ce mur, les bras au niveau des épaules, les doigts écartés. Vous devrez les refermer dès que vous voudrez qu'on arrête. Vous avez bien compris ?

Elle hocha la tête, touchée de cette attention. Peu de ses précédents maîtres lui avaient témoigné de tels égards. Elle se mit en position, les gemmes se balançant au bout de ses seins.

Un placard s'ouvrit, puis se referma.

— Tu ne lui bandes pas les yeux ?

— Non, répliqua Edward d'une voix coupante que Serena ne détesta pas, au contraire. Elle n'en a pas besoin, elle obéira.

Partagée entre l'excitation et l'appréhension, elle entendit le bruit d'une lanière de cuir glisser entre des mains, un froissement de vêtements.

— Parfait, commenta Cillian. Je me souviens de celui-ci.

Les deux hommes parlaient de leurs outils, tels deux maréchaux-ferrants discutant de marteaux, d'étaux et autres ustensiles. Qu'utiliser sur elle ? La brûlure sèche d'une cravache, ou les nombreuses morsures des fines lanières du martinet ?

Serena retint son souffle.

— Vous êtes prête ?

Elle hocha la tête.

— Je compte jusqu'à dix, d'accord ?

— Oui, monsieur…

S'efforçant de se détendre, elle tenta de se remémorer la dernière fois qu'elle s'était adonnée à ce genre d'expérience, mais il y avait si longtemps qu'elle n'en gardait qu'un souvenir vague. Toutefois, cela ne ressemblait pas à une punition infligée sous l'effet de la colère. Aussi curieux que cela paraisse, il s'agissait plutôt d'un traitement empreint de considération… et d'amour.

Quand il commença, elle reconnut une main experte et habile, celle d'Edward. Une brûlure s'épanouit sur sa peau et sur tout son corps, telle une fleur ayant éclos sous le couvert d'une jungle sombre et luxuriante.

Ensuite, ce fut comme un rêve où réalité et fantasmes se mélangeaient confusément. Le fouet claquait. Une main se glissait entre ses jambes, par-derrière. Des doigts entraient en elle, la palpaient. D'autres effleuraient son clitoris, ses bouts de seins. Mais chaque fois qu'elle sentait l'orgasme au bord de l'explosion, les mains l'abandonnaient, changeaient de place. Edward savait comment la garder à l'orée de l'extase et il usait et abusait de son savoir, jusqu'à la rendre folle.

Lorsque, enfin, il lui accorda la plénitude, elle sut qu'elle avait atteint la sérénité suprême, celle-là même qui lui avait valu son surnom.

Son corps tout entier n'était plus que plaisir pur. Une vague montait, l'enroulait, la propulsait dans une volupté violente, sauvage. Puis elle se calmait, et une autre revenait. C'était… indescriptible. Les murmures des deux hommes derrière elle lui parvenaient comme de très loin. Elle n'était plus en mesure de savoir qui parlait, ce qui se disait.

À la fin, elle sentit Edward se glisser en elle et l'emporter vers de nouveaux sommets sublimes.

Et puis, tout bascula.

Il y eut un coup de fouet, mais elle ne ressentit aucune douleur. Elle reprit pied dans le réel, comme brutalement réveillée par le cri d'Edward. Sa voix altérée par la fureur était méconnaissable. Cillian répondit sur le même ton. Suivit le bruit mat de coups de poing.

Alarmée, Serena fit volte-face.

Edward avait projeté Cillian sur le sol. D'une main, il le tenait par le col ; de l'autre, il le frappait au visage, à tel point qu'il avait les lèvres en sang.

— Edward ! cria-t-elle.

Il ne se retourna pas. De taille à riposter, Cillian s'était redressé et se défendait comme un beau diable. Les coups pleuvaient de part et d'autre, la bagarre était furieuse, sans merci.

— Tu n'es qu'un porc ! hurla Edward. Jamais tu ne lui parleras comme ça ! Jamais !

Les coups redoublèrent d'intensité. Serena essaya de nouveau de les rappeler à la raison, mais ils n'écoutaient pas. Elle courut alors dans la salle de bains et revint avec une bassine d'eau froide, qu'elle jeta sur eux.

Ils s'arrêtèrent net en jurant. Serena lâcha la bassine qui tomba à grand fracas, chancela, et dut se retenir au fauteuil d'Edward.

Les deux hommes se relevèrent et se défièrent de nouveau, les poings serrés, mais ils restèrent à distance et semblaient un peu calmés, comme… assommés.

Cillian essuya sa bouche ensanglantée.

— Pardon, Edward. Je ne savais pas…

— Ça suffit ! Je ne veux plus de tout ça ! C'est fini ! Je ne te servirai plus, je ne me prêterai plus à tes exigences, je ne vivrai plus dans l'ombre ! Terminé !

— Je voulais seulement ta compagnie, rien d'autre ! Je voulais que les choses redeviennent comme avant…

— C'est impossible ! Tu ne comprends pas ? Rien ne sera plus jamais comme avant ! Et je ne continuerai pas dans ce mensonge, je ne céderai plus à tes caprices, à tes demandes insensées qui planent perpétuellement au-dessus de moi !

— Je ne veux pas que tu aies peur de moi !

Dans le silence qui suivit, le bruit de l'eau qui gouttait de leurs corps parut très sonore.

— Je n'ai jamais voulu ça ! C'est mon père qui t'a ordonné de veiller sur moi, mon père qui t'a menacé. J'ai menti pour toi, Edward, parce que tu étais comme un frère et que je t'aimais alors que toi… toi, tu me hais !

Une tension presque palpable vibrait entre les deux hommes, et Serena n'osa pas intervenir. Edward était soudain très loin. Où qu'il soit, elle n'y avait pas sa place.

Cillian lui tendit la main mais il se détourna, alors le prince regarda la jeune femme. Son visage était tuméfié, du sang coulait de sa bouche, le long de son cou.

— Je vous demande pardon, dit-il. Servez-le bien, car il a grand besoin de ce que vous êtes venue lui apporter. Grand besoin.

Sur ce, il sortit.

C'est alors qu'Edward s'écroula sur les genoux et se prit la tête entre les mains. Aussitôt, elle se précipita vers lui, l'attira contre elle et le consola comme elle put, par sa seule présence, devinant l'ampleur de son désarroi.

— Nous avions dix-huit ans, commença Edward, étendu dans son lit, Serena contre lui. Alaric et moi étions des amis d'enfance, tous les deux fils de marchands aspirant à la noblesse. Cillian, bien sûr, était le fils d'un roi. Je le remarquai tout de suite. Comment ne pas le repérer avec ses cheveux cuivrés, son allure, sa démarche assurée, sa conviction qu'il était le meilleur en tout ?

Il sourit à ce souvenir, puis continua :

— La plupart des autres garçons le haïssaient d'emblée. Aucun n'osait se mesurer à lui. Beaucoup d'entre eux étaient riches, mais un seul était prince. Il avait une ribambelle de courtisans.

— Mais pas d'amis. Jusqu'à ce que vous arriviez, tous les deux.

— Un jour, je le surpris parmi un petit groupe, en train de se moquer du manteau élimé d'Alaric. Je lui envoyai mon poing dans la figure en le traitant de petit con.

— Et vous êtes devenus amis, dit-elle en souriant.

— Personne ne s'était jamais risqué à le défier, jusque-là. Le jour où je lui mis le nez en sang, il décréta qu'Alaric et moi étions ses meilleurs amis. Peu à peu, nous découvrîmes tous les trois que notre nationalité était loin d'être notre seul point commun.

— Il y avait vos inclinations, murmura-t-elle en le caressant doucement.

— Oui. Nous étions jeunes et nous fîmes la connaissance de prostituées qui, pour quelques pièces, se faisaient un plaisir de contenter des garçons comme nous. Parfois, nous les prenions ensemble, tous les trois. Celle qui nous initia à ces plaisirs un peu particuliers se faisait appeler lady Gentia, et je crois que nous étions tous plus ou moins amoureux d'elle. Elle en imposait en tout cas, car elle nous dépassait bien d'une tête et devait être deux fois pire que nous !

Serena se mit à rire.

— Elle donnait des coups de cravache à Alaric quand il la contrariait. Et puis, on en reçut aussi.

— Mais vous préfériez infliger la punition plutôt que la recevoir.

Une onde d'excitation le parcourut au souvenir de ce qu'il avait ressenti la première fois. Voir la peau rougir, la femme crier mais en redemander. Comment son corps brûlant se tordait sous le sien, ensuite.

— Cillian et Alaric étaient devenus des frères pour moi, mais Cillian devinait davantage ce que je ressentais. Alaric se joignait à nos escapades, mais elles comptaient moins pour lui que pour nous. Il consacrait beaucoup de temps à ses études car, bien qu'il soit très intelligent, il n'apprenait pas aussi facilement que nous.

« Cillian voulait toujours m'entraîner dans de nouvelles aventures et j'étais toujours partant pour le suivre. Il voulait tout essayer, aucune débauche ne l'effrayait. Il faut dire que les filles de lady Gentia étaient très expérimentées.

Toutes ces nuits d'excès, ces corps couverts de sueur, ces bouches avides, ces ventres accueillants... Ils passaient de l'une à l'autre, jamais rassasiés, et Cillian était souvent présent lorsqu'il prenait son plaisir avec l'une d'elles.

— Puis vint le drame, poursuivit-il. Nous avons rendu visite à une fille. C'est Cillian qui s'est chargé de l'attacher. Mais c'est moi qui lui faisais l'amour quand elle a suffoqué et qu'elle est morte.

Il ferma les yeux un instant.

— Elle nous avait expliqué que couper la respiration décuplait l'orgasme et nous avait elle-même donné les rubans en insistant pour qu'on les noue autour de son cou. Elle avait demandé à Cillian de les resserrer tandis que j'allais et venais en elle. Nous pensions qu'elle était juste... enfin, nous ne savions pas qu'elle avait succombé. Nous ne connaissions même pas son nom.

Il frissonna et Serena recommença à le masser doucement.

— On se prenait pour des hommes, mais on n'était que des gamins innocents et inconscients. Il devait y avoir une enquête. Nous risquions la corde, même pour un meurtre accidentel.

Elle murmura des paroles apaisantes contre son cou. Edward lui caressa les cheveux et l'attira contre lui.

— Cillian raconta qu'il était le seul en cause, que je n'avais rien à voir avec cette histoire. Il dit que j'étais tellement saoul que je m'étais endormi. Il endossa toute la responsabilité et je fus totalement disculpé.

— Mais il n'a pas été pendu.

— Non. Il fut envoyé à l'asile. Son père avait assez d'influence et d'argent pour cela, fit-il en lâchant un petit rire amer. Le prince a menti pour me sauver et je l'ai laissé faire. J'ai terminé mes études pendant que Cillian était interné dans une maison de fous. D'ailleurs, il était un peu fou quand il en sortit. Son père, qui en savait sans doute un peu plus qu'il ne le laissait paraître, me fit entrer à la cour. J'étais chargé de veiller sur Cillian, de le protéger d'autres accidents fâcheux. Il était sous ma responsabilité, et j'étais contraint de subir le fardeau qu'il représentait. Le rappel constant de ce qui arrive quand on laisse ses désirs à la dérive...

Serena se redressa pour le regarder dans les yeux.

— Vous vous faisiez des reproches.

— Pour la mort de la fille, oui. Pour la folie de Cillian, aussi. Mais je n'avais pas d'autre choix que d'obéir à son père. Je joue les anges gardiens depuis cette époque, Sérénité. Et chaque jour, je ne peux le regarder sans me rappeler ce funeste épisode. Selon certaines rumeurs, il n'obtiendra pas le trône à cause de sa folie, et aucun roi un tant soit peu sensé ne lui donnera sa fille en mariage.

— Il vous en veut ? demanda-t-elle avec une grande douceur.

— Non, même pas ! Il n'a pas changé. Il est resté le jeune homme impétueux, vif et imprévisible que j'ai connu. C'est moi qui ai changé.

Serena se pencha et effleura ses lèvres des siennes.

— Vous avez fait votre deuil, Edward, mais votre chagrin ne disparaîtra jamais.

Edward hocha la tête avec un profond soupir de soulagement : il avait trouvé quelqu'un qui le comprenait. Elle lui prit la main et la posa sur sa poitrine, où les bouts de ses seins durcirent aussitôt. Le baiser qu'elle lui donna ensuite devint graduellement plus exigeant.

— Nous sommes comme la clé et la serrure, murmura-t-elle. J'ai besoin de ce que vous avez à donner et vous n'avez pas à vous restreindre, Edward, parce que j'ai la capacité de tout prendre.

Elle glissa la main vers son sexe, et quelques secondes lui suffirent pour le ramener à la vie. Leurs soupirs se confondirent. Déjà, elle le chevauchait pour s'empaler sur lui. De nouveau, elle alla chercher ses lèvres et leurs langues s'enroulèrent en une danse fluide.

Au début, elle ondula en un lent va-et-vient, se penchant de temps en temps pour venir cueillir un baiser, ou le laisser happer ses seins. Elle finit assise, la tête renversée en arrière sous l'effet du plaisir, auréolée de sa luxuriante chevelure.

Edward se perdit en elle. Sa vue, son odeur et quelque chose de plus profond l'engloutirent littéralement dans un monde très, très doux… ardent, aérien… fait de sourires et de battements de cœur.

La révélation le frappa alors avec une telle brutalité qu'une exclamation lui échappa.

— Je vous aime, dit-il au moment où leurs corps se rejoignaient dans l'extase.

Serena le contempla, le regard chaviré de bonheur.

— Moi aussi, je vous aime, Edward.

Il cria son nom tandis qu'elle lui répondait en criant le sien.

Ils avaient atteint le soulagement absolu, la paix intégrale. Ensemble, ils avaient trouvé le lieu où les épines du chagrin ne pouvaient plus les atteindre.

Elle n'eut pas besoin de beaucoup de temps pour emballer ses quelques possessions. Une petite malle suffisait à contenir ses vêtements, affaires personnelles, et les bordereaux qui assureraient le transfert de son argent. Un petit soupir lui échappa quand elle parcourut du regard la chambre où elle avait vécu.

— Tu es prête ?

Serena se tourna vers la porte et sourit.

— Oui, Edward. Je suis prête.

L'homme qu'elle aimait lui tendit la main.

— La voiture nous attend.

Elle alla vers lui, prit la main qu'il lui offrait et se mit à rire lorsqu'il l'attira à lui pour l'embrasser.

— Tu vas regretter d'être partie ? demanda-t-il en plongeant ses yeux dans les siens, soudain sérieux.

Serena contempla une fois de plus la pièce que l'ordre de la Rédemption lui avait octroyée.

— Non, mon amour, je ne regrette pas de partir, pas quand il s'agit de rentrer à la maison avec toi.

— Viens, alors. Rentrons à la maison.

— Si tu veux.

— Je le veux furieusement, dit-il en posant une main sur sa joue.

C'était vrai. Ils rayonnaient du bonheur de s'être trouvés, tous les deux, songea-t-elle en quittant la pièce sans se soucier de fermer la porte derrière eux. Et cette insouciance était le signe de la *sérénité* enfin atteinte.

Loyale

9

Toutes les lampes avaient été allumées, le feu crépitait dans la cheminée, le vin coulait. Vêtu de son plus beau veston, de ses manchettes et de son jabot de dentelle amidonnée, Cillian attendait. Plus exactement, il arpentait la pièce sans relâche tant son impatience était grande.

— Par Sinder ! s'exclama-t-il. Où est-elle ?

Nonchalamment installé dans un fauteuil, Alaric buvait du vin, les pieds posés sur une ottomane.

— Elle est sûrement en route. Peut-être du retard à la gare ? dit-il.

— J'ai fait poster des hommes dans cette foutue gare. S'il y avait eu du retard, j'en aurais été informé en un clin d'œil, fit Cillian en claquant des doigts pour illustrer l'ampleur de son pouvoir.

Alaric se contenta de hausser un sourcil. Il pourrait au moins paraître impressionné, cet idiot ! songea le prince. C'était le problème, avec les amis intimes : ils vous connaissaient trop bien. Alaric estimait qu'il n'avait pas besoin de sembler épaté. Heureusement, grâce à la Famille sainte, nombreux étaient ceux qui lui restaient assujettis.

Alaric posa son verre et se leva. Il s'approcha de Cillian et glissa la main sous son catogan.

— Allez, du calme, elle va venir.

Le prince se détendit brièvement, avant de se dégager. Il était trop excité pour demeurer tranquille. Il y avait déjà des semaines qu'on l'avait informé que sa demande d'une dame de compagnie auprès de l'ordre de la Rédemption avait été prise en considération. Quinze jours qu'il avait reçu une lettre l'informant qu'elle arriverait ce soir, par le dernier train, à Pevensie Station. Il aurait dû exiger un train spécial. Enfin, il l'aurait fait s'il en avait eu le pouvoir, mais il lui aurait été difficile de changer les horaires, tout de même. Même son père le roi aurait eu du mal à intervenir sur la circulation ferroviaire.

— Elle est en retard, jeta-t-il. Et je suis très mécontent.

Si Alaric était un idiot, il était aussi un ami attentionné. Il s'approcha de nouveau de Cillian, lui empoigna les épaules et se mit à le masser fermement, au niveau des trapèzes. Puis il le poussa doucement vers un fauteuil où le prince se laissa tomber sans résister. Alaric lui tendit un verre de vin doux rouge.

— Elle va venir. L'ordre tient toujours ses engagements.

Cillian gémit en inclinant la tête pour lui permettre de mieux le masser.

— Bon sang, Alaric, attendre me rend à moitié fou.

Alaric se pencha et posa un baiser sur le haut de son crâne en riant, avant d'aller s'installer dans le fauteuil en face de lui.

— Il y a beaucoup de choses qui te rendent à moitié fou. L'attente est loin d'être la seule.

— Je pourrais te faire jeter en prison pour ce que tu viens de dire.

Les yeux d'Alaric pétillèrent d'amusement, mais sa bonne humeur ne faisait qu'agacer Cillian davantage. Malgré tout, ses colères contre son meilleur ami ne duraient jamais longtemps. C'était le seul qui lui restait, depuis la désertion d'Edward. Non seulement celui-ci l'avait abandonné mais il avait quitté la cour, allant même jusqu'à désobéir au roi.

Depuis six mois, Edward avait complètement laissé tomber le prince.

— Elle va venir, Cilly.

— Ne m'appelle pas comme ça ! Cet imbécile de Persis s'imaginait faire de moi son petit chien en me donnant ce surnom.

— Et tu n'es le petit chien de personne, admit Alaric qui, s'il ne le comprenait pas aussi bien qu'Edward, saisissait tout de même les traits essentiels de son caractère.

— Sûrement pas. Redonne-moi du vin.

Ils burent en silence et restèrent tous deux dans leurs pensées un moment, jusqu'à ce que, n'y tenant plus, Cillian se lève d'un bond. Il finit son verre d'un trait et le lança dans la cheminée où il se brisa en faisant grésiller le feu. Tout avait donc décidé de le contrarier ?

— Mon prince ?

Bertram, le valet de Cillian, se balançait d'un pied sur l'autre sur le seuil.

— Je vous demande pardon, milord, mais je suis allé à la gare et elle n'y était pas.

Cillian sembla sur le point d'exploser, mais aucun juron ne franchit la barrière de ses lèvres. Au lieu de cela, il tomba à genoux sur le sol glacé et se prit la tête entre les mains. Elle n'était pas venue !

— Retournez l'attendre, idiot, dit tranquillement Alaric à Bertram avant de s'accroupir près de Cillian. Viens, je vais t'aider à te mettre au lit.

— Non, fit Cillian en secouant la tête. Je ne suis pas ivre, Alaric, je suis seulement… je…

— Je sais, murmura son ami en lui pressant l'épaule.

Cillian releva la tête et regarda le jeune homme.

— Tu sais ce que je veux, peut-être ?

— Je te connais un peu, non ? répondit Alaric en se redressant et en lui tendant la main. Et j'en connais un rayon en ce qui concerne l'attente.

— Mais tu as ce que tu veux. Moi, je ne manque de rien et je suis toujours insatisfait.

Cillian avait beaucoup de mal à surmonter sa déception. Depuis des semaines, il attendait, certain que ses tourments s'apaiseraient dès que sa dame de compagnie arriverait. Il avait interrompu ses visites quotidiennes à la salle de jeu, dans cet espoir. C'était insupportable.

— Va-t'en, Alaric. Va retrouver le lit de ta dame avant qu'elle ne le trouve trop froid et décide de le réchauffer avec un autre. Laisse-moi seul.

Alaric soupira et s'inclina légèrement.

— Larissa m'a encouragé à rester avec toi jusqu'à ce que tu n'aies plus besoin de moi.

Tiens ? s'étonna Cillian. Lady Larissa n'accordait pas facilement ses faveurs, mais quand elle le faisait, elle était plutôt exclusive en retour.

— Larissa t'a proposé de t'occuper de moi plutôt que d'elle ?

Avec son teint de blond, Alaric ne put dissimuler la rougeur qui colora ses joues.

— Pas de la même façon… bien sûr.

Cillian haussa les sourcils en croisant les bras.

— Vraiment ? Et si je te demandais ce genre d'attentions ?

Alaric s'empourpra de plus belle mais se reprit tout de suite, cette fois.

— Tu n'as pas ces penchants, et tu le sais très bien.

— Ce n'est pas parce que tu es mon meilleur ami que tu dois te permettre de me défier.

— Je ne te défie pas. C'est seulement que… eh bien, depuis qu'Edward est parti…

— Ne prononce pas son nom devant moi ! s'exclama Cillian en posant une main sur son cœur, le siège de la douleur. Je suis le prince de Firth, je donne des ordres à qui je veux, mais je ne forcerai pas lord Delaw à me voir s'il n'en a pas envie.

— Je sais, oui.

— Tu sais, tu sais ! jeta Cillian en se retournant et en déboutonnant son gilet tout en sonnant son valet de chambre. Rentre chez toi retrouver ta maîtresse ou qui tu veux, Alaric, mais fiche-moi le camp !

Une fois seul, Cillian se mit à faire les cent pas en attendant l'arrivée de Renzell, mais le bougre prenait son temps et le monde aurait pu s'écrouler qu'il n'aurait rien changé à ses habitudes. Cillian était trop gentil avec lui ! Peut-être se conduirait-il différemment s'il goûtait au fouet une ou deux fois...

Mais même cette perspective n'adoucit pas l'humeur de Cillian, qui tenta de se calmer en cassant verre après verre dans le feu où une myriade de joyaux dorés scintillaient à chaque fois, pour le narguer. Il s'apprêtait à jeter le dernier quand Renzell se décida enfin à faire son apparition.

— Milord ? Elle n'est pas encore arrivée, hein ? Elle est en retard... Milord veut-il que je prépare ses vêtements de nuit ?

Cillian dut respirer profondément plusieurs fois pour se calmer et ne pas donner à ce crétin la correction qu'il méritait. Il était déjà suffisamment énervé comme ça. Et puis il refusait de devenir un monstre, comme Edward l'avait laissé entendre.

— Sors mon pantalon en peau. Je serai dans ma salle de jeu jusqu'à nouvel ordre.

Renzell acquiesça et se mit à s'agiter. Il était du genre à faire trois pas quand un seul aurait suffi, du genre à « déplacer de l'air » pour pas grand-chose. Mais au moins, il lui prépara le vêtement requis et l'aida à retirer ceux qu'il avait revêtus pour accueillir la dame de compagnie.

— Milord veut-il que les domestiques lui préparent un bain, plus tard ?

Cillian ferma les yeux brièvement, réprimant une réplique cinglante.

— Évidemment.

Ce qu'il voulait par-dessus tout, c'était ne pas être obligé de demander. Ce qu'il lui fallait, c'était quelqu'un qui réalise le moindre de ses désirs sans qu'il ait besoin de le réclamer, quelqu'un qui les « précède » et fasse de son mieux pour les satisfaire.

— Et un repas, aussi, milord ?

Décidément… De nouveau, Cillian parvint à contenir son exaspération. Il faisait des efforts louables. Dommage qu'Edward ne soit pas là pour le voir.

— Oui, Renzell. Un repas. Je serai sans doute affamé, comme toujours.

Renzell lui octroya un sourire lumineux mais non moins haïssable.

— Autre chose, mon prince ?

Sa tenue favorite pour ses nuits de plaisirs se résumait à son pantalon de peau noir, rien d'autre. La peau, douce comme le velours et traitée contre l'humidité et les taches, présentait certains avantages sur le plan pratique. C'était l'un des rares vêtements qu'il portait pour une question de commodité. Pour une fois, il ne s'embarrassait pas d'atours frivoles.

— Ce sera tout, Renzell.

Il préférait mettre tout de suite un terme à leur bavardage avant que son valet ne se lance dans l'une de ses interminables jacasseries. Quand il commençait, rien ne pouvait plus l'arrêter, même la menace du fouet. Mais former quelqu'un pour le remplacer serait encore plus fatigant que de supporter Renzell, alors il allait devoir continuer à se casser la voix à lui crier après au moins trois fois par semaine. Et Renzell persisterait à n'en faire qu'à sa tête.

Pour le moment, Cillian avait heureusement la salle de jeu pour se calmer, puisque sa dame de compagnie n'était pas là pour le calmer elle-même. Il n'y était pas allé depuis plusieurs jours et une anticipation féroce provoquait des afflux de sang dans ses veines.

Il prit l'escalier de service en bois nu, dépourvu de toute décoration. Il était réservé aux domestiques, qui l'empruntaient notamment pour transporter le linge sale et les pots de chambre. Ces marches n'avaient pas été conçues pour des pieds de prince, mais Cillian prenait un grand plaisir à les utiliser. Le roi aurait une attaque d'apoplexie s'il apprenait que son fils unique s'y aventurait.

La porte s'ouvrit en silence sur ses gonds bien huilés. À l'intérieur, les femmes que Cillian s'était procurées levèrent les yeux de leurs diverses activités. Il avait veillé à ce qu'elles puissent s'occuper en son absence. De la broderie, des cartes, des pliages. Des occupations de ladies qui n'intéressaient pas la plupart d'entre elles.

Elles l'accueillirent par un doux chœur de « mon prince », et il s'efforça de sourire. La porte se referma derrière lui et il exhala un long soupir. Au parfum des onguents qu'elles utilisaient, de l'acacia et de l'huile de rose, se mêlait celui du désir en un arôme puissant et entêtant.

Ici, il était le maître. Non grâce à sa couronne mais à son sexe érigé. Ici, on lui donnait tout ce qu'il voulait sans poser de questions. Entre ces murs, avec ces femmes, Cillian n'avait pas besoin de modérer ses colères, de tenir sa langue. En un mot, de se contenir. Chacune d'entre elles avait été choisie non pour sa perfection physique – car elles portaient toutes, sur leur corps et leur visage, les marques d'une vie dure – mais pour une qualité bien plus appréciable à ses yeux : le désir de le satisfaire comme il l'entendait, quelles que soient ses demandes, et le plaisir sans réserve qu'elles en retiraient.

Ici, il n'était rien d'autre qu'un homme, même si leur obéissance aveugle lui rappelait à chaque minute qu'il était un prince.

— Bonsoir, mes beautés, dit-il en ouvrant les bras. Qui est la première ?

Le train n'était pas seulement en retard, il n'arriva pas du tout. Seize kilomètres avant Pevensie Station, les wagons s'immobilisèrent en tressautant dans un concert de grincements. Une odeur de brûlé pénétra dans le compartiment de Loyale, qui se couvrit le nez en l'enfouissant dans sa manche pendant que les gens autour d'elle marmonnaient en secouant la tête.

— C'est un *odenbeast,* dit un vieil homme en secouant son journal sous son nez, l'air écœuré. Ils pullulent dans cette région de Firth, depuis que le prince a décrété que leur peau n'était plus à la mode. Personne ne les chasse plus, alors ils s'aventurent sur les voies ferrées, ces animaux stupides, et le train les heurte.

Loyale n'avait jamais rien entendu de semblable. Chez elle, dans la province de Bellora, le système ferroviaire avait été surélevé pour éviter de tels accidents. Elle ne dit rien, toutefois. Il y avait si longtemps qu'elle n'était pas allée à Bellora…

Il fallut qu'une équipe entière se déplace de la gare pour enlever l'animal, et ils n'étaient apparemment pas pressés, loin de là. Étrangement, personne ne se plaignait. En revanche, Loyale voyageait sans interruption depuis plusieurs jours et elle n'avait pas pris de vrai repas depuis le déjeuner de la veille, se contentant d'une tartelette avalée à la va-vite entre deux correspondances.

— Inutile de vous énerver, dit le vieil homme en l'observant par-dessus son journal. Votre destination sera toujours à sa place quand vous arriverez, j'en suis sûr.

C'était aussi vrai que décourageant. Loyale essaya de se concentrer pour se réciter mentalement les mantras de l'ordre de la Rédemption, essayant d'ignorer l'odeur d'odenbeast brûlé et les regards intrigués que lui attirait son uniforme. Où qu'elle aille, elle rencontrait toujours des curieux qui n'avaient jamais vu une dame de compagnie de l'ordre en chair et en os, et qui doutaient qu'elle fût un être humain comme eux.

Au fur et à mesure que les heures passaient, son estomac lui rappelait de plus en plus douloureusement qu'il était vide, et elle n'avait jamais eu autant de mal à se convaincre que la véritable patience était toujours récompensée. Une fois la voie enfin dégagée, le train repartit, mais il parvint à destination avec un tel retard que Loyale avait perdu tout espoir d'y être encore attendue. Elle ne savait que trop combien les princes détestaient attendre. Aussi, quand l'homme qui dormait sur le banc, le chapeau rabattu sur le visage, se redressa et se leva, elle fut très étonnée de le voir se diriger vers elle.

— Miss ?

Elle posa son bagage, mais resta sur ses gardes. Si les dames de l'ordre bénéficiaient de la protection de l'organisation très puissante qui les employait, cela n'empêchait pas le premier imbécile venu de s'imaginer pouvoir obtenir gratuitement ce que d'autres étaient obligés de payer.

— Vous attendez une voiture ? demanda-t-il comme Loyale ne répondait pas.

Il s'avéra que l'homme n'était pas quelque chaud lapin sans cervelle, mais le valet du prince de Firth venu la chercher. Il installa la jeune femme dans un équipage de facture si raffinée qu'elle se serait crue dans un coffret à bijoux... dont elle aurait été le joyau, songea-t-elle en déployant ses jupes sur la banquette de velours noir.

Elle n'avait pas l'intention de dormir mais la fatigue eut vite raison d'elle, après ce voyage éprouvant. Bien que les dames de l'ordre aient leur chambre personnelle dans la maison mère, à Neaku, l'ordre de la

Rédemption possédait des filiales dans la plupart des provinces. Elle avait récemment séjourné dans l'une d'elles, après sa dernière mission, et elle n'avait pas eu le temps de faire un saut chez elle avant de commencer la suivante.

Loyale ne se réveilla que lorsque la voiture parvenue à destination s'immobilisa. Quand Bertram ouvrit la portière, le vent nocturne pénétra à l'intérieur, charriant avec lui une odeur de pluie. Elle prit la main qu'il lui tendait et descendit. On ne voyait ni la lune ni les étoiles dans l'encre de la nuit, mais Loyale sentit le poids des nuages l'envelopper comme un manteau léger.

Elle leva la tête, offrant son visage à la fraîcheur de l'air alourdi par l'humidité.

— Un orage se prépare, dit-elle.

— Ah oui ?

Au même moment, un roulement de tonnerre se fit entendre, et Loyale se mit à rire de l'air intrigué avec lequel Bertram l'observait soudain.

— J'aime la pluie.

— La terre aussi aime la pluie, miss, répondit Bertram avec un grand sourire qui révéla des dents dont la blancheur contrastait dans son visage plongé dans l'ombre. Nous ferions mieux d'entrer.

On ne distinguait pas le palais dans l'obscurité profonde, mais ce n'était pas un problème pour Loyale. Le nombre de tours, la qualité de la brique ou celle du marbre n'avaient aucune importance : elle n'était pas là pour ça. Seul le prince qui vivait à l'intérieur et l'avait demandée l'intéressait. Tout le reste n'était que cerise sur le gâteau.

À cette heure de la nuit, on ne croisait que des gardes dans les couloirs. Des gardes et des ivrognes, rectifia-t-elle pour elle-même en passant devant une épaisse porte en bois fendue par endroits. Les interstices étaient assez larges pour lui permettre d'apercevoir une fête se déroulant à l'intérieur de la salle. De jeunes lords s'amusaient bruyamment et des effluves d'herbe lui parvenaient. Supposant que le prince se trouvait parmi eux, Loyale s'arrêta, mais Bertram secoua la tête en lui montrant une autre suite de couloirs plus rustiques débouchant dans un dernier passage poussiéreux et mal entretenu.

— Il est là-bas, dit-il en désignant une porte tout au fond.

Elle attendit, mais Bertram n'avait visiblement pas l'intention d'aller plus loin. Il s'écarta pour la laisser continuer seule, ce qu'elle fit en réprimant un bâillement.

Quelques marches conduisaient à une porte ornementée d'arabesques de métal noir sur le pourtour. Les lampes à gaz avaient été baissées, et elle cligna des yeux pour tenter d'y voir un peu mieux. De la poussière dansait dans le faible éclairage. Elle ouvrit la porte.

Ses précédents maîtres lui avaient appris à ne plus s'étonner de rien. À supporter beaucoup de choses, et à en ignorer davantage encore. Mais quand elle franchit le seuil et qu'une odeur lourde de sueur, de sexe et de sang l'assaillit, elle eut un mouvement de recul.

Une fille nue, le dos lacéré de coups de fouet, était attachée à une croix métallique. Sa tête pendait et sa peau basanée luisait de sueur. Ses épaules se soulevaient au rythme de sa respiration. D'autres filles nues, ou vêtues de voiles transparents, se trouvaient là aussi. Bertram se serait-il trompé de chambre ?

Une sorte de brume rougeoyante assombrit sa vision. Était-ce l'atmosphère étouffante et malsaine de la pièce ? Les effets de la faim et de l'épuisement s'accrurent soudain. Loyale respira profondément, sans se sentir mieux pour autant. Son malaise empira, ses oreilles se mirent à bourdonner.

Et puis, elle vit l'homme. Torse nu, il lui tournait le dos. Une longue et épaisse chevelure d'un brun doré ondulait sur ses épaules, accrochant la lumière de ses reflets d'ambre et de cuivre qui évoquaient les nuances fauves des fruits murs. La splendeur de ces cheveux lui arracha un soupir involontaire. L'homme avait l'oreille fine, car il se retourna aussitôt et… Oh, Mère invisible !

Il était magnifique.

Dans sa main levée, il tenait un fouet dont les lanières se balançaient au bout du manche. De la sueur coulait sur son visage et sur ses lèvres, où il passa sa langue.

— Qui êtes-vous ?

Une voix veloutée, mélodieuse, qui lui rappela le chant du ruisseau qui traversait le verger de son père, autant que ses cheveux lui en avaient rappelé les fruits. Bouleversée par ces réminiscences, Loyale fit un pas en arrière et posa une main sur son cœur, sans répondre.

— Par Sinder, murmura alors le prince de Firth en lâchant le fouet et en marchant vers elle. Vous êtes là.

Et elle s'évanouit.

— J'ai souvent suscité des battements de cils et des révérences, mais c'est la première fois qu'une femme s'évanouit à ma vue.

Consternée, Loyale essaya de s'asseoir, mais les couvertures la bordaient si étroitement qu'elles entravaient ses mouvements. Le prince déplaça légèrement sa chaise pour lui laisser un peu d'espace.

— Je vous demande pardon, dit-elle d'une voix rauque.

Il lui versa un verre d'eau et le lui tendit.

— Bertram avait reçu l'ordre de vous amener directement à moi, où que je sois. Si j'avais su que vous ne supporteriez pas cette vision, je lui aurais donné des instructions différentes.

Loyale but lentement l'eau fraîche, se donnant le temps de trouver une réponse. Il y avait des mois qu'elle n'avait pas perdu connaissance, bien qu'elle fût prompte à défaillir lorsqu'elle restait trop longtemps sans se nourrir. Elle se sentait encore un peu désorientée et se serait volontiers abandonnée contre les oreillers, mais le prince l'observait avec tant d'espoir qu'elle devina que cela ne lui plairait pas. Ce qu'elle voulait, elle, n'avait pas d'importance. *Égoïste est le cœur qui pense d'abord à lui.* Le mantra résonna dans son esprit.

Il avait des yeux verts comme l'herbe printanière mais pailletés d'éclats plus pâles, un peu comme la mer parsemée d'écume. Contre toute attente, ils lui rappelèrent la maison de son enfance. Loyale voulut parler mais les souvenirs l'assaillaient de nouveau, l'empêchant de s'exprimer alors qu'ils n'avaient pas lieu d'être.

Le prince Cillian, prince de Firth, son maître, se pencha vers elle pour capturer son regard. Elle eut l'impression de s'y perdre, de pouvoir se noyer dans ces profondeurs insondables comme dans celles du grand large.

Elle détourna les yeux.

— Je vous demande pardon. J'étais accablée par mon voyage, pas par votre vue. J'aurais dû me contrôler un peu mieux.

Il leva une main dont elle n'aurait su dire si elle allait la caresser ou la frapper. Quelle que soit son intention, il se ravisa au dernier moment et se leva. Il était toujours torse nu. Son pantalon noir moulait ses cuisses telle une seconde peau.

— L'ordre de la Rédemption m'avait promis une dame pour s'occuper de moi, et c'est moi qui suis en train de m'occuper de vous, de vous rafraîchir les poignets et le front. Est-ce à cela qu'ils vous forment ? À vous faire dorloter ?

— Non. Je vous ai demandé pardon.

Loyale repoussa les couvertures. À en juger par la qualité des draps, elle se trouvait dans le lit du prince. Quelqu'un lui avait enlevé ses chaussures et ses bas, constata-t-elle à sa grande confusion. Elle s'assit au bord du lit et vérifia qu'elle ne chancelait pas, avant de se lever.

Il n'était pas grand, elle n'avait pas besoin de trop dresser la tête pour le regarder. Elle s'exprima avec une grande douceur, plus par expérience que parce qu'elle était douce de nature.

— Pardon pour cette défaillance, mon seigneur. J'aurais dû veiller à manger, boire et dormir correctement afin d'être assez dispose pour prendre soin de vous dès mon arrivée. Je regrette de ne l'avoir pas fait.

En fait, le délai entre son dernier poste et le nouveau ayant été inexistant, elle n'en avait pas eu le temps. Il n'était pas courant qu'une dame de l'ordre n'ait pas la possibilité de se reposer entre deux missions, mais lady Valennda n'était pas encore enveloppée dans son suaire que Loyale recevait sa nouvelle affectation sans même pouvoir protester.

— Les regrets ne me consolent pas, jeta le prince d'une voix cinglante qui lui fit l'effet de ronces sur sa peau.

— Non, je m'en doute, dit-elle en penchant la tête avec un sourire conciliant auquel il ne répondit pas.

— Vous n'êtes pas ce que j'attendais.

— Je le suis rarement.

Le visage avenant de la jeune femme ne trahissait rien, mais le ton qu'il employait à son égard lui donnait envie de le gifler.

— Malgré les informations données par l'ordre avant tout nouveau mandat, personne ne sait jamais à quoi s'attendre, j'en ai l'habitude, ajouta-t-elle.

Il haussa les sourcils et posa les mains sur ses hanches en la déshabillant du regard. Sans doute l'imaginait-il plus jolie, songea-t-elle en s'efforçant de ne pas réagir. En manque de nourriture et de sommeil, il lui était plus difficile de jouer les douces créatures. C'était d'ailleurs le cas depuis un certain temps.

— Cela me semble ridicule. Ils vous ont tout dit sur moi, non ?

Elle hocha la tête, mais en réalité, l'énorme dossier qui lui avait été remis et qu'elle avait eu l'intention de lire au cours de son voyage, était resté au fond de son bagage.

— Bien sûr, mentit-elle.

— Suis-je ce que vous attendiez ?

— Oui, assura-t-elle d'emblée, alors qu'elle n'avait pas du tout pensé à lui.

Elle savait seulement qu'il était l'héritier de la couronne de Firth et que son bonheur dépendait de quelqu'un d'autre.

— Comment vous appelez-vous ?

— Loyale.

Il eut un petit sourire.

— Vous n'avez que ce nom-là ?

Non, elle en avait un autre, mais elle ne l'utilisait jamais au cours de ses missions. Il soulevait trop de questions au sujet de ses ancêtres.

— Vous n'avez pas besoin d'autre chose que de *loyauté.*

Le verre d'eau n'avait que partiellement trompé son estomac vide, qui recommençait à crier famine. Bruyamment.

— Puis-je me permettre de vous demander quelque chose à manger ? J'ai fait un long voyage, et je crois que je n'aurai pas la force de vous servir comme il se doit tant que je ne me serai pas sustentée.

— Parce que non seulement je dois m'occuper de vous, mais je dois aussi jouer les larbins de cuisine ?

Loyale ravala une réplique bien sentie et parvint à sourire de nouveau.

— J'imagine qu'un prince devrait pouvoir sonner quelqu'un qui se chargera de m'apporter quelques fruits avec du fromage, non ? Peut-être avec un biscuit ?

Il l'examina si longuement qu'elle crut qu'il allait refuser. C'eût alors été la plus courte mission qu'elle eût jamais accomplie. D'accord, elle n'était pas opérationnelle dès son arrivée, mais de son côté, il était tenu de lui fournir le gîte, le couvert et les vêtements appropriés à la saison. S'il refusait de lui donner à manger, elle s'en irait sans autre forme de procès. Elle retint son souffle, espérant plus ou moins qu'il choisirait cette dernière option.

Mais il hocha la tête :

— D'accord, mais l'aube va bientôt se lever et à cette heure-ci, je doute que les cuisines regorgent de victuailles.

Loyale le regarda par en dessous. Il lui était facile de jouer la déférence, une attitude toujours appréciée.

— Je me contenterai de ce qui s'y trouvera et aurait pu vous convenir à cette heure de la nuit.

Elle attendit. Quelques secondes s'écoulèrent… puis il éclata de rire. Il était d'une beauté à couper le souffle, mais quand il riait, son visage s'illuminait de l'intérieur, comme sous l'effet d'un soleil ardent dont elle avait intérêt à se protéger, devina-t-elle.

— Vous êtes intelligente, dit-il. J'aime ça.

— Je suis heureuse de vous contenter, répliqua Loyale.

Et si le manque de sincérité de sa réponse démentait totalement le nom qu'elle portait, elle était seule à le savoir.

Elle avait utilisé sa salle de bains tandis qu'ils attendaient la collation, et elle était maintenant assise face à lui, les cheveux mouillés et la peau diaphane. Elle sentait le savon. Une odeur qui ne l'avait jamais particulièrement séduit sur sa propre peau, mais qui, sur la sienne, lui donnait envie d'y enfouir le nez pour la respirer, la flairer comme s'il avait été un chien de chasse. Elle avait revêtu l'une des robes en lin qu'il lui avait données, du style de celle qu'elle portait à son arrivée, mais rose pâle et non bleu nuit. La couleur claire rendait le tissu transparent, révélant les aréoles des seins et le triangle sombre entre ses jambes, mais Loyale ne semblait pas avoir remarqué qu'elle était quasiment nue – ou peut-être ne s'en souciait-elle pas.

Ses manières étaient celles d'une femme issue de la noblesse, remarqua Cillian comme il la regardait utiliser ses couverts pour se servir et manger la confiture de baies sauvages. Pourtant, l'instant suivant, elle se servit de ses doigts pour porter une tranche d'oie froide à sa bouche, telle une paysanne. Elle mangeait vite, sans prendre le temps de déguster ou de s'extasier sur les talents du cuisinier qui avait accompli des merveilles, étant donné l'heure indue. Il l'avait prise au mot, à propos de l'efficacité de son personnel en toute circonstance ; cela lui avait donné l'occasion de le tester, puisqu'il demandait rarement un repas en pleine nuit.

Ses gens avaient trouvé le moyen de dresser une table raffinée dans ses appartements : linge de maison délicat, porcelaine et argenterie, carafe de vin, beurre servi dans de petits beurriers, disposition recherchée des divers mets. Un effort louable, assurément.

La dame de l'ordre but une nouvelle gorgée de vin et tapota ses lèvres avec une serviette ornée de la même dentelle qui agrémentait la plupart de ses poignets de chemises.

— Délicieux.

— Vous mangez comme une affamée.

— J'avais faim, rétorqua-t-elle, les yeux brillants.

Une réponse simple et franche qui l'atteignit bien plus sûrement que si elle avait élaboré une explication compliquée.

— Vous aviez… faim.

— Oh, oui !

Elle lui offrit de nouveau ce sourire à damner un saint, et il surprit un éclat particulier dans son regard.

— Je vous remercie pour ce repas. Si vous voulez bien me montrer où je vais dormir, à présent ? Je crois qu'il est grand temps d'aller nous reposer.

Quoi ? Lui montrer où elle allait dormir ? Comme si elle était une simple visiteuse ? Une invitée ? Et lui, le valet de chambre ?

— Madame, je crois que vous dépassez les bornes, dit-il en se levant, la dominant de toute sa hauteur.

Mais trembla-t-elle pour autant ? Tomba-t-elle à genoux devant lui ? Rien de tout cela, non. Elle se contenta de soutenir son regard tandis qu'une fossette se creusait dans ses joues.

— Je vous prie de bien vouloir m'excuser, répondit-elle avec le plus grand calme. Il me faudra un peu de temps pour apprendre ce que vous aimez, et comment vous servir au mieux. Mais nous y verrons plus clair demain, n'est-ce pas ?

Cillian avait souvent pris des mains de femmes dans les siennes, mais jamais sous l'effet de la colère. Il eut envie de la secouer sérieusement.

— C'est ça, le travail d'une dame de l'ordre ? Me demander une chose après l'autre sans rien m'offrir en échange ? Je pensais que votre but était de m'apporter la paix de l'âme ! aboya-t-il. Je suis loin d'être apaisé !

Loyale s'était levée. Ses doigts étaient chauds et doux.

— Alors laissez-moi m'occuper de vous, je vous en prie, dit-elle en l'entraînant vers un fauteuil capitonné où – et il n'aurait su dire lequel des deux en fut le plus surpris – il s'assit docilement. Vos cheveux sont dans un état épouvantable, murmura-t-elle.

Ses paroles lui firent l'effet de petites épines lui entrant dans la peau.

— Je connais peut-être trois hommes, pas plus, qui se seraient permis de me dire une chose pareille en toute impunité. Et pas une seule femme vivante.

— Il semble pourtant qu'il y en ait au moins une qui ait osé, répliqua-t-elle en enfouissant ses doigts dans ses cheveux et en tirant pour les démêler.

Cillian n'était ni aussi fort qu'Edward ni aussi grand qu'Alaric, mais beaucoup avaient regretté de l'avoir pris pour un faible. Il enserra son poignet entre les siens, immobilisant brutalement sa main. Pourtant, elle ne frémit même pas.

— Vos cheveux, répéta-t-elle dans un souffle. Ils sont emmêlés et cela ne convient pas à un prince. Laissez-moi les brosser.

Il capta alors son propre reflet dans le miroir en face de lui. Il avait laissé pousser ses cheveux exagérément, dans le seul but de faire un pied de nez au conseil de la Mode que son père avait tenu à le voir présider. Leur longueur les rendait difficiles à dompter, et la sueur n'arrangeait rien. Il les avait dégagés de son visage, mais des mèches rebelles y étaient retombées. Il était pour le moins échevelé. Dégoûtant, c'était le mot qui convenait.

Loyale avait trouvé la brosse sur la coiffeuse et elle en usait lentement, de la racine aux extrémités. Elle ne lâchait une mèche pour passer à une autre que lorsqu'elle avait réussi à l'y glisser sans accroc. Elle s'attelait à cette tâche aussi efficacement qu'elle s'était concentrée sur son dîner.

À la quatrième mèche, Cillian commença à se détendre. Il avait eu d'innombrables maîtresses ces dernières années, entre son harem et celles qui avaient tenté de s'attirer ses bonnes grâces en passant par son lit. Mais aucune ne l'avait touché de cette manière. Il ne l'aurait jamais permis.

Il ferma les yeux en s'abandonnant à la douceur de ses gestes.

— Voilà, dit-elle quand elle eut fini, en lui tapotant l'épaule. C'est beaucoup mieux.

Cillian rouvrit les yeux et glissa les doigts dans ses cheveux sans rencontrer la moindre résistance. Ils étaient doux, débarrassés de leurs nœuds. Elle les tressa ensuite, avant de les nouer sur sa nuque avec un bout de ficelle. La main toujours posée sur son épaule, elle souriait.

— Maintenant, au lit ! conclut-elle.

10

Parfois, une heure lui suffisait pour connaître son nouveau maître. D'autres fois, une journée ou même une semaine s'avérait nécessaire. Loyale ne connaissait pas encore Cillian, mais elle ne doutait pas d'y parvenir.

Regrettant d'être aussi fatiguée, elle céda à une impulsion idiote et passa de nouveau la main dans sa chevelure magnifique. Même sale, elle avait la douceur de la soie entre ses doigts. Quelle impression laisserait-elle sur sa joue, sur son corps nu ?

— Au lit, répéta-t-il d'une voix soudain plus épaisse.

Si la transparence de la robe qu'il lui avait donnée ne lui avait indiqué la nature de ses intentions, son regard s'en serait chargé. Une chaleur inattendue se lova dans son bas-ventre et elle croisa les mains dessus, se demandant ce qui, de sa somptueuse chevelure, son regard ou son corps ferme et mince, avait éveillé son désir. Elle n'avait pas eu de relations sexuelles depuis un an. Au moins, si le prince voulait faire l'amour avec elle pour atteindre l'apaisement, il était attirant physiquement.

— Où dois-je dormir ? s'enquit-elle.

— Je croyais que vous deviez anticiper le moindre de mes désirs, jeta-t-il en se levant.

La vraie patience est sa propre récompense, se remémora-t-elle.

— Chaque chose en son temps, milord. Je ferai de mon mieux, mais afin de vous connaître, j'ai besoin de m'informer. Je ne peux pas lire en vous.

Cillian enroula la natte de Loyale autour de son poing et l'attira vers lui. Son haleine, plus agréable qu'elle ne s'y attendait, lui caressa le visage et elle perçut la chaleur de son corps à travers le lin.

— Je pensais que vous partageriez mon lit, dit-il.

— Si cela peut vous faire plaisir.

Il n'était pas beaucoup plus grand qu'elle. S'il l'attirait encore plus près, sa joue se retrouverait dans le cou du prince.

Elle aurait dû lui proposer un bain avant de se coucher, mais elle avait une telle envie de dormir qu'elle était incapable de penser à autre chose. Si le repas l'avait revigorée, elle avait toujours besoin de sommeil. Lui aussi, d'ailleurs, à en juger par les cernes sombres qui soulignaient ses yeux. Elle bâilla, et il l'imita aussitôt.

— Venez, dit-elle en posant une main sur celle qui tenait sa natte pour l'en détacher doucement. Allons nous mettre au lit avant de nous endormir debout. Où rangez-vous les vêtements de nuit ?

— Je dors tout nu.

Dans ce cas, elle aussi. Loyale ôta sa robe, la plaça soigneusement sur un fauteuil, puis dénoua le pantalon du prince en réprimant un autre bâillement. Il ne l'aida pas, se laissant faire. Elle découvrit bientôt qu'il ne portait pas de sous-vêtement. Son sexe, entouré de poils clairs mais plus foncés que ses cheveux, se tendit quand elle l'effleura, et elle feignit de ne rien remarquer.

Elle surprit alors une expression de confusion dans son regard, mais ce fut très fugitif. Son air blasé habituel reprit vite le dessus, et il n'émit aucun commentaire sur son indifférence apparente.

Elle eut un soupir de bien-être lorsqu'elle se glissa dans le lit, et tendit la main pour qu'il l'y rejoigne.

— Le lit vous plaît ? demanda-t-il sans ironie.

— Lors de ma dernière mission, on m'avait octroyé une simple couche de paille, et j'ai passé les deux dernières nuits à essayer de dormir, assise dans un train. Là, je suis au paradis. Vous venez ?

Des émotions contrastées traversèrent le visage du prince. Quand il se fut installé près d'elle, elle arrangea les couvertures autour d'eux et s'allongea sur le côté pendant qu'il cherchait sa position. Le sommeil la gagnait déjà.

— Dormez bien, murmura-t-elle.

Le lit remua et il se lova contre son dos, une main en coupe autour de son sein. Il l'enveloppa de son corps et de sa chaleur sans la toucher davantage. Loyale étouffa un bâillement dans l'oreiller et s'endormit.

Cillian regardait le plafond.

La douce respiration de la femme qui se trouvait près de lui aurait dû le bercer, l'aider à sombrer au pays des songes, mais il y avait si longtemps qu'il n'avait partagé son lit avec quelqu'un, que la présence de ce corps alangui contre le sien le tint éveillé.

Rien ne s'était passé comme il l'avait prévu. Elle n'était pas arrivée à l'heure, ne l'avait pas vu vêtu de ses plus beaux atours, et il n'avait pu lui témoigner sa générosité en lui offrant les vêtements et les bijoux qu'il avait choisis à son intention. Au lieu de cela, elle l'avait surpris dans la salle de jeu avec d'autres femmes, dégoulinant de sueur, et s'était évanouie.

Elle n'avait rien à voir avec la dame de compagnie d'Edward, Serena, qui aimait la morsure du fouet sur sa peau autant que son ami aimait la lui infliger. Cillian s'attendait plutôt à… à quoi, exactement, par Sinder ?

Dans son esprit, elle aurait dû se déshabiller dès son arrivée et recevoir le fouet en criant de plaisir.

Il l'aurait baisée à satiété et ensuite... eh bien, ensuite elle l'aurait aimé, comme Serena aimait Edward.

D'humeur sombre, Cillian se leva et se mit à arpenter la pièce. Il faisait froid, le feu s'était éteint et des vêtements épars, des livres et un tas de paquets envoyés par les marchands qui se faisaient concurrence pour gagner ses faveurs, encombraient la chambre. En prévision de la venue de la dame de l'ordre, il avait renvoyé les femmes de chambre depuis plusieurs jours. Résultat: un désordre indescriptible régnait, et il se cogna les orteils en jurant. Quelle différence avec les appartements immaculés d'Edward, fleurant bon le thé de qualité, le pain chaud et le feu de bois ! Cillian n'avait pas, comme lui, une femme agenouillée à ses pieds, prête à se plier à tous ses caprices.

Elle ne lui avait même pas donné un bain !

Il se rendit dans la salle de bains et se lava à l'eau froide, trop impatient pour la faire chauffer. Il enfila ensuite une robe de chambre douce et molletonnée, et regagna la chambre. La jeune femme dormait toujours. Elle ne se réveilla pas pendant qu'il se chargeait lui-même de rallumer le feu, puis de se servir une assiette et de manger sans joie. De plus en plus contrarié, il s'installa dans le fauteuil face à l'âtre et s'apprêta à passer une nuit d'insomnie.

Mais il finit par s'endormir.

Il fut tiré du sommeil par la lumière dorée qui entrait à flots par les hautes fenêtres. Loyale avait ouvert les rideaux, et il se protégea les yeux de ses mains.

— Vous êtes réveillé, lança-t-elle plaisamment.

— Je n'ai pas dormi de la nuit.

— Mais si, remarqua-t-elle sans s'apercevoir qu'il était sur le point de se mettre en colère. Pas très bien, je suppose.

— Pas très bien, répéta-t-il en se levant et en étirant ses membres ankylosés. Comment aurais-je pu bien dormir ?

Elle s'était habillée et paraissait incroyablement fraîche dans l'une des robes qu'il lui avait fournies.

— Je reconnais que vous auriez eu du mal, dans ce fauteuil. Vous auriez dû rester au lit.

Cillian n'était généralement pas enclin à contrôler ses humeurs. Il avait conscience d'être violent et de faire peur à ceux qui le côtoyaient, parfois, mais il s'en moquait éperdument.

— J'ai demandé une dame de l'ordre. Pas une empotée, ni une petite nature, ni une incapable.

Loyale soutint son regard sans ciller et osa relever le menton dans un geste de défi.

— Je n'ai pas eu le temps de vous décevoir en ratant quoi que ce soit.

— Bien sûr que si ! Comment voulez-vous m'apporter la paix quand vous n'êtes même pas capable de me procurer ce que je veux ? De correspondre à mon attente ?

De nouveau, elle garda la tête haute et il ne put s'empêcher d'admirer son courage. Elle eut même le toupet d'avancer vers lui – à portée de main, s'il avait décidé de la frapper. Elle le toisa de haut en bas, ce qui eut pour effet de le mettre un peu plus en rage.

— Je vous ai demandé de me dire ce que vous vouliez.

Où était la femme docile qu'il avait imaginée, agenouillée à ses pieds, le contemplant d'un regard adorateur ? Celle qui anticipait ses désirs sans qu'il ait à les exprimer ? Les contractions musculaires de ses épaules lui donnaient mal à la tête, et sa colère s'aggrava.

— Je veux… du thé.

— Je peux vous en préparer.

Elle s'approcha de l'âtre, mais ne trouva pas de bouilloire, bien sûr. Il n'aimait pas le thé… Elle lui adressa un regard par-dessus son épaule, balançant sa lourde natte brune dans son dos, puis se redressa en lui octroyant l'un de ses sourires angéliques.

— Si vous voulez que je vous fasse du thé, vous devez me donner les ustensiles nécessaires.

Comme cela semblait simple, avec elle. Exaspéré, Cillian croisa les bras et s'efforça de l'intimider du regard, mais contrairement aux femmes de son harem qui se mettaient à trembler et se jetaient à ses pieds, celle-ci se contenta de le défier sans se démonter.

— Vous ne m'avez toujours pas dit ce que vous attendiez de moi, exactement, insista-t-elle en s'époussetant les mains, avant d'aller tirer le cordon pour sonner un domestique. Que prenez-vous pour le petit déjeuner, par exemple ? Je dois donner des instructions.

Décidément, les choses ne se passaient pas du tout comme il l'avait prévu. De plus, il crut la voir pincer les lèvres.

— Je n'ai pas besoin de vous pour donner des instructions aux domestiques, rétorqua-t-il froidement. Étant donné ce que me coûte une dame de l'ordre, j'attends bien d'autres services.

De nouveau, elle laissa son regard errer sur lui, et il eut la désagréable impression qu'elle le jugeait.

— Ceux d'une domestique, par exemple ? Ou d'une prostituée, peut-être ? J'imagine que vous pourriez avoir les deux pour la moitié du prix, même si les questions financières ne sont sans doute pas un problème pour vous.

L'argent ne comptait pas pour lui, en effet. Les coffres de Firth débordaient de richesses et son père lui allouait une rente généreuse. De plus, sa mère lui avait laissé des terres et des domaines qui lui rapportaient également des revenus non négligeables.

— Ce n'est pas une question de prix.

Si elle imaginait qu'il était de mauvaise humeur à cause du coût qu'elle représentait pour lui, elle était stupide.

Elle alla vers lui avec ce même regard évaluateur.

— Alors de quoi s'agit-il ? Au risque de me répéter, j'ai besoin de savoir ce que vous attendez de moi. Et vous devez me donner les moyens de vous le procurer.

Il dénoua la ceinture de sa robe de chambre et l'ôta brusquement, se retrouvant nu devant elle. Un début d'érection raidissait son sexe, qui durcit encore sous son regard. Il y passa la main.

— Voilà ce dont vous avez besoin, si vous comptez tenir le rôle d'une prostituée.

— Très beau, murmura-t-elle.

Ces mots attisèrent son désir. Quand elle défit les boutons de son corsage avec des doigts habiles, se débarrassa de sa robe et se tint nue devant lui, il sentit sa bouche devenir sèche. Obnubilé par ce que sa dame de compagnie imaginaire ferait pour lui, il s'était peu attardé sur son apparence. À présent obligé de contempler ses seins opulents, sa chute de reins sensuelle, il devait admettre qu'elle était la perfection même.

— Aimez-vous ce que vous voyez ?

Ses paroles coulèrent sur lui comme du sucre en train de fondre.

— Non.

Elle osa lui sourire en s'agenouillant, défit le lien qui nouait sa natte et déploya ses cheveux sur ses épaules, sur ses seins pâles ponctués de leur petit bouton de rose, et dans son dos, jusqu'au creux de ses reins.

— Et maintenant ?

Son érection palpita et une bouffée de chaleur fit battre son cœur plus vite. Elle écarta légèrement les jambes, dévoilant à peine l'ombre d'une fente rose entre des poils sombres. Les bouts de ses seins à présent érigés appelaient sa bouche, par Sinder !

— Je veux que vous partiez, grogna-t-il alors que son sexe dressé trahissait un tout autre désir. Sortez.

— Vous n'en pensez pas un mot.

Elle le prit alors dans sa bouche, et Cillian fut perdu.

N'avait-elle pas appris qu'il était un homme consumé par la rage ? Un homme dont la position lui permettait d'obtenir ce qu'il voulait, quand il voulait, et malgré tout prompt à entrer dans des fureurs noires à la moindre contrariété ? Le conduire à l'apaisement total serait comme dompter un cheval récalcitrant ; cela nécessiterait du temps et beaucoup d'efforts.

Loyale avait enduré de longues missions par le passé, mais aujourd'hui... aujourd'hui, c'était différent. Une seule chose lui importait, désormais : amener au plus vite ce grincheux à l'apaisement, aussi bref soit-il, afin de pouvoir regagner la maison mère sans tarder.

L'ordre de la Rédemption apprenait à ses recrues que leurs maîtres étaient des êtres uniques, mais Loyale avait déjà eu affaire à des hommes comme Cillian. La soumission les calmait souvent, le plaisir les soulageait. Parfois, c'était le seul moyen de les distraire de la colère qui les habitait.

Toutefois, ce n'était pas dans ce but qu'elle avait pris son sexe dans sa bouche. La raison était bien plus simple : elle en avait eu envie. Envie de le faire jouir de cette manière, de l'entendre crier, de sentir ses mains dans ses cheveux et ses cuisses trembler sous l'effet du plaisir.

Elle voulait lui prouver qu'elle n'était pas un objet, mais une personne. *Femmes nous naissons et femmes nous finirons.* C'était le cinquième principe de l'ordre et en cet instant, femme, Loyale l'était jusqu'au bout des ongles.

Il gémit en pénétrant plus loin dans sa bouche, tout au fond. Elle se retira doucement et s'attarda sur l'extrémité du sexe, passa sa langue sur le petit bourrelet autour du gland, avant de l'aspirer de nouveau tout entier. L'épais tapis sur lequel elle était agenouillée était confortable, elle aurait pu continuer pendant des heures.

— Par Sinder, votre bouche est un vrai délice, lâcha-t-il d'une voix basse, altérée.

Elle saisit la base de son pénis et le masturba en même temps. Le fauteuil était juste derrière lui. Tant mieux, il risquait d'en avoir besoin.

— Asseyez-vous, ce n'est pas fini.

Dès qu'il fut assis, elle se glissa entre ses jambes et recommença. Cillian s'arc-bouta en s'agrippant aux accoudoirs. Sa respiration saccadée sonnait comme une musique céleste à ses oreilles, tout comme les grincements du cuir chaque fois qu'il allait et venait à sa rencontre.

Elle le faisait pour lui, mais pas seulement, car donner du plaisir lui en procurait presque autant. Il y avait si longtemps… Elle descendit une main vers son clitoris et se caressa en même temps.

Cillian poussa un cri rauque en donnant un coup de reins. Au bord de l'orgasme, elle referma les doigts autour du pénis, tempérant tant bien que mal l'ardeur du prince.

Pantelant, il la regarda tandis qu'elle s'efforçait de reprendre son souffle.

— Ne vous arrêtez pas !

— Non, je vais le faire durer, dit-elle, ralentissant le mouvement de ses doigts sur son clitoris avant de les insinuer en elle pour les mouiller.

Elle enduisit ensuite le sexe de Cillian de son propre élixir, lui montrant combien elle était excitée. Il exhala un grognement sourd.

Les mains crispées sur le cuir souple des accoudoirs, il jura de nouveau. Tout en continuant de le masturber, elle lécha la base de son sexe. De son autre main, elle se touchait toujours, se maintenant au bord de l'orgasme sans jamais se laisser emporter.

Puis elle le reprit dans sa bouche et joua ainsi à le garder avec elle sur les rives du plaisir suprême, jusqu'au moment où le barrage se rompit et qu'une vague l'emporta dans une explosion de volupté qui la secoua tout entière.

Cillian jouit en silence. Le fauteuil en fut ébranlé, grinçant bruyamment sous la tempête qui le secoua. Toujours chavirée par les sensations qui venaient de la soulever, Loyale fut à peine déçue de ne pas l'avoir fait crier.

La tête renversée en arrière, il avait fermé les yeux et les rouvrit pour la regarder.

Elle s'était assise, savourant un instant le goût de cet homme dans sa bouche. Puis elle se leva et se dirigea vers la table, où elle servit deux verres d'eau. Consciente de ses yeux brûlants qui ne la quittaient pas, et appréciant l'attention dont son corps nu faisait l'objet, elle lui apporta le sien. Cillian but, jeta le verre vide sur le tapis et s'essuya les lèvres du revers de la main. Quand il se redressa dans son fauteuil, il ne semblait plus en colère.

— Vous souriez, remarqua-t-il. Est-ce parce que vous m'avez procuré du plaisir, ou parce que vous vous en êtes donné ?

Loyale finit de boire et enfila sa chemise, avant de tresser ses cheveux en une longue natte.

— Les deux, répondit-elle.

Elle ramassa la robe d'intérieur du prince.

— Je vais vous préparer un bain, dit-elle en la lui tendant.

Elle quitta la pièce avec, toujours, le poids de son regard sur elle. De nouveau, un sourire flotta sur ses lèvres. Elle apprenait à le connaître mais il devrait en faire autant, en ce qui la concernait. Une fois la baignoire remplie d'eau chaude, elle prépara le savon, les gants et les serviettes, et rinça les seaux dont elle allait se servir. Quand elle leva les yeux, elle découvrit Cillian, debout dans l'encadrement de la porte.

— Vous allez me laver ? demanda-t-il d'un air hésitant.

— Voulez-vous que je le fasse ?

Elle l'observa, devinant ce qu'il espérait, mais ce qu'elle était en mesure de lui donner était quelque peu différent.

— Dois-je vous le dire ?

— Cette fois seulement. Ensuite, je saurai.

— Et si vous oubliez ?

Il jeta la robe d'intérieur par terre et s'assit sur le banc de douche.

Loyale fit mousser le savon sur un gant.

— Je n'oublierai pas.

— Mais si cela arrivait ? insista-t-il alors qu'elle commençait à le savonner résolument, en petits mouvements circulaires. Pourrai-je vous punir ?

Elle pensa à la salle de jeu et marqua un temps d'arrêt malgré elle.

— Ça vous plairait de me punir ?

— Peut-être.

Elle en était aux jambes, descendit vers les pieds qu'elle lava consciencieusement, l'un après l'autre. Un sursaut lui indiqua qu'il était chatouilleux, et elle sourit.

— Ça vous amuse ?

Elle leva les yeux et s'aperçut qu'il était de nouveau en colère. Invisible Mère, songea-t-elle, je sais que la vraie patience porte en elle sa propre récompense, mais je me demande si je ne vais pas avoir besoin d'aide, avec celui-là.

— Certainement pas.

Il lui saisit le poignet pour l'interrompre dans sa tâche.

— Votre façon de me parler ne correspond pas à ce que j'attendais.

— Vous vous attendiez à quelqu'un de soumis ? À quelqu'un qui ferait le dos rond sans broncher ?

Elle prit le premier seau qu'elle avait préparé pour le rinçage et versa l'eau claire sur son corps couvert de mousse. Quand elle eut fini, elle s'écarta pour lui permettre d'entrer dans la baignoire, songeant à la fille attachée à la croix et au fouet dans la main du prince. Sa marraine, qui lui avait expliqué cette mission, ne lui avait rien dit des penchants de son maître, et Loyale pensa aux documents qu'elle n'avait pas lus, restés au fond de son sac de voyage.

— Si je sentais que cela pouvait vous apporter la paix, je me courberais devant vous. Mais vous ne manquez pas de femmes, autour de vous, qui s'acquittent et s'acquitteront de cette tâche bien mieux que moi.

— Alors vous ne me laisserez pas vous nouer les poignets ? Vous battre ?

— Je suis ici pour vous apporter le soulagement absolu, pas pour vous servir de souffre-douleur.

Loyale savait que certaines de ses sœurs de l'ordre acceptaient de devenir des boucs émissaires, mais aucun maître ne l'avait jamais exigé d'elle et elle n'avait jamais songé à le devenir.

Or, cela ne plaisait pas au prince.

— Mon ami Edward s'est vu octroyer une dame de l'ordre qui satisfait à tous ses caprices et nettoie ses appartements, en plus !

L'irascibilité était l'un des défauts que la jeune femme supportait le moins.

— Je ne suis pas la dame de compagnie de votre ami Edward. Nous ne sommes pas toutes coulées dans le même moule, vous savez, et je ne suis ni une sorte de génie sorti d'une bouteille ni l'une de celles qui composent votre harem.

Cillian ne bougea pas.

— Vous aviez pourtant l'air de ne pas détester avoir mon sexe dans la bouche pendant que vous vous caressiez. Être à genoux ne semblait pas vous déplaire.

Ah, lui aussi… Il n'était pas le premier à se livrer à ce genre de déduction, et ce n'était pas la première fois qu'elle se mordait la langue et s'efforçait de sourire d'un air conciliant, mais cette fois, elle éprouva beaucoup de mal à ne pas sortir de ses gonds. Maudissant Sinder et son carquois, elle le supplia en secret d'envoyer quelqu'un d'autre à sa place pour cette mission.

— J'ai *choisi* de le faire, et je ne vous appartiens pas pour autant. Cela ne fonctionne pas comme ça, quoi que l'on ait pu vous dire.

Cillian n'avait toujours pas bougé de son banc alors que l'eau du bain avait cessé de fumer.

— Quand je me suis adressé à l'ordre, on m'a promis que vous m'apporteriez ce dont j'avais besoin, et ce n'est pas du tout le cas ! Pas du tout !

Loyale soupira avec humeur sans se soucier d'être avec un prince de sang, immensément riche. En cet instant, il était un homme nu assis sur un banc, ressemblant à n'importe lequel de ceux qu'elle avait servis avant lui. Un homme mécontent que les choses n'aillent pas comme il le souhaitait.

— Ce dont vous avez besoin ? reprit-elle froidement en haussant les sourcils. Vous ne semblez pas comprendre que je ne suis pas ici pour être votre jouet ou votre boniche, mais – justement – pour vous apporter ce dont vous avez besoin, et ce n'est peut-être pas la même chose que ce que vous *voulez*.

Sur ce conseil qu'il n'était pas encore en mesure de comprendre, même si elle le lui avait écrit en grosses lettres sur un parchemin ou tatoué à l'encre sur la peau, Loyale fit volte-face et quitta la pièce, le laissant prendre seul son bain.

11

— Alors, mon vieux, on dirait qu'on s'occupe bien de toi, dit Alaric en tendant une main vers le jabot de dentelle de Cillian.

Il y avait quatre jours qu'il n'avait pas vu son ami, quatre jours aussi que sa dame de compagnie était parvenue à le décevoir. Depuis, il était d'une humeur de chien, qu'aucune de celles qui lui avaient tenu compagnie dans la salle de jeu n'avait pu dissiper.

— Alors, comment est-elle ?

Cillian n'était pas réceptif à l'enthousiasme de son ami, mais avec lui, au moins, il pouvait être lui-même sans craindre de le voir rapporter ses propos à son père ou aux ministres de celui-ci.

— Elle est… loyale.

C'était le premier mot qui lui était venu à l'esprit.

— Loyale ? Voilà qui me paraît positif.

— J'aurais voulu la même chose qu'Edward, et c'est loin d'être le cas.

Alaric s'installa dans le canapé et posa les pieds sur la table basse. Comme toujours, la bibliothèque était vide. Cillian n'était pas le seul lord à préférer le billard aux livres. La suite du roi fréquentait peu cette pièce, ce qui en faisait l'endroit idéal pour que Cillian et Alaric puissent y fumer de l'herbe sans craindre d'être dérangés.

— Elle est trop honnête, continua-t-il en faisant craquer une allumette. Elle me dit exactement ce qu'elle estime devoir me dire, et pas du tout ce que j'ai envie ou besoin d'entendre.

Alaric fit la grimace.

— J'imagine que ça ne doit pas beaucoup te plaire.

— Tu n'es pas obligé d'en rajouter, rétorqua Cillian en cessant d'aspirer la fumée.

— Pardon, mon prince, répliqua Alaric avec une pointe d'ironie. Allez, raconte-moi.

— Elle range mes appartements, mais pas aussi soigneusement qu'une servante. Elle prépare le thé, mais seulement quand elle a aussi envie d'en boire. Elle lit mes livres avant de me les proposer ensuite…

— Des livres ? Par le grand Sinder !

Cillian lui lança le sac d'herbe qui rebondit sur sa poitrine et atterrit sur le sol.

— Je suis désolé qu'elle ne soit pas à ton goût. Tu n'as qu'à la renvoyer.

Depuis qu'elle était arrivée, il ne s'était pas écoulé une journée sans qu'il y pense…

— Elle me dit qu'elle partira si je le lui demande.

Alaric haussa un sourcil.

— Et ? T'en enverront-ils une autre si celle-ci ne te convient pas ?

Cillian avait passé des heures à remplir son dossier pour l'ordre de la Rédemption, consignant son passé médical complet, le récit de son enfance, répondant à de multiples questions sur ce qu'il aimait boire, ce qu'il aimait manger, ses goûts en matière de sexualité. Il n'avait rien passé sous silence, il n'avait menti sur rien. Il avait été absolument… honnête.

Et ils lui avaient envoyé cette femme. De toutes celles qu'ils avaient à leur disposition, ils avaient choisi Loyale. Si elle ne trouvait pas un moyen de le soulager, Cillian était certain qu'aucune autre n'y parviendrait.

— Je ne peux pas la renvoyer. Elle partira elle-même, et je n'en veux pas d'autre.

— Bon sang, Cillian ! Je ne te comprends pas. Tu viens de me dire qu'elle ne te rendait pas heureux.

— Je ne suis pas sûr qu'elle soit censée me rendre heureux, marmonna-t-il.

Alaric n'entendait que ce qu'il voulait entendre, mais ce que venait de dire le prince ne tomba pas dans l'oreille d'un sourd. Pour une fois, il ne le tourna pas en dérision mais se contenta de lui poser la main sur l'épaule.

— Elle n'est pas ta seule chance.

Cillian se dégagea aussitôt et alla à la fenêtre contempler le paysage illuminé par un soleil radieux. C'était sur ces pelouses qu'il avait appris à marcher ; il y jouait quand il était enfant. Il avait couru entre les fontaines, nu, pour s'asperger d'eau, ses nounous sur les talons. Plus tard, c'est là qu'il s'était dépucelé un soir d'été, avec une fille de cuisine, au clair de lune.

Tout cela lui paraissait tellement loin, à présent, que cela semblait être arrivé à quelqu'un d'autre. Pas à l'homme qu'il était devenu. Cillian se retourna vers son ami.

— Combien de chances une personne a-t-elle, Alaric ?

— Ce n'est pas à moi qu'il faut demander ça. Tu sais que je ne crois pas à cette histoire de carquois de Sinder à remplir, et franchement, je ne pense pas que tu y croies plus que moi.

Cillian avait reçu l'onction au Temple, à la naissance, mais il n'y avait pas remis les pieds depuis. Ou très exceptionnellement.

— Cela importe peu. Va-t-elle encore essayer, selon toi ?

— Évidemment, puisque c'est son devoir. Mais à t'entendre, elle n'excelle pas vraiment dans sa tâche.

— C'est pourtant elle qu'ils m'ont envoyée. Qu'est-ce que cela signifie ?

Cillian alla prendre le bol d'herbe resté sur la table, le ralluma et aspira profondément la fumée avant de la retenir longuement puis de la recracher par le nez.

Alaric parut impressionné.

— J'ai toujours aimé ce tour.

— C'est comme ça que tu me vois ? Comme une sorte de clown ?

— Bien sûr que non ! s'exclama son ami qui n'avait pas voulu l'attaquer.

C'était pourtant ainsi que Cillian se voyait. Comme un marionnettiste faisant danser une marionnette sans fils, c'est-à-dire lui-même. Un type jouant la partition qu'il avait reçue à la naissance sans avoir d'abord été initié au solfège.

— Cillian, tu sais que tu peux me parler de tout. Je ne suis pas Edward, d'accord, mais je suis ton ami autant que lui.

Non, pas autant. Edward avait été le frère de cœur de Cillian, et Alaric aussi l'avait aimé comme un frère. Ils avaient formé un triangle dont Edward était la base. Alaric et le prince ne seraient jamais aussi proches.

— Je ne veux pas la renvoyer si la situation la laisse indifférente mais seulement si elle en est affectée, dit Cillian.

Alaric se contenta de hausser un sourcil sans autre commentaire, et le prince reposa le bol d'herbe d'un air morose. Il n'y puisait plus aucun plaisir.

— Ah, prince Cillian ! Vous êtes là, lança un homme qui venait d'apparaître sur le seuil.

Il empestait le parfum, une odeur capiteuse qui tentait de masquer la vague puanteur qui émanait de lui. Ses cheveux pommadés pendaient en mèches luisantes sur ses épaules et sa peau brillait de sueur. Son visage était vérolé jusqu'à la racine des cheveux.

Alaric se tourna vers Cillian et grimaça d'un air dégoûté.

— Je dois partir, lady Larissa m'attend.

Qu'Alaric l'abandonne au repoussant lord Devain et à ses bavardages indigestes ne surprit pas Cillian, mais il jeta néanmoins un regard furieux à son ami, qui lui répondit par un grand sourire et une révérence des plus hypocrites. Après quoi, il se retourna et fit la même à lord Devain, qui l'ignora. Devain n'avait pas de temps à consacrer aux fils de marchands, même s'ils s'étaient considérablement élevés par rapport à leur condition.

— Prince Cillian, à propos de cette question de routes commerciales, commença-t-il sans préambule.

Cillian l'arrêta d'un geste.

— Nous en discuterons en temps voulu. Le moment est mal choisi.

Devain était devenu l'un des conseillers attitrés du roi, le temps que son fils « récupère », comme disait le souverain, bien que Cillian n'eût jamais été malade. Devain avait été magistrat dans la province où Cillian faisait ses études, l'un de ceux qui avaient été nommés pour décider du destin du prince après la mort de la prostituée. Il avait compté parmi ceux qui avaient décidé d'envoyer le jeune homme à l'asile plutôt que de le condamner à être pendu.

Cillian supposait qu'il devait lui en être reconnaissant.

Devain aussi.

Celui-ci parcourut la pièce vide du regard et désigna le bol d'herbe du menton.

— Vous êtes trop occupé, là ?

Cillian retint la repartie qui lui vint immédiatement aux lèvres. Cet homme était là quand on l'avait conduit à sa cellule, quand on lui avait rasé la tête et l'avait vêtu de haillons, puis quand le conseil des médecins s'était réuni pour déterminer si le prince de Firth, fils unique du roi, pouvait être autorisé à rejoindre la société. C'était lui qui avait posé les questions les plus pointues sur les progrès de Cillian, afin d'insinuer le doute dans l'esprit des thérapeutes. Et, lorsque enfin le prince était rentré chez lui après avoir passé presque deux ans dans ce trou à rats, il avait trouvé Devain assis au côté de son père, en train de chuchoter à son oreille.

— Je n'ai pas dit que j'étais trop occupé, j'ai dit que ce n'était pas le bon moment, déclara le prince en s'efforçant de garder son calme, de ne pas trahir, par sa voix ou son regard, la fureur sourde qui grondait en lui. Devain était un chacal très doué pour deviner le moindre signe de faiblesse et s'en servir.

— Si vous voulez vous entretenir avec moi, vous n'avez qu'à prendre un rendez-vous pour être reçu à la cour, comme les autres.

Le petit sourire dénué d'humour de Devain fit briller ses yeux de charognard.

— Comme vous voudrez. Je pensais simplement que vous apprécieriez de prendre le temps d'écouter mes propositions sans être distrait par les bavardages des autres.

— Vous voulez dire que vous aimeriez que je fasse passer vos intérêts avant ceux des autres, parce que vous vous croyez au-dessus du protocole qu'ils sont tous priés de respecter ?

Devain se redressa, surplombant Cillian de toute sa hauteur. Mais Cillian ne lui fit pas l'honneur d'incliner la tête pour le regarder, et Devain exhala une longue et sifflante expiration.

— On a peut-être oublié que l'on a séjourné dans un asile de fous, par le passé, vêtu de guenilles et macérant dans sa propre merde, articula-t-il d'une voix insidieuse.

Cillian serra brièvement les poings avant de se lever, mais son geste n'échappa pas à l'autre qui eut un petit sourire en coin.

— Non, milord, glissa alors Cillian d'une voix mielleuse. On s'en souvient parfaitement.

Elle n'était là que depuis quatre jours, mais Loyale était certaine que Cillian allait la chasser. Cela ne plairait pas aux marraines de l'ordre mais, au moins, elle partirait sans avoir été contrainte d'abandonner elle-même le prince.

Son manque de motivation pour cette mission ne la culpabilisait pas autant qu'elle aurait pu le craindre. Pourtant, elle ne décevait pas seulement le prince mais l'ordre de la Rédemption et la Famille sainte. Certes, elle était aussi personnellement concernée, puisqu'elle avait fait le vœu de servir au mieux ses maîtres. On ne pouvait dire que c'était le cas…

Loyale regarda par la fenêtre en poussant un soupir. Elle était devenue une vraie captive dans ces appartements, car le prince ne l'avait emmenée nulle part ailleurs avec lui. Il la quittait chaque matin sans un mot d'explication, sans prendre la peine de lui dire où il allait ou quand il reviendrait.

Quant aux nuits… Cillian s'installait dans le fauteuil placé devant le feu et elle s'endormait en attendant qu'il la rejoigne. Depuis la première nuit, cela ne s'était pas renouvelé. Chaque matin, elle se réveillait avant lui, mais se forçait à rester au lit jusqu'à ce qu'il se lève en se plaignant souvent d'avoir les muscles endoloris. Il se baignait, s'habillait et partait en la laissant là. Seule.

Aucun de ses maîtres ne l'avait jamais ignorée. Et certainement pas après avoir découvert les plaisirs que sa bouche était capable de leur prodiguer. Peut-être le charme n'avait-il pas opéré, cette fois, même si cela avait été extrêmement agréable. En tout cas, si le prince n'avait pas un caractère facile, il n'en était pas moins d'une beauté renversante. Elle avait l'impression de l'avoir mal jugé. Malgré son intention d'abandonner cette mission, un sentiment de honte diffus la poursuivait.

L'indifférence de Cillian l'avait en tout cas convaincue d'une chose : son apathie dans l'exercice de ses fonctions n'était pas passagère. Elle n'était plus digne d'être une dame de l'ordre. Le cœur n'y était plus. Peut-être aussi jouait-elle ce rôle depuis si longtemps qu'il était devenu comme une seconde nature. Un costume sur mesure agrémenté d'un sourire pour faire oublier l'usure et de mots de réconfort débités comme un dialogue de théâtre, qu'elle récitait depuis si longtemps qu'elle ne se souvenait même plus de l'intrigue.

Elle ne pouvait plus se cacher la vérité, à présent. Ce n'était pas à la maison mère qu'elle avait envie de retourner mais chez elle, dans sa propre maison. Elle ne voulait pas attendre de nouvelles affectations où elle aurait à soutenir des gens tellement englués dans leur tristesse, tellement insatisfaits qu'ils n'étaient même plus capables de reconnaître le réconfort quand il passait à leur portée, et encore moins de s'y livrer, ne serait-ce qu'un instant.

Oui, elle souhaitait rentrer chez elle, à Bellora. S'asseoir dans le verger de son père, respirer l'odeur acidulée des fruits sauvages et sentir le vent jouer dans ses cheveux.

Elle souhaitait retourner dans un lieu où, de toute évidence, elle ne serait pas la bienvenue.

Mais elle n'irait nulle part tant qu'elle n'aurait pas achevé cette mission, d'une manière ou d'une autre. Se sauver en laissant tout en plan et en perdant la considération de l'ordre, ce n'était pas son genre : jamais elle ne s'était dérobée à ses engagements.

Pour passer le temps, elle avait fait un peu de rangement, mais s'apercevant que le prince avait apparemment renvoyé ses femmes de chambre, elle se retrouva aussi en train de faire le lit, de balayer, d'épousseter et d'entretenir le feu. Lorsqu'elle avait faim, elle sonnait pour qu'on lui apporte ses repas puis que l'on vienne débarrasser. Elle passait le reste de la journée à lire et à regarder par la fenêtre. Elle avait déjà dévoré pas moins de trois livres, et connaissait par cœur chaque brin d'herbe de la pelouse.

Si cela continuait ainsi, elle serait obligée d'aller le chercher. Comment lui apporter le réconfort si elle n'était jamais avec lui ? Soit il la congédiait, soit il lui donnait une chance d'effectuer sa mission ; sinon, à quoi bon rester ?

Mais elle n'était pas prête à décider de partir. Lâchement, elle préférait que ce soit lui qui prenne la décision. Son échec auprès de lui signifierait qu'elle avait de bonnes raisons d'annoncer aux marraines de l'ordre qu'elle n'était plus à la hauteur. Personne ne lui en voudrait de démissionner dans ces conditions. Donc, elle devait faire ce dont il l'avait déjà accusée : échouer à lui apporter la paix.

Mais, nom d'un chien, il fallait au moins qu'il cesse de jouer les courants d'air et lui laisse une chance d'échouer !

Décidée à prendre le taureau par les cornes, Loyale se retourna quand la porte s'ouvrit, d'une poussée si violente qu'elle cogna le mur et fit trembler les tableaux qui s'y trouvaient. Cillian la referma d'un coup de pied et observa la jeune femme, les yeux brillants de colère dans son visage pâle.

Il s'apprêtait à parler, puis y renonça soudain et détourna la tête. L'attitude de cet homme qu'elle connaissait à peine l'affectait plus qu'elle ne l'aurait cru. Il s'approcha de la table près de la cheminée, se servit un verre de whisky et le vida d'un trait, avant de s'en servir un second dans la foulée. Puis ses épaules s'affaissèrent et il sembla soudain complètement abattu.

Le moment de montrer son incapacité à l'aider était venu, songea-t-elle.

Mais elle n'eut pas le temps de lâcher ses sarcasmes. Le prince se retourna et la coupa dans son élan. Elle l'avait trouvé superbe dès qu'elle l'avait vu, magnifique quand il souriait et terriblement excitant sur le plan sexuel. Mais en voyant la tristesse sans fond qui éteignait toute vie dans son regard, elle eut le cœur brisé.

— Dites-moi ce qui s'est passé, murmura-t-elle avec douceur.

Ses précédents maîtres auraient répondu à cette main tendue, pas lui. Au contraire, il recula avec défiance, but lentement la moitié de son verre, et quitta la pièce sans un regard derrière lui.

Il ne voulait pas d'elle. Loyale dut s'agripper au dossier d'un fauteuil pour surmonter le choc. Un bruit lui parvint de la chambre. Une sorte de cri étouffé qui ressemblait à un... sanglot ?

Cela ne la concernait plus. Quelles que soient les blessures qui torturaient le prince, elle n'était plus censée les guérir. Fini le temps où elle comblait les manques de ceux qu'elle servait avant même qu'ils sachent ce dont ils avaient besoin. Elle ne pouvait plus rien apporter à personne, maintenant qu'il ne lui restait presque rien à elle.

Elle fit quelques pas sans bruit, les confortables mules d'intérieur que le prince lui avait données glissant silencieusement sur l'épais tapis. Il avait été généreux en ce qui concernait sa garde-robe. Elle n'était peut-être pas vêtue tout à fait comme une princesse, mais c'était loin d'être négligeable. Il y avait bien longtemps qu'elle n'avait porté de tels atours et rien que pour cela, elle lui devait des remerciements.

Elle se connaissait trop pour se mentir à elle-même en prétendant que c'est dans cette intention qu'elle frappa doucement à la porte de la chambre. L'expression qui hantait le visage du prince lui était trop familière : il était désespéré et elle savait pourquoi, tout au moins en partie. Il avait besoin d'elle.

Après avoir frappé de nouveau sans résultat, elle appuya sur la poignée. À l'intérieur, Cillian était assis par terre. Ses cheveux cuivrés de nouveau emmêlés pendaient sur ses épaules nues. Il avait enlevé sa chemise. Seulement vêtu de son pantalon, il avait entouré ses genoux de ses bras contre lesquels était enfoui son visage. Elle crut percevoir un nouveau sanglot étouffé.

Il ne l'avait pas entendue. Elle aurait pu s'en aller comme elle était venue, sans qu'il s'en rendît compte, mais elle préféra s'approcher de lui et s'agenouiller à son côté.

Il sursauta quand elle posa une main sur son épaule, un peu comme un homme qui s'attend à recevoir un coup et lève un bras pour se protéger. Les yeux rouges, il la regarda sans la voir. Alors, lentement, elle laissa glisser sa main le long de son bras et entremêla ses doigts aux siens. Il se raidit, mais ne la repoussa pas.

— Laissez-moi, dit-il.

— Non.

— Je veux que vous me laissiez seul.

Sa voix brisée lui fendit le cœur. Elle resserra fermement les doigts autour de son poignet.

— Non.

Il enfouit de nouveau son visage au creux de ses bras avec une sorte de plainte.

— Vous ont-ils envoyée pour me tourmenter ?

— Pourquoi auraient-ils fait une chose pareille ?

Loyale se sentit soudain coupable. Ce n'était pas sa faute à lui s'il avait eu la malchance de se voir attribuer une dame de l'ordre qui voulait mettre un terme à ses activités.

— Ils m'ont choisie parce que, à leurs yeux, j'étais celle qui correspondait le mieux à vos besoins. Dites-moi ce qui vous chagrine.

Il secoua la tête.

— Vous ne pouvez rien pour moi.

Il sentait l'herbe à plein nez.

— Qui sait ? dit-elle en serrant ses mains dans les siennes.

Il la regarda avec un air tellement malheureux qu'elle faillit pleurer. Un frisson le parcourut, et elle crut que c'était cette infime secousse involontaire qui le projetait vers elle. Mais non, il s'était rapproché. Imperceptiblement.

Oui, il avait besoin d'elle.

— Venez là, murmura-t-elle en ouvrant les bras.

Il s'y blottit avec un grognement et ils s'enlacèrent, tous les deux à genoux l'un devant l'autre. Elle sentait son souffle chaud au creux de son cou et le serra plus fort contre elle en lui caressant les cheveux.

Après toutes ses années de service, Loyale ne pensait plus pouvoir être étonnée, mais elle se surprit elle-même en lui relevant le menton pour le contempler, avant de se pencher et poser ses lèvres sur les siennes. Il s'esquiva au dernier moment et elle n'atteignit que la commissure.

— Vous n'êtes pas obligée de faire ça, grommela-t-il.

Drôle de remarque, de la part d'un homme qui avait joui dans sa bouche…

— Je sais.

— Je… je ne… balbutia-t-il en essayant de s'écarter, fuyant son regard.

— Chut… ne dites rien.

Elle l'embrassa de nouveau, forçant cette fois la barrière de ses lèvres, coulant sa langue contre la sienne. Il frémit de tout son être en répondant enfin à son baiser, les yeux fermés, se laissant aller peu à peu.

Le tapis était si épais qu'elle n'éprouva pas le besoin de l'entraîner vers le lit pourtant tout proche, afin d'être plus à l'aise. Elle l'incita à s'allonger sur le dos et il se laissa faire l'espace d'un instant, avant de l'entraîner sur lui. Leurs jambes s'enchevêtrèrent et leur baiser s'enflamma. La passion les embrasa brutalement, comme un volcan trop longtemps endormi. Loyale gémit, et il l'écarta aussitôt.

— Je vous ai dit que vous n'aviez pas besoin de faire ça.

— Je sais.

De nouveau elle voulut l'embrasser, et de nouveau il s'esquiva.

— Est-ce si difficile pour vous de croire que j'en ai envie ? demanda-t-elle dans un souffle.

Doucement, il la fit rouler sur le côté, puis il se leva et se mit à marcher dans la pièce.

— Vous disiez vous-même que vous n'étiez pas une prostituée…

— Je ne le suis pas, assura-t-elle en se levant à son tour. Une prostituée se vend. Moi, je vous offre mes services.

Il alla à la fenêtre et regarda dehors. Son verre à la main, il appuya le front contre la vitre et ferma les yeux.

Elle avait toujours agi par intuition pour apporter le réconfort. Les hommes avaient tous un fardeau plus ou moins lourd à porter, mais ils se ressemblaient, au fond.

— Cillian, murmura-t-elle.

Il se crispa, mais se retourna pour la regarder.

— C'est la première fois que vous m'appelez par mon prénom.

— Nous n'avons pas beaucoup eu l'occasion de discuter.

— Je vous ai évitée.

— J'avais remarqué ! lança-t-elle en esquissant un sourire auquel il ne répondit pas.

— Je ne veux pas que vous partiez.

Il n'avait plus rien d'un prince, tout à coup, mais tous les princes n'étaient-ils pas des hommes ?

— C'est pour cela que vous m'évitiez ?

Elle s'approcha de lui sans qu'il tente de l'esquiver, pour une fois.

— Vous disiez que vous me donneriez ce dont j'avais besoin, pas ce que je « voulais ».

— C'est mon but, oui, dit-elle en l'observant attentivement.

— Mais pas votre plaisir, rétorqua-t-il.

L'ombre d'un sourire passa fugitivement sur ses lèvres et il ajouta :

— Vous ne seriez pas à la hauteur de votre nom si vous répondiez oui.

— Servir mes maîtres a toujours été un plaisir pour moi.

Ce n'était pas un mensonge et pourtant, comme si la duplicité la guettait, elle ne put aller plus loin.

Il ferma les yeux. Ses cils bruns formaient un contraste saisissant avec ses cheveux dorés et ses joues pâles. Il sembla avoir du mal à avaler et plaça une main sur son cœur. Loyale s'alarma et lui saisit le bras, qu'elle trouva brûlant sous ses doigts.

Elle tenta de l'embrasser pour apaiser le tumulte d'émotions qui l'agitaient. Il se détourna encore. Alors elle se haussa sur la pointe des pieds, mais ses lèvres atterrirent sur sa joue. Elle les y posa, préférant leur douceur à la peau plus rugueuse de sa gorge envahie par une barbe naissante. L'entourant de ses bras, elle perçut la chaleur de son torse à travers sa robe. Quelque chose le consumait, et ce n'était pas la fièvre.

— Je ne veux pas que vous m'aidiez, cracha-t-il.

Il ne s'agissait pas de vouloir ou ne pas vouloir, mais elle ne le lui dit pas. Il y avait de nombreux moyens d'apporter le réconfort qui conduit au soulagement absolu, et pour l'instant, avec lui, elle avait échoué. Sa main descendit le long de son ventre, vers la fermeture du pantalon.

— J'aimerais essayer, pourtant, répliqua-t-elle en l'embrassant dans le cou, puis le long des épaules, sur le torse.

Cette fois, il ne la repoussa pas. Quand elle happa l'un de ses tétons, un grognement sourd s'éleva en lui et elle eut l'impression qu'il s'embrasait.

— J'aime le goût de votre peau, chuchota-t-elle.

Il la contemplait avec des yeux brillants de désir. Elle appuya sur le renflement de son sexe. Elle sentait son cœur battre la chamade sous ses lèvres. Il frissonna violemment lorsqu'elle le mordilla.

— Cela ne résoudra rien du tout, dit-il.

— Chut… fit-elle en continuant de promener sa langue le long de ses côtes.

Elle se mit à genoux devant lui et délaça le cordon du pantalon qui glissa sur ses pieds. Il l'enjamba et se tint nu devant elle. Glissant une main entre ses jambes, elle effleura son sexe de ses lèvres puis se mit à en lécher le gland. Cillian enfouit une main dans ses cheveux et l'incita à le prendre dans sa bouche. Mais elle ne s'attarda pas. Se relevant, elle s'écarta de lui et commença à déboutonner sa robe qu'elle fit passer par-dessus sa tête.

Avec une volupté profonde, elle se prêta à la convoitise de son regard ardent. Comment pouvait-il penser qu'elle n'y prenait pas de plaisir ? Qu'elle n'agissait que par devoir ?

Les mains en coupe sous ses seins, elle les lui offrit, mais si son regard s'anima, il ne bougea pas. En revanche, son sexe parlait pour lui. Il durcit encore, palpita. Toujours immobile, Cillian la regarda se lécher les doigts puis triturer ses tétons avant de descendre les mains vers son ventre, vers son sexe, d'y insinuer un doigt, d'écarter les lèvres pour dégager le clitoris. Son majeur y entama une petite valse hautement entraînante. Le prince ne bougeait toujours pas. Il restait là, les poings serrés, le regard fou, pétrifié.

Loyale recula alors vers le lit et lui fit signe de la suivre en repliant l'index.

— Cillian, venez ici.

Il avança d'un pas. S'immobilisa. Hésita. Il lui faisait de nouveau penser à un cheval rétif. Au lieu d'insister, elle s'allongea et fit lentement courir ses mains sur son corps, s'arrêtant aux endroits les plus érogènes, se cambrant pour qu'il voie mieux son sexe qu'elle ouvrit pour lui. L'intérieur était luisant de désir. Elle glissa un doigt en elle et recommença à se caresser le clitoris avec un soupir voluptueux.

— Cillian, murmura-t-elle, remarquant qu'une lueur étrange s'allumait dans les yeux du jeune homme quand elle prononçait son nom.

Il l'observa sans mot dire encore un moment, puis s'anima enfin en prenant son pénis dans sa main et en exerçant une pression juste sous le gland. Une plainte lui échappa et elle y répondit de la même manière, sans aucune retenue.

— Je pourrais croire que vous me désirez, dit-il.

— Laissez-moi vous montrer à quel point.

Malgré les apparences, cela ressemblait à une cour entre deux amants. On aurait presque pu les imaginer assis dans un jardin de roses, elle en train de battre des paupières derrière un éventail et lui, lui offrant un bouquet de fleurs en gage de son amour…

Finalement, il s'approcha et le lit s'affaissa sous son poids. Il n'éprouvait pas seulement un désir ardent. D'autres émotions l'animaient, elle le voyait dans les lacs verts de ses yeux.

Cillian se passa la langue sur les lèvres puis caressa les jambes de la jeune femme, s'arrêta au niveau des genoux, massant, effleurant jusqu'à ce que sa bouche prenne le relais.

Elle sursauta au contact inhabituel des baisers à cet endroit, prononçant son nom sans même s'en rendre compte. Il remonta le long de ses cuisses, qu'elle ouvrit plus largement pour l'accueillir.

Il s'agenouilla alors et sa bouche se retrouva à hauteur de son sexe. Elle en perçut le souffle chaud et humide, et se raidit un peu dans l'attente de la suite, avide d'attouchements plus fermes et décisifs que ce trop doux déplacement d'air sur son clitoris érigé.

Son précédent amant était un paysan. Il travaillait la terre près de la maison mère. Elle l'avait aperçu par la fenêtre, l'été dernier, torse nu et couvert de sueur sous le soleil, en train de désherber un champ. Elle était descendue le regarder travailler, et il lui avait offert un melon fraîchement cueilli. Puis il lui avait pris la main et l'avait emmenée derrière la cabane à outils. Ils s'étaient allongés sur des sacs de graines, et il avait été le dernier homme à poser la bouche sur son sexe avant le prince. Il s'était contenté de la lécher jusqu'à ce qu'elle soit assez mouillée pour qu'il puisse la pénétrer…

Cillian prenait son temps. Il glissa les mains sous ses fesses et appuya enfin les lèvres sur son clitoris. Elle cria en sentant le contact de sa langue qu'il étala à plat sur la petite crête avant de l'y lover doucement. Elle suivit bientôt le mouvement en ondulant des hanches.

— Je vous en prie… gémit-elle.

Il leva les yeux, où même l'éclat du désir ne parvenait pas à masquer les profondeurs énigmatiques. Avec une lenteur délibérée, il insinua la langue entre les replis et descendit jusqu'à ce qu'elle soit en elle. Puis il l'en ressortit et répéta le même mouvement en sens inverse tandis que Loyale se tortillait de plaisir en tentant d'accélérer le mouvement malgré la main de fer qui la maintenait.

Sous la torture de sa bouche, le temps finit par ralentir et Loyale se rendit à son rythme, se laissant faire sans résister. Le plaisir la submergea par vagues, lui arrachant des gémissements d'extase.

Tremblante, elle retomba contre les oreillers et il lui fallut quelques secondes pour revenir à elle. Lorsqu'elle rouvrit les yeux, elle s'aperçut qu'il s'était redressé et l'observait. Il l'attira à lui pour l'embrasser. Ce fut elle qui hésita cette fois, lui qui captura sa bouche. Elle perçut le goût de son plaisir sur sa langue et une nouvelle flamme de désir la mit en feu.

Sans lâcher ses lèvres, il la renversa de nouveau sur le lit. Un orgasme ne suffisait pas à la rassasier et il n'avait pas encore joui, quant à lui.

Quelque part en cours de route, elle avait dû perdre de vue les raisons de sa présence dans les bras de cet homme. Une seule chose s'imposait : la douceur de ses lèvres. Son sexe brûlant s'immisçant entre ses jambes. Elle avait envie qu'il la prenne dans cette position, envie qu'il la pénètre.

— Faites-moi l'amour, chuchota-t-elle à son oreille.

Cillian frissonna.

Il appuya contre l'entrée de son vagin et elle s'ouvrit pour l'accueillir en nouant les jambes autour de sa taille. D'un coup de reins, il entra en elle en grognant tandis qu'elle enfonçait ses ongles dans son dos. Il lui mordilla le cou, elle répondit en s'arc-boutant.

Il était aussi habile à lui faire l'amour que dans l'art du cunnilingus. Elle ne tarda pas à basculer de nouveau dans l'extase en criant et en l'enfonçant en elle encore plus loin, s'aidant de ses talons et de ses reins qu'elle soulevait violemment à sa rencontre. Ses contorsions voluptueuses eurent raison de lui. L'instant suivant, il s'abîmait dans le plaisir suprême.

Il resta accroché à elle le temps de reprendre brièvement son souffle, puis il roula sur le côté. Des mèches de ses cheveux d'or rouge restèrent sur les seins de Loyale, comme si elles ne voulaient pas s'en détacher. Elle se tourna sur le flanc pour lui faire face et posa une main sur son visage.

— Vous avez de si beaux cheveux…

Cette remarque le fit rire, d'un rire aussi inattendu que les baisers qu'il avait déposés sur ses genoux, un peu plus tôt. Il se couvrit ensuite les yeux de la main tandis qu'il reprenait son sérieux dans une sorte de sanglot.

Les mots ne s'imposaient pas toujours. Loyale remonta les couvertures sur eux car si, un peu plus tôt, la passion les enflammait, ils avaient la chair de poule à présent. Elle se blottit contre lui en bâillant, songeant qu'il n'allait pas tarder à la repousser et à quitter le lit. Mais il ne bougea pas et peu après, sa respiration régulière lui fit comprendre qu'il dormait.

Un très long moment s'écoula avant qu'elle le rejoigne au pays de Morphée.

12

— Cette fontaine est très jolie, dit Loyale à Cillian.

Main dans la main, ils se promenaient dans les jardins du palais. Le prince s'était raidi, au début, quand elle avait esquissé ce geste tendre, puis il s'était peu à peu détendu.

— Qu'est-ce que représente la statue ? s'enquit-elle.

— Je ne sais pas.

Il avait pris soin de ralentir l'allure pour s'adapter à la sienne. Sous le soleil, ses cheveux brillaient comme des flammes. Elle les lui avait attachés dans le dos en entrelaçant un ruban vert émeraude dans la natte, mais cette coiffure un peu sévère n'altérait en rien sa beauté. Elle avait envie de toucher ses cheveux… Ce qu'elle fit.

Il tourna les yeux vers elle.

— Je me renseignerai, ajouta-t-il.

— Ce n'est pas important.

En fait, elle ne s'en souciait pas vraiment. Lorsqu'elle serait partie, elle ne reviendrait jamais admirer les angelots sculptés dans la pierre qui crachaient de l'eau par leur bouche grande ouverte.

— Allons dans le labyrinthe, proposa-t-elle.

Cillian fit la grimace.

— Pourquoi le labyrinthe ?

Comme les choses avaient changé depuis qu'ils avaient fait l'amour, songea-t-elle avec un petit sourire. Il n'avait toujours pas un caractère de tout repos, mais semblait beaucoup moins enclin aux accès de rage intempestifs. Elle se sentait responsable du changement qui s'était opéré en lui et elle n'en était pas peu fière.

Il y avait toutefois une ombre au tableau. En réalité, elle n'avait eu aucun effort à faire. Certes, il lui procurait un plaisir d'une intensité rare, mais elle aurait dû lui dire la vérité. Lui dire qu'elle pouvait lui apporter des petits moments de bien-être, mais que le soulagement absolu resterait hors d'atteinte avec elle. Elle aurait déjà dû partir, seulement... elle n'en avait pas le courage.

— Parce que ce serait amusant de voir combien de temps nous mettons pour en trouver le centre et... nous pourrons être à l'abri des regards, dans ce dédale, tenta-t-elle de plaisanter pour chasser ses sombres pensées.

Cillian rougit, surprenante réaction quand on savait à quelles turpitudes il aimait se livrer. Cet accès de timidité émut Loyale jusqu'au plus profond de son être. Cet homme n'était pas du tout celui auquel elle s'attendait.

— Je ne suis jamais allé au centre, dit-il en la suivant malgré tout.

Tels deux amants, ils franchirent les grilles de lierre où s'entrelaçaient des bouts de rubans ornés de perles. Loyale s'arrêta devant l'un d'eux.

— Qu'est-ce que c'est ?

— Cela s'appelle un « lacet de vantardise ».

Elle caressa un autre ruban de satin au bout duquel était enfilée une perle de verre.

— Et celui-là ?

— Celui-là aussi. Ce sont d'anciens visiteurs du labyrinthe qui les ont déposés là. Si un couple a des relations intimes ici, il laisse un souvenir de son passage. L'homme prend l'un de ses lacets ou un ruban, il y attache une perle donnée par la femme et le suspend dans le lierre.

— Quel dommage, je n'ai pas pris de perle, le taquina-t-elle. Chez moi, nous avons une grille un peu semblable, à l'entrée du verger de mon père, poursuivit-elle comme il semblait hésiter. Mais personne n'y accroche des rubans. Nous l'appelons « la grille aux baisers ». Chaque fois que nous la franchissons, nous sommes tenus d'embrasser nos doigts et de les poser sur le lierre. Mais si deux personnes se retrouvent à la passer en même temps…

— Elles doivent s'embrasser ?

Elle lui offrit ses lèvres mais, au lieu de s'en emparer, il regarda autour d'eux comme pour vérifier qu'on ne pouvait les voir. Décidément, cet homme représentait un mystère pour elle. Un mystère à résoudre.

— Oui, acquiesça-t-elle. Cela porte chance.

— On n'a jamais assez de chance, n'est-ce pas ? dit-il avant de déposer un bref et chaste baiser au coin de ses lèvres.

S'en contentant pour le moment, elle lui prit la main et l'entraîna dans le labyrinthe pourvu de voies sans issue et de petites alcôves parfaites pour les rencontres secrètes. Elle lui vola un baiser dans chacune d'elles, et le prince se détendit peu à peu. Quand ils parvinrent enfin au centre, elle s'assit sur le banc de pierre placé devant une petite mare décorative et l'invita à la rejoindre. Au lieu de cela, il alla s'agenouiller au bord de la mare et scruta l'eau avant d'y tremper les doigts.

— C'est joli ici, commenta-t-il.

— Oui. Vous n'étiez jamais venu ?

— Non. Ce sont les amants qui viennent ici.

— Mais vous…

— Non, l'interrompit-il. Je parle du genre d'amants qui se retrouvent dans le labyrinthe. Je n'ai jamais connu ça.

— C'est difficile à croire.

Il haussa les épaules.

— Vraiment ? Vous me connaissez, pourtant.

Elle n'avait toujours pas lu le dossier le concernant, et cette réticence devenait aussi ridicule qu'inavouable. Comment lui révéler qu'elle ne le trouvait pas suffisamment intéressant – en tout cas au début – pour faire cet effort ?

— Vous m'avez pourtant emmenée ici, aujourd'hui, remarqua-t-elle.

Il se mit à rire.

— Je crois que c'est vous qui m'y avez emmené, Loyale.

— D'accord. Et je vous ai aussi emmené au centre du labyrinthe. Allez-vous mal vous conduire ? ajouta-t-elle en l'invitant de nouveau à venir s'asseoir près d'elle.

Ce qu'il fit, cette fois.

Elle écarta une mèche de la joue du prince.

— Cillian, je n'ai ni ruban ni perle, mais j'aimerais vous donner quelque chose à accrocher en guise de trophée.

— C'est de cela dont j'ai envie, selon vous ? De vous faire l'amour sur l'herbe, au bord de cette mare ?

Il tourna la tête pour embrasser la main qui caressait maintenant ses cheveux.

— Comment pouvez-vous me connaître au point de deviner mes désirs, Loyale ?

Il n'était pas le premier à poser cette question, et elle lui répondit comme aux autres.

— Tout ce que je fais n'est pas fondé sur quelque grand dessein cosmique.

Il plaqua ses lèvres sur sa main et la garda dans les siennes.

— Je croyais que tout ce que vous faisiez était censé me conduire vers l'apaisement, que vous vous contentiez de faire votre travail, en somme. Afin de l'achever et de pouvoir partir.

— Je…

Les mots moururent sur ses lèvres, car répondre autrement que par un oui aurait été mentir.

— J'ai été idiot de croire qu'il pouvait en être autrement, enchaîna-t-il. Surtout de la part d'une dame de l'ordre. J'ai… perdu l'esprit. Mais je vous remercie d'être restée. Je me sens apaisé lorsque vous êtes près de moi.

Il appuya sa joue contre la paume de sa main et la jeune femme se retrouva sans voix, incapable de prononcer les mots légers qui lui venaient aux lèvres. La première fois qu'elle l'avait vu, il était en train de fouetter une femme attachée à une croix, entouré de créatures dénudées réclamant ses attentions. Elle avait alors cru qu'elle l'oublierait sans grande difficulté. À présent, la culpabilité laissait dans sa bouche un goût amer. Elle avait décidé de ne pas mener sa mission à bien auprès de lui, et elle avait presque réussi.

Mais elle ne le pouvait pas.

Elle ravala le petit discours qui l'aurait rendu heureux mais qui n'aurait pas été sincère.

— J'ai voulu vous faire faux bond, Cillian.

Il ne sembla nullement étonné.

— C'est normal. Vous m'avez trouvé dans ma salle de jeu, à votre arrivée… et avec mon caractère impossible… Je vous comprends, vous savez.

Elle secoua la tête.

— Non, vous ne comprenez pas. Mon désir de partir n'a rien à voir avec vous. Je ne vous connaissais même pas, au début.

Il se rapprocha d'elle et plaça leurs mains entrelacées sur ses genoux. Comme il ne répondait pas, Loyale prit sa respiration et lâcha la vérité.

— Il y a longtemps que je ne me trouve plus apte à être une dame de l'ordre. Chaque fois que j'aidais un maître à trouver l'apaisement, j'avais l'impression de me vider un peu plus de ma substance. J'ai effectué ma dernière mission… auprès d'une femme très malade. Je pensais qu'elle n'en avait plus pour longtemps avant de rejoindre la Terre du Dessus, mais elle a tenu des mois. Je n'ai pas pu lui apporter le moindre réconfort, à part un soulagement physique, mais je suis une dame de l'ordre, pas un médecin. Pourtant, je n'avais pas d'autre choix, sinon de partir, et donc être affectée chez un nouveau maître qui exigerait de moi bien plus que ce que je m'étais habituée à donner.

— Un maître tel que moi.

— Oui, dit-elle en se penchant pour l'embrasser sur les lèvres, tendrement. Quelqu'un qui aurait véritablement besoin de moi.

Il ne répondit pas, et elle reprit sa position sans lâcher ses mains.

— Je savais que je ne pourrais pas vous fournir ce que vous attendiez, pas plus que je n'y étais parvenue avec cette femme. À la différence que mon incapacité avec vous provenait de moi, et pas de circonstances sur lesquelles je n'avais aucune prise. Et pour la première fois depuis mon entrée dans l'ordre, cela me laissait totalement indifférente. Je vous demande pardon, Cillian, je n'aurais pas dû accepter cette mission auprès de vous.

— Mais vous l'avez fait. Et vous êtes restée.

Elle eut un petit rire sans joie.

— Je n'avais pas eu de partenaire sexuel depuis très longtemps. J'étais… faible.

— Et moi qui pensais qu'ils m'enverraient quelqu'un capable de tout changer.

— Pardon, répéta-t-elle. Mais nous avons encore du temps devant nous.

À son tour, le prince eut un rire sans humour.

— On croit toujours qu'on a du temps…

— Je ferai en sorte que ce soit le cas.

Il dégagea doucement ses mains des siennes et se leva pour aller de nouveau contempler l'eau de la mare.

— Je n'ai jamais fait la cour à une femme, Loyale. Je n'ai jamais offert un bouquet à la fête de Sinder, je ne me suis jamais promené main dans la main et je n'ai jamais murmuré des mots d'amour. Quand j'étais plus jeune, je pensais toujours que « j'aurais le temps ». Qu'un jour je me marierais et aurais des enfants pour assurer la descendance du trône de mon père.

— Et pourquoi pensez-vous que cela n'arrivera plus ?

Elle le regardait marcher, ses bottes de chevreau foulant l'herbe parfaitement tondue.

— Avec qui ? Avec vous ?

— Peut-être pas avec moi, non, répliqua-t-elle après une pause. Mais ensuite, une fois que j'aurai accompli ma mission.

Il secoua la tête.

— Je n'aurais pas dû vous faire venir. J'aurais dû vous renvoyer, mais j'en ai été incapable.

Le cœur de Loyale manqua un battement. Elle lui prit la main.

— Dans ce cas, je ne vais pas pouvoir partir.

Depuis longtemps, Cillian se savait lâche. S'il ne l'avait pas été, il aurait chassé lord Devain depuis longtemps. Au lieu de cela, il laissait ce serpent venimeux prendre sa place dans le cœur du roi sans réagir. Cela n'avait pas été difficile. Le roi Allwyn avait toujours vu le visage de sa femme défunte lorsqu'il regardait Cillian. Et s'il s'était convaincu qu'il aimait son fils en lui offrant des poneys et des friandises, il n'avait pas convaincu le petit garçon.

À présent, Devain était en train de chuchoter à l'oreille de son père sous ses yeux. Un sarcasme, à en juger par la façon dont rit le roi en levant un doigt pour demander un autre plat de pâtisseries.

Un buffet avait été dressé sur une longue table, à l'intention de la cour, mais ce fut Loyale qui le servit, garnissant son assiette en choisissant tous ses mets préférés sans qu'il ait à les demander. Cillian ignorait si elle devinait quels étaient ses goûts ou si elle en avait eu vent d'une manière ou d'une autre, par l'intermédiaire de l'ordre.

En cet instant, elle était assise derrière lui et lisait. Il aurait été inconvenant qu'elle s'installe à son côté, mais elle n'allait pas rester cachée pour autant. Personne n'avait fait de commentaire à leur arrivée, bien que sa présence à son bras eût attiré les regards, et il ne l'avait pas présentée à son père puisqu'ils n'étaient pas fiancés.

Mais elle était spéciale, songea-t-il en la regardant tourner les pages d'un livre qu'il avait trouvé si ennuyeux qu'il n'était pas allé au-delà des premiers chapitres. Elle leva les yeux et lui sourit. Il répondit à ce sourire.

Quelques jours seulement s'étaient écoulés depuis leur conversation dans le labyrinthe, mais tout avait changé pour le mieux, depuis. Il n'avait pas la faiblesse d'esprit de croire que le sexe était à l'origine de cette métamorphose, mais il était incapable d'en expliquer les raisons précises. Loyale l'avait réconforté, en tout cas, et… et…

Il lui faisait confiance.

L'ordre l'avait choisie parce qu'elle était celle qui lui convenait le mieux. Il pensait qu'elle n'agissait pas seulement par devoir, mais aussi par plaisir. Elle n'était pas Sérénité, elle ne lui apportait pas la même chose que celle-ci à son cher Edward. Mais il n'était pas Edward non plus, et ne le serait jamais.

S'il avait demandé à la jeune femme de l'accompagner ce soir, c'est que les choses qui le faisaient d'ordinaire entrer dans des colères noires ne l'atteignaient pas de la même manière lorsqu'elle était là. Elle ne cédait pas au moindre de ses caprices, elle avait fait réintégrer la femme de chambre dans ses fonctions pour ne plus avoir à ranger et nettoyer ses appartements, et elle ne préparait plus le thé. Mais la plupart du temps, c'était le simple contact de sa main ou son sourire qui l'apaisaient quand il sentait la rage monter en lui.

Elle l'écoutait comme si le moindre mot qu'il prononçait était chargé d'importance et de sens. Et elle le faisait rire, car elle avait le sens de l'humour. Elle dormait près de lui, se réveillait à son côté, et sa journée ne commençait vraiment que lorsqu'elle lui avait offert son premier sourire.

Les hommes qui attendaient de lui parler étaient impatients, mais il prit son temps pour s'installer sur l'estrade où ils viendraient lui exprimer à tour de rôle leurs doléances. En tant que ministre du conseil de la Mode, il n'avait pas de décisions cruciales à trancher. Déterminer la longueur des pantalons, la profondeur des décolletés ou quel genre de bijou demeurait en vogue ou pas ne l'intéressait en rien, sauf si cela lui permettait de garder le contrôle sur ceux qui jasaient derrière son dos. Il lui était arrivé plus d'une fois de décider d'un style uniquement parce qu'il n'avantageait pas Untel qui l'exaspérait. En général, il s'agissait de courtisans de son père, anciens ou actuels.

À présent, il commençait à écouter ceux qui souhaitaient s'entretenir avec lui. Des marchands de tissus, des joailliers, des façonneurs de cuir. Et entre chaque faveur accordée ou refusée, Cillian regardait Devain flatter son père.

Devain se savait observé par le prince, même si le roi ne s'apercevait de rien, et dès que le dernier marchand fut parti, il quitta Allwyn et s'approcha de Cillian.

— Le moment est-il bien choisi, cette fois ?

— Je viens juste de terminer, déclara Cillian d'un ton faussement indifférent.

Devain posa un pied sur l'estrade et un coude sur son genou. Le menton dans la main, il lança un regard vers le roi que Cillian ne put ignorer.

— Vous avez bien une minute à me consacrer ? C'est au sujet d'une cargaison de dentelle en provenance d'Alyrian.

— La dentelle d'Alyrian est très lourdement taxée.

C'était un choix qui datait d'avant Cillian, mais auquel il n'avait rien changé.

— C'est ce dont je voulais vous parler.

Tiens, tiens...

— Je ne suis pas disposé à modifier des taxes depuis longtemps instituées au profit de quelques-uns, Devain. Elles fournissent une source de revenus non négligeable.

— Oui, je suis bien placé pour le savoir puisque je les paie assez souvent. Mais je suis sûr que vous imaginez les... avantages... que représenteraient certaines exemptions.

— Dont vous bénéficieriez, bien sûr. Vous et personne d'autre ?

Devain inclina la tête d'une manière qui se voulait élégante.

— Ces avantages faciliteraient... certaines affaires et il y aurait des inconvénients à les refuser, il me semble.

Cillian se mit aussitôt sur ses gardes. Devain ne lui avait jamais réclamé de faveurs. Son intérêt pour l'industrie de la mode était tout nouveau. Selon une rumeur récente, il aurait mal géré ses terres. Sa femme aurait laissé l'intendant, avec lequel elle couchait, prendre de mauvaises décisions concernant les moissons. On disait aussi que Devain était plus furieux de cette gestion malheureuse que des écarts conjugaux de la responsable, ce que Cillian croyait volontiers.

Quoi qu'il en soit, il n'avait jamais été question d'argent entre Devain et lui, jusqu'ici. La cour qu'il faisait au roi avait constitué une subtile insulte qui n'avait échappé à personne mais dont nul ne parlait jamais – pas devant Cillian, en tout cas.

— Pourquoi ne vous adressez-vous pas à mon père ? Vous avez l'air de si bien vous entendre, dit le prince sans masquer son ironie.

Si Devain se sentit offensé, il ne le montra pas.

— Sa Majesté votre père a clairement établi qu'il ne veut s'impliquer en rien dans les affaires dont vous avez la charge. Il a été très clair là-dessus, rétorqua-t-il d'une voix mielleuse. Il estime, et à juste titre, que son fils et héritier doit avoir au moins une responsabilité à part entière.

Peut-être Devain n'était-il pas si proche du roi qu'il l'espérait, finalement. Cillian sourit et se laissa aller contre le dossier, bien que le siège fût inconfortable et qu'il eût envie de se lever et de s'étirer.

— Quel prince serais-je si je privilégiais les intérêts des uns par rapport aux autres ?

Devain regardait le roi qui délaissait les pâtisseries pour s'intéresser maintenant aux fruits confits. Quand il reporta son attention sur Cillian, son sourire n'était plus qu'une grimace pleine de fiel.

— Un prince qui resterait dans la course pour accéder au trône plutôt qu'entravé par des chaînes et une camisole de force, peut-être ?

Cillian se mordit la langue si fort qu'il sentit le goût du sang dans sa bouche. Derrière le masque qu'il affichait pour la galerie, la haine de Devain était presque palpable.

— Vous me menacez ?

— Vous ? Mon prince, jamais ! assura Devain en exécutant un semblant de révérence.

Lorsqu'il se redressa, son regard se porta au-delà du prince et il répéta :

— Jamais.

Cillian se retourna pour voir ce qui avait capté l'attention de Devain. Son cœur bondit à la vue d'une familière chevelure sombre, nouée sur la nuque par un ruban de satin. Edward n'aurait jamais porté du bleu avant d'avoir une femme qui s'occupe de l'habiller de la tête aux pieds. Celle-ci était là, près de lui, le tissu de sa robe tendu par le ventre qui portait leur enfant.

Il y avait si longtemps qu'Edward n'avait daigné venir à la cour, et jamais encore il n'y avait amené Sérénité. Elle paraissait différente dans ses vêtements de lady, qui n'avaient rien à voir avec l'uniforme des dames de l'ordre. Sa gorge se noua quand il vit la main d'Edward posée avec sollicitude au creux du dos de son épouse, tandis qu'il la guidait à travers la foule de lords amassés devant le roi.

Devain avait surpris le regard de Cillian.

— Comme je le disais, mon prince. Avantages et désavantages…

Cillian ne répondit pas, et Devain s'inclina brièvement avant de s'éloigner et de quitter la pièce. Son attention concentrée sur son ami Edward qui présentait Serena au roi, il ne le vit pas partir, mais sentit Loyale s'approcher sans avoir besoin de détourner les yeux.

— Qui est-ce ?

— Mon ami Edward Delaw, répliqua-t-il d'une voix dont le calme le surprit. Et sa femme, Sérénité.

— Que font-ils ?

— Il la présente à mon père.

— Le roi ne la connaissait pas ?

— Non, dit Cillian en essayant d'avaler la boule qui s'était formée dans sa gorge. Edward a demandé la permission de se marier chez lui, dans l'intimité. C'est la première fois qu'il l'amène à la cour.

Elle ne pouvait savoir combien revoir Edward, son cher ami, l'affectait, mais Loyale lui avait pris la main et la serrait étroitement dans la sienne. Elle se rapprocha de lui imperceptiblement, sans franchir les limites de l'inconvenance, mais il la sentait là, tout près, et c'était bien. Elle le connaissait de mieux en mieux.

— Et pourquoi maintenant, d'après vous ?

Edward riait à une plaisanterie que venait de faire le roi, et Sérénité exécutait une charmante révérence. Il se souvenait parfaitement du goût de son corps et regrettait amèrement d'avoir insisté pour le découvrir. Il avait cru que cela le rapprocherait d'Edward. Que cela les aiderait à retrouver leur complicité d'autrefois. Au contraire, il avait brisé le dernier lien qui les unissait.

— Il la présente à mon père parce qu'elle va avoir un enfant, et Edward voudrait qu'il porte son titre de noblesse.

— N'est-ce pas automatique ?

— Le père d'Edward était marchand d'épices. Il a su gagner les faveurs du roi et a ainsi acquis un titre qui ne lui vient pas du sang. Edward en a hérité, mais comme lui-même n'a rien fait pour le mériter, il doit adresser une requête au roi pour le transmettre à son fils. À moins qu'il n'ait décidé d'entrer dans les petits papiers de mon père pour acquérir son propre titre. Mais… connaissant Edward, il s'intéresse davantage au destin de son enfant qu'au sien, j'en suis sûr.

— Il était votre ami, remarqua Loyale après un silence.

— Oui, répondit-il, bien que ce ne fût pas une question. Il l'a été.

Elle eut un regard compatissant que Cillian n'aurait toléré de personne d'autre qu'elle. Il se contenta de lui sourire et de porter la main qu'il tenait dans la sienne à ses lèvres.

Les affaires courantes de la cour étant terminées pour la journée, les divertissements commencèrent, et le prince embrassa de nouveau la main de sa compagne, pour le simple plaisir.

— Cet homme, Devain, dit-elle calmement. Il a menacé Edward pour vous atteindre ?

— Devain n'aurait pas dû parler si librement devant vous.

— Les hommes comme lui ne voient jamais les femmes comme moi, sauf pour les utiliser à leur profit.

— Je pense qu'il se verrait bien à ma place.

— Et votre père n'y trouve rien à redire ?

— Mon père… commença-t-il en avalant une nouvelle boule douloureuse. Mon père ne voit que ce qu'il veut bien voir, et la plupart du temps, ce n'est pas moi.

— Vous êtes son fils.

— Et son héritier. Mais cela ne fait rien, dit-il en secouant la tête.

Elle savait tout de lui, à présent, et l'intérêt qu'elle lui manifestait lui réchauffa le cœur.

Le roi, entouré d'une cour de lords et de ministres, quitta la pièce sans même un regard vers son fils, qui le suivit des yeux avant de reporter son attention sur Edward et Sérénité. Dès que le souverain fut sorti, son ami entraîna sa femme vers un fauteuil confortable et alla lui préparer une assiette de douceurs.

— C'est fou comme les choses peuvent changer, murmura-t-il. Edward n'avait jamais été un homme empressé.

— Il me paraît très amoureux de sa femme, et très attentionné.

Cillian haussa les épaules, feignant l'indifférence, mais Loyale avait décidé de ne pas le laisser s'en tirer aussi facilement.

— Venez, dit-elle soudain.

— Quoi ? s'étonna-t-il.

Elle l'entraîna et, malgré lui, Cillian fit un pas vers celui qui fut son meilleur ami.

— Allez, venez. C'est ridicule. Vous n'arrêtez pas de le regarder. Venez lui parler.

Cette fois, Cillian s'immobilisa fermement.

— Non, lança-t-il un peu trop fort.

Des têtes se tournèrent vers lui, mais Edward ne leva pas la sienne. Sérénité, en revanche, si. Quant à Loyale, elle continua de le tirer discrètement. Cillian ne pouvait lui résister sans faire une scène.

— Non, répéta-t-il. Même si vous estimez que c'est ce que je devrais faire.

Toute la longueur de la pièce les séparait, mais elle n'était pas assez longue au goût de Cillian. Edward finit par tourner la tête vers lui. Il ne frémit pas, ne cilla pas. Son regard le traversa comme s'il n'existait pas. C'était pire que tout !

Refusant l'assiette que son mari lui tendait, Sérénité se leva. Edward changea alors d'expression et voulut la retenir mais ce n'était pas facile, avec les mains pleines. Très calme, sa femme s'avança vers le prince, ignorant les regards qui la suivaient.

— Mon prince, dit-elle en s'inclinant. Quel plaisir de vous revoir.

Cillian sentit les doigts de Loyale bouger entre les siens. Il lui jeta un bref regard, mais elle semblait parfaitement détendue.

— Pour moi aussi, répondit-il.

— Sérénité, intervint Edward d'un ton qui ne souffrait pas la contestation.

Se contentant de lui sourire, elle reporta son attention sur Cillian.

— Mon prince, nous sommes restés trop longtemps sans vous voir, dit-elle avant de se tourner vers Loyale et de lui tendre la main. Bonjour. Je suis Serena Delaw.

— Loyale.

Les deux femmes se serrèrent la main comme des hommes. Edward se posta derrière Sérénité et fixa le prince d'un air furibond – ce qui valait mieux que d'être ignoré.

— Viens, Sérénité, il est temps de rentrer, dit-il en lui posant une main sur l'épaule.

— Dans un instant, chéri. Je parle à notre prince et à sa compagne. Tu ne voudrais pas que je me montre grossière ?

— Non. Bien sûr que non.

S'il n'avait tant peiné Cillian, le changement d'expression immédiat d'Edward aurait pu être amusant. Edward fit une petite révérence en évitant le regard de son ami. Sérénité soupira.

— J'aimerais beaucoup avoir des nouvelles de la maison mère et de l'ordre, dit-elle à Loyale. Nous ferez-vous l'honneur de venir dîner à la maison demain soir ?

— Non ! s'écria Edward.

Cillian toisa Sérénité comme pour la remettre à sa place. Il n'avait pas oublié comment elle avait reçu les coups de fouet d'Edward, toutefois. Elle ne se laisserait pas impressionner facilement.

— Non, par Sinder ! répéta Edward.

— Cela signifie-t-il que vous ne voulez plus nous voir, prince ? s'enquit Sérénité avec aplomb.

Cillian allait riposter vivement quand Loyale le devança :

— Nous sommes heureux d'accepter, bien sûr.

Les deux hommes se tournèrent vers elle, sidérés, et les femmes se sourirent. Cillian ôta sa main de celle de Loyale avec une telle brusquerie qu'elle chancela légèrement.

— Ne parlez pas à ma place, jeta-t-il.

— Très bien. *Je* suis très heureuse d'accepter votre invitation, Sérénité, rectifia la jeune femme sans se démonter.

— Non ! crièrent les deux hommes d'une même voix.

— Nous ne sommes pas d'accord, apparemment, reprit Edward avec une expression que Cillian croyait ne plus jamais revoir sur le visage de son ami : l'amusement. Et je ne contrôle pas ma femme aussi bien que je le pensais, j'en ai peur...

— Tu vas devoir me punir, peut-être, glissa Serena que cette perspective ne semblait pas déranger outre mesure.

— Je ne suis pas la femme de Cillian, déclara Loyale. Je ne pense pas être tenue de lui obéir aveuglément.

— Peut-être devriez-vous l'épouser, suggéra Serena.

Le cœur de Cillian fit un bond et une vive émotion lui coupa le souffle.

— Edward, ta femme dépasse les bornes.

— C'est vrai, admit-il avec un soupir. Je te demande pardon.

Autrefois, Cillian serait entré dans une colère terrible. Incapable de se maîtriser, il aurait tout cassé autour de lui. Mais aujourd'hui... aujourd'hui, il se contenta de soupirer longuement et de croiser les bras. Le sourire qu'Edward avait esquissé l'avait apaisé.

Loyale se tourna alors pour lui faire face.

— Cillian, dites oui.

Le prince regarda Edward qui, cette fois, ne détourna pas les yeux.

— Je n'imposerai pas ma présence à qui que ce soit, si elle n'est pas souhaitée.

— Quelle idée, fit Sérénité. Bien sûr que nous souhaitons vous avoir.

— Tu as toujours imposé ta présence à qui tu voulais, quand tu voulais, commenta Edward. Et tu le feras toujours, j'en suis sûr.

C'était une attaque, mais Cillian ne releva pas.

— Le mariage semble t'avoir réussi, Edward.

Celui-ci contempla Serena avec une telle tendresse que ce fut presque embarrassant.

— Oui, je le crois aussi.

— À demain, alors, conclut Sérénité en lançant un regard à Loyale que Cillian n'essaya pas de déchiffrer.

Et la question fut tranchée, aussi simplement que cela.

[illegible]

— Je [illegible] Gilles [illegible]

— [illegible] Louvre [illegible]

[illegible]

— Je n'insistai pas [illegible]

[illegible]

— Je n'ai [illegible]

[illegible]

— Oui, [illegible]

[illegible]

13

Loyale n'avait pas emporté de robes convenant à un dîner chez un noble seigneur, mais cela ne l'inquiétait pas outre mesure. Cillian lui en avait acheté de nombreuses, toutes parfaitement à ses mesures. Un bain chaud et parfumé agrémenté de lotions délicieusement aromatisées l'avait déjà mise d'humeur légère. À présent, elle comparait ses robes une à une en essayant de se décider.

Finalement, elle choisit la verte, qui serait du plus bel effet si Cillian choisissait de porter du vert lui aussi. Elle veillerait à l'y inciter. Satisfaite, elle se regarda dans le miroir en observant attentivement les traits de son visage, chose qu'elle faisait rarement.

Elle s'habillait pour lui, découvrit-elle soudain en lâchant la robe qui tomba à ses pieds. Ayant préféré renvoyer la femme de chambre pour s'occuper d'elle-même toute seule, comme elle en avait l'habitude, elle n'avait personne pour lisser les plis du tissu. Personne pour lui avancer un fauteuil, aussi se laissa-t-elle tomber sur le sol où elle s'allongea, près de la robe.

Au-dessus d'elle, le plafond peint représentait la « chute » de Sinder. Une scène sans doute censée être érotique, mais personnellement, elle n'y voyait rien de sensuel. Sinder était issu du vide et avait créé le monde. Il avait rencontré Kedalya dans la forêt et il était tombé amoureux d'elle.

Il était *tombé*.

On ne pouvait perdre son cœur en une semaine, et pourtant... Une journée suffisait. Une heure. Une minute. Un regard, un soupir... un souffle.

— Je ne l'aime pas, murmura-t-elle. Je ne l'aime pas...

Peut-être pas, mais un émoi presque douloureux l'agitait, une sorte d'effervescence qu'aucun de ses maîtres n'avait jamais éveillée en elle.

Elle s'assit au milieu des rubans et des dentelles. Quand cela avait-il commencé ? La première fois qu'elle avait pris son sexe dans sa bouche, peut-être. Ou bien quand il l'avait laissée lui prendre la main, ou quand il avait souri au lieu de se mettre en colère... Quand il avait tenté de la repousser, peut-être, et quand elle avait compris à quel point elle pouvait changer sa vie. Et combien il méritait que ce changement survienne.

La morsure de l'amour ne lui était pas inconnue. Elle en connaissait la puissance. Elle savait comment il pouvait mettre à genoux l'homme le plus fort, anéantir une femme. Si ce qu'elle éprouvait pour le prince de Firth n'était pas de l'amour, cela ne tarderait pas à le devenir...

— Oh, pardon !

La voix grave qui venait de s'élever du pas de la porte la fit sursauter si violemment qu'elle bondit sur ses pieds.

Loyale resserra les pans de sa robe de chambre autour d'elle.

— Qui êtes-vous ?

— Je vous prie de m'excuser, madame. Je suis Alaric. L'ami de Cillian. Je venais voir s'il était là.

L'homme était fort négligé. Ses cheveux blonds comme les blés pendaient tristement sur ses épaules. Une ligne rouge marquait sa gorge, et une barbe de plusieurs jours assombrissait sa mâchoire. Il n'avait pas du tout l'air d'être l'ami d'un prince.

— Il n'est pas là. Il avait une affaire à régler dans un entrepôt.

— Vous êtes la dame de l'ordre, remarqua-t-il en l'évaluant du regard. Vous avez bien dit « entrepôt », pas « salle de jeu » ?

Elle releva la tête avec une pointe de défi dont elle préférait ignorer la cause.

— J'ai bien dit « entrepôt ». Là où les tissus sont entreposés.

— Ah, pardon. Je suis très fatigué, je n'ai pas les idées claires. Bien sûr qu'il n'est pas dans la salle de jeu…

— Asseyez-vous, proposa-t-elle comme il tanguait sur ses jambes. Êtes-vous malade, monsieur ?

— Non. Enfin, je ne souffre pas d'un mal qu'un médecin pourrait guérir. Dites à Cillian que je suis passé, s'il vous plaît… et aussi que… que… Dites-lui simplement que je n'ai plus de cœur.

— Vous devriez vous asseoir, insista-t-elle.

— Non, je ne peux vraiment pas rester. Pas alors que vous êtes là. N'y voyez aucune offense, surtout.

— Je lui dirai que vous êtes passé.

Alaric, qui devait être séduisant sans les cernes sombres qui soulignaient ses yeux et la pâleur de sa peau, eut un étrange sourire. Son regard balaya les piles de vêtements éparpillés sur le sol, puis le corps de la jeune femme, de bas en haut. Mais si elle avait attiré l'attention de beaucoup d'hommes dans sa vie, aucun ne l'avait jamais regardée de cette manière – sans la voir. D'ailleurs, c'était comme s'il ne voyait rien autour de lui.

— Merci, dit-il en s'inclinant maladroitement et en reculant vers la porte.

— Attendez…

Mais il était déjà parti, et Loyale courut pour le voir tituber dans le couloir en se tenant aux murs de part et d'autre, comme s'il avait été sur un bateau, puis disparaître au coin. Elle fit marche arrière et referma la porte. De toute évidence, cet homme avait besoin d'aide. Elle ne manquerait pas de parler à Cillian de cette visite et de la détresse évidente de son ami.

La bleue, pas la verte, décida-t-elle peu après en observant les robes. Elle irait bien avec ses yeux et la rendrait plus belle à ceux du prince. Et c'était ce qu'elle voulait. Être davantage qu'une dame de l'ordre dont il payait les services. Ce soir, elle serait une femme pour lui, et cette robe l'y aiderait.

Elle l'enfila donc. Renonçant à natter ses cheveux comme la plupart du temps, elle les laissa boucler librement sur ses épaules et appliqua un peu de fard sur ses lèvres et ses paupières. N'ayant pas de bijoux, elle prit une fleur dans un bouquet et patienta. Dans la posture de l'attente. À genoux, le dos d'une main dans la paume de l'autre. Autrefois, elle pouvait rester ainsi des heures, aussi détendue que dans le sommeil. Mais ce n'était pas pour se délasser qu'elle l'adoptait aujourd'hui, mais parce que le prince apprécierait qu'elle consente à cette attitude de soumission pour lui. Elle n'avait pas oublié la salle de jeu – où Cillian ne lui avait jamais demandé de l'accompagner. Lui-même avait d'ailleurs cessé de s'y rendre depuis un moment, mais cela ne signifiait pas que ce qui continuait de s'y passer ne lui manquait pas. Alors, si elle ne pouvait se résoudre à s'offrir à lui de cette manière, elle pouvait au moins faire cela.

Au regard qu'il lui lança à son retour, elle comprit qu'elle avait vu juste. Son cœur se mit à battre plus vite lorsque les lèvres du prince s'entrouvrirent sur des mots silencieux. Il lui fit signe de se relever, ce qu'elle fit en tournoyant sur elle-même pour faire virevolter le bas de sa robe autour de ses chevilles.

— Vous aimez ?

— Bien sûr que j'aime. J'ai acheté le tissu et fait confectionner la robe à votre intention.

— Je croyais que déceler les besoins des autres faisait partie de mes devoirs, le taquina-t-elle.

Le regard de Cillian s'éclaira, et il passa sa langue sur ses lèvres.

— Je ne savais pas qu'elle vous irait aussi bien, mais j'en suis heureux.

— Et si cela n'avait pas été le cas ?

Il plongea son regard brillant d'intensité dans le sien.

— Vous l'auriez portée dès l'instant où je l'aurais trouvée convenable.

— Oui, bien sûr, si j'avais estimé que cela pouvait vous apaiser en quoi que ce soit. Mais... ce n'est pas ce que vous voulez dire, n'est-ce pas ?

— Non.

Elle se haussa sur la pointe des pieds afin que ses yeux et ses lèvres soient à la hauteur des siens.

— Heureusement pour nous deux, elle me va parfaitement.

Il posa les mains sur ses hanches, en prenant soin de ne pas froisser la robe.

— C'est de cela dont j'ai besoin, selon vous ?

Elle lui effleura la bouche de la sienne, puis recula.

— Tout le monde a besoin d'affection. Il m'a semblé que vous en manquiez, Cillian, malgré votre harem.

Il eut un rire de dérision.

— Que je n'ai pas visité depuis près de deux semaines à cause de vous.

— Est-ce ma faute si vous êtes si occupé dans votre propre lit que la compagnie de ces femmes ne vous attire plus ? Ce n'est pas ma seule fonction auprès de vous, mais elle fait partie de celles que j'aime exercer. Vraiment.

Elle l'observa attentivement, consciente que son intonation était restée légère et teintée d'humour, mais qu'une réelle émotion couvait sous les mots. Mieux valait que Cillian ignore qu'elle n'agissait peut-être pas seulement par devoir.

Il glissa une main autour de son cou et effleura sa bouche de la sienne, mais sans l'embrasser. Elle se mit à respirer plus vite. Il l'attira contre lui.

— Vous n'aimeriez pas les jeux dont je raffole, Loyale.

Elle retint son souffle.

— Je vous ai déjà dit que si vous me demandiez de vous offrir mon dos...

— Vous le feriez par devoir, pour me soulager. Mais pas par désir. Pas parce que ma main claquant votre peau vous ferait mouiller.

— Pourtant, vous regagnez votre lit chaque nuit et vous me faites l'amour. Vous n'êtes pas retourné dans votre salle de jeu depuis des jours, insista-t-elle sans pouvoir tout à fait réprimer une note de triomphe dans sa voix. Peut-être que les jeux qui vous attiraient tant ne vous sont pas aussi nécessaires que vous le pensiez ?

Il la lâcha avec un demi-sourire.

— Certains ne découvrent leurs goûts profonds que sur le tard, Loyale. Ils peuvent y être initiés.

Le cœur de la jeune femme cogna quand elle repensa à la jeune fille sur la croix.

— D'autres n'apprennent jamais à aimer ce genre de pratiques.

— Je sais, dit-il en lui caressant les cheveux. C'est pourquoi je ne vous ai pas emmenée dans la salle de jeu. Les femmes de mon harem ont été choisies pour ça, pas vous. Je ne prends aucun plaisir à forcer mes partenaires en quoi que ce soit, contrairement à ce que l'on raconte. Je n'ai jamais contraint personne.

— Je n'ai jamais cru ça de vous non plus, Cillian.

Une tension palpable s'enroula autour d'eux comme un ruban autour d'un doigt. C'était comme s'ils avaient été nus, tant elle sentait intensément le moindre frémissement de son corps contre le sien. Ce n'était pas du désir, c'était bien plus que cela.

— Quand j'étais adolescente, commença-t-elle en prenant ses mains entre les siennes, je fus fiancée à un homme beaucoup plus âgé que moi, pour servir les intérêts de mon père, pas les miens. Mais c'était courant, dans mon milieu.

— Je savais que vous étiez de noble naissance... Je le savais !

Pas seulement noble, mais Loyale ne corrigea pas.

— Je ne voulais pas l'épouser et je l'ai dit, ce qui n'a pas plu à mon père. Mon père m'aimait, mais je devais lui obéir sans poser de question. Mon fiancé était comme lui sur ce point, et incapable du moindre geste tendre pour tempérer ses exigences.

L'exaltation incendia le regard du prince.

— Est-ce qu'il vous battait ?

— Non, mon prince. Cette idée vous excite, je le vois, mais il ne me battait pas. Jamais il n'a levé la main sur moi, même au plus fort de la colère. Il voulait me mettre à genoux, mais c'était un ecclésiastique avec des principes rigides. Je me demande même comment il espérait me faire un enfant. Je ne voulais pas de ce mariage de convenance. Me marier pour ne jamais être honorée ? Ou pour l'être sans en retirer la moindre satisfaction ?

Cillian fit tourner son pouce dans sa paume et elle frissonna, mais elle continua, même s'il lui en coûtait :

— Il s'est donné beaucoup de mal pour me soumettre, mais je ne me suis pas inclinée. Pourtant, s'il avait essayé de me connaître un tout petit peu, je me serais efforcée d'apprendre ce qui pouvait lui apporter du plaisir.

— Si vous l'aviez épousé.

— Oui.

— Alors que vous ne l'aimiez pas.

— Je ne l'aimais pas, non, mais je savais que ce qui servait mon père me servirait. De toute façon, je ne pouvais pas me permettre d'attendre l'amour. Il fallait que l'on me marie coûte que coûte.

Il la lâcha et lorsqu'il s'écarta, elle eut l'impression d'avoir froid.

— C'était donc si important ?

Ce n'était pas important, c'était capital, mais à quoi bon lui dire qu'elle avait jadis porté une couronne bien plus importante que la sienne ?

— Vous n'écoutez pas mon histoire, Cillian. Vous entendez mes paroles, mais vous vous méprenez.

Il se détourna de la fenêtre de laquelle il venait de s'approcher.

— Vraiment ? Alors soyez plus claire.

— Je n'étais pas une dame de l'ordre, à l'époque, mais j'aurais fait un effort pour lui faire plaisir si seulement il avait essayé de me connaître un peu.

— Vous pourriez vous plier à mes désirs, m'avez-vous dit. Le dites-vous toujours ?

— Je serais peut-être incapable d'aimer le fouet, mais cela ne signifie pas que je ne m'initierais pas à vos jeux. J'ai vu beaucoup de choses, grâce à l'ordre de la Rédemption. Bon, je ne tiens pas à être ligotée sur une croix ou à ce que vous me donniez la fessée, non. Mais il y a d'autres plaisirs, vous le savez mieux que moi.

— Et à nouveau, c'est moi qui vous servirais. Est-ce ainsi que vous voyez les choses, Loyale ? Vous croyez que c'est de cela dont j'ai besoin ?

Il paraissait en colère, maintenant.

Elle releva le menton et passa sciemment sa langue sur ses lèvres, consciente de la façon dont il l'observait.

— Oui, je le crois. Je peux vous donner ce que vous attendez avant même que vous en ayez envie, mais si vous ne pensez pas le mériter, je perdrai mon temps. Vous allez devoir me faire un peu la cour, Cillian. Convainquez-moi.

Cillian recula d'un pas, heurta le rebord de la fenêtre et, déséquilibré, se retrouva assis dessus. Il se couvrit les yeux de la main.

— Je finirai par vous aimer. Et après ? Vous partirez.

Le cœur de Loyale fit un bond, mais sa voix ne trahit pas son émoi.

— Il me semble qu'un peu d'amour vous fera du bien.

— J'ai passé mon temps à aimer et chaque fois, on me laisse tomber. Je n'ai pas très envie de continuer dans cette voie.

Elle s'approcha de lui.

— Je ne voulais pas épouser cet homme, alors j'ai fait une chose que je n'aurais jamais dû faire. J'ai pris un amant. J'ai déshonoré ma famille et le nom de mon père. J'ai porté un fils que mon fiancé a revendiqué comme étant le sien pour rester lié à ma famille et j'ai été bannie, chassée par les miens. Ils m'ont rayée de leur vie, comme si j'étais morte, alors je crois savoir ce qu'il peut en coûter d'aimer.

— Vous l'aimiez ? Le père de votre enfant ?

— Oh, oui ! Comme une toute jeune femme peut aimer le premier homme qui lui fait battre le cœur. Je l'aimais assez pour porter son enfant au lieu de m'en débarrasser. Assez pour ne pas le déclarer comme père, alors que tout le monde savait que c'était lui, ce qui l'aurait condamné mais m'aurait sauvée.

— Alors vous êtes entrée dans l'ordre de la Rédemption.

— Oui. Où je suis restée plus longtemps que je ne l'imaginais. Mais à présent… je suis fatiguée, Cillian. Je voudrais rentrer chez moi. Voir mon enfant, qui ne me connaît pas. Avant cela, je terminerai ma mission auprès de vous, si vous le voulez bien, et pas par un échec.

Ce fut à lui de détourner les yeux.

— Loyale, je souhaiterais vraiment que vous m'apportiez la consolation. J'y tiens. Mais je ne suis pas sûr de pouvoir vous accorder ce que vous désirez. Il y a des choses dont j'ai grand besoin, depuis toujours, et savoir que vous ne voulez pas vous plier à certains de mes désirs ne risque pas de me combler. Tout le reste, votre bonne humeur, le contact de votre main, le plaisir de votre corps...

— Vous êtes trop vide pour pouvoir être comblé par quiconque, à mon avis, l'interrompit-elle. Mais laissez-moi essayer. Vous aurez ce dont vous avez besoin, et moi aussi.

— Que dois-je faire, alors ? demanda-t-il avec un sourire qui la mit immédiatement à l'aise.

— Comme je vous le disais, il y a des chemins divers et variés. Je crois que n'apprécieriez pas que j'aie à les nommer moi-même.

— Et comment saurai-je si vous approuvez ?

— Si nous l'apprenions ensemble ? Parlez-moi de la salle de jeu.

— Non, fit-il en essayant de se détourner, mais elle le retint.

— Allez. Si vous craignez de me choquer, ou de me dégoûter, tranquillisez-vous. J'ai vu et fait plus de choses que vous ne pouvez l'imaginer.

— Vous n'avez pas idée de l'étendue de mon imagination, Loyale.

Elle l'attira doucement vers elle.

— Il semble que nous soyons assez bien assortis.

Elle sentit son souffle contre sa joue, puis il la prit dans ses bras et pressa ses lèvres chaudes au creux de son épaule.

— Cela m'aide, murmura-t-il. Cela m'aide à oublier.

— À oublier quoi ? s'enquit-elle en glissant un bras autour de lui pour le serrer plus fort.

— Tout ce qu'ils me rappellent sans cesse, murmura-t-il en fermant les yeux.

Mais il les rouvrit soudain pour les plonger dans les siens.

— Alors, si ce dont vous avez besoin, c'est d'oublier, je vous y aiderai.

— Eh bien… vous pouvez essayer, répondit Cillian avec un petit sourire incertain.

— Arrêtez de gigoter, dit-elle en essayant d'ajuster le foulard de Cillian, qui la repoussa. Très bien. Débrouillez-vous tout seul.

Il s'examina dans le miroir en fronçant les sourcils et desserra un peu le nœud.

— Un homme devrait pouvoir s'habiller sans l'aide de personne, même s'il a les moyens de s'offrir des valets de chambre.

— Oui, mais vous étiez maladroit et j'ai voulu vous aider, rien de plus.

— Et vous croyez que cela apportera une flèche de plus dans le carquois ? rétorqua-t-il.

— Cela nous permettra en tout cas de dîner plus tôt, et apaisera mon estomac qui crie famine !

Elle avait un tel talent pour désamorcer ses colères… La seule chose qui produisait le même effet sur lui, c'était sa salle de jeu. Quand il avait un fouet à la main, et qu'un sexe de femme luisant de désir réclamait sa bouche. Il n'y était pas retourné depuis des semaines, mais le seul fait d'y penser le faisait bander. Il avait connu de plus longues périodes d'abstinence, mais c'était autrefois.

Il détacha soudain le foulard de soie et le jeta par terre. Il irait sans. Les lacets de ses manchettes de dentelle qui lui enserraient les poignets comme des fers, lui suffisaient pour le moment !

— Cillian, vous me faites penser à un cheval ombrageux. Calmez-vous et respirez. C'est ce dîner avec votre ami qui vous rend nerveux ? Peu importe ce qui s'est passé entre vous, il est sans doute temps de tirer un trait, non ?

Il se regarda dans le miroir en refusant délibérément de respirer calmement, et se demanda si l'homme qui lui faisait face était celui qu'il imaginait devenir, lorsqu'il était enfant.

— Cillian. Un désaccord n'est rien pour des amis comme vous.

Ce n'était pas lui qui avait pris le passé comme excuse pour tenir Edward à distance. Au contraire, c'était au nom du passé qu'il avait voulu lui prouver son amour, et qu'avait-il gagné ? Pourtant, il aimait toujours Edward.

Il désigna le jabot à la jeune femme, qui vint aussitôt y remettre de l'ordre avec ses doigts de fée.

— Je l'aime, lui dit-il. Depuis toujours, depuis le jour où il m'a rossé pour m'être moqué d'Alaric.

— Nos meilleurs amis sont parfois nos amis d'enfance.

— Nous n'étions pas des enfants.

— Des adolescents, alors. Parfait, dit-elle en reculant pour l'admirer. Vous êtes superbe, Cillian, mais vous le savez.

— Oui, je le sais, admit-il.

Il avait hérité de la beauté de ses parents, avait toujours été bien nourri et soigné. Ses dents étaient saines, sans l'ombre d'une carie.

Elle se haussa sur la pointe des pieds pour effleurer ses lèvres des siennes, mais il l'attira aussitôt contre lui et lui caressa les seins à travers la robe. Elle frémit, ce qui le fit sourire.

La porte s'ouvrit alors, et Bertram apparut.

— Milord, la voiture est prête.

Cillian lâcha la jeune femme et lui offrit son bras.

— Puis-je vous escorter, belle dame ?

— Je vous en prie, mon seigneur.

14

Edward Delaw avait prévu un dîner simple les dispensant d'observer les usages de la cour, ce qui convenait parfaitement à Loyale. Il n'en était pas moins délicieux et fut servi au salon, pour plus d'intimité. Cillian avait laissé à Edward la place d'honneur et le vin coulait à flots.

Sérénité engagea la conversation par des anecdotes légères, n'abordant aucun sujet sérieux ou sensible. Loyale la comprenait car elle en aurait fait autant, à sa place. Au début, les hommes s'ignorèrent, ne s'adressant qu'aux femmes, jusqu'à ce que Serena s'adosse au dossier de son siège avec un soupir, en tapotant son ventre rond.

— Mon Dieu, si j'avale une bouchée de plus, je vais exploser !

Edward fronça les sourcils.

— Veux-tu t'allonger, chérie ?

Serena le contempla avec tendresse, mais lança à Loyale un regard entendu.

— Non, j'ai seulement trop mangé, et j'aimerais trouver quelque chose d'intéressant à faire pour m'empêcher de reprendre de ce délicieux dessert.

Il sourit, mais semblait toujours aussi attentif. Il avait dû être un maître intéressant à servir, songea Loyale tandis qu'il se levait de table. Différent de Cillian, et si semblable en même temps, une chose que ni l'un ni l'autre n'était prêt à admettre pour l'instant, devina-t-elle.

Enfin, Cillian peut-être, rectifia-t-elle en remarquant le regard brûlant qu'il posait sur son ami, dès qu'Edward ne le regardait pas. Il l'avait considéré comme son frère, se dit-elle en remarquant la façon dont il crispait les doigts sur son verre. Cillian souffrait et face à cette souffrance-là, elle ne pouvait lui apporter aucun soulagement.

— Ma femme a besoin de quitter la table, merci d'être venu, déclara soudain Edward au prince. Et merci à vous, madame, ajouta-t-il plus chaleureusement.

— Edward ! s'écria Serena, stupéfaite. Tu n'es tout de même pas en train de renvoyer nos amis ?

— Je croyais que…

— Nous pouvons rentrer, si Edward le souhaite, dit calmement Cillian. Nous ne voudrions pas abuser de votre hospitalité.

Pour la première fois de la soirée, les deux hommes se regardèrent vraiment.

— Si ma femme souhaite vous garder un peu, je n'irai pas contre ses désirs, reprit Edward au bout d'un moment. Reste, si tu veux, Cillian.

Loyale constata que Serena était maintenant toute droite sur sa chaise et contemplait son mari comme dans l'expectative… dans l'attente de quelque chose qu'il lui aurait promis, peut-être ? C'est alors qu'une évidence sauta aux yeux de Loyale : Cillian avait fait l'amour avec Sérénité.

— Mon amour, dit celle-ci, j'ai demandé à Margera de se procurer cet excellent brandy d'Alyrian que tu aimes tant. Emmène notre prince dans la bibliothèque et prépare les cartes. J'aimerais m'entretenir avec ma sœur de l'ordre un instant.

Sérénité adoucit sa requête – qui aurait facilement pu être prise pour un ordre – par un sourire si doux qu'Edward s'empressa d'y accéder.

— Viens, alors, lança-t-il à Cillian. Nous avons certaines choses à nous dire, nous aussi.

Le soulagement qui passa sur le visage de Cillian fut visible de tous, et pour la première fois, Loyale se demanda s'il n'y avait pas d'autres raisons à leur rupture que ce qu'elle croyait savoir.

Dès que les hommes furent sortis, Sérénité se renversa de nouveau contre le dossier en soupirant. Elle délaça le corsage de sa robe pour donner à ses rondeurs la place de s'épanouir.

— Edward tenait à ce que je sois convenable devant nos invités, mais j'allais exploser dans cette robe ! Le bébé n'est pas prévu avant plusieurs mois, et je crains d'être obligée de me promener en chemise du matin au soir d'ici peu ! expliqua-t-elle en riant.

Serena but une dernière gorgée de vin doux et s'installa confortablement à son tour.

— Il s'inquiète pour votre santé.

Le sourire de la jeune femme mourut sur ses lèvres.

— Oui, je le sais.

— Alors que vous vous inquiétez plus pour le bébé que pour vous-même, ajouta Loyale, incapable de résister à une dernière bouchée de crumble aux fruits.

— Vous portez bien votre nom, je trouve.

— En a-t-il jamais été autrement, pour chacune d'entre nous ?

Les deux femmes se regardèrent un moment sans avoir besoin de parler. Il fallait avoir appartenu comme elles à l'ordre de la Rédemption pour savoir vraiment ce que cela représentait.

— J'aimerais avoir des nouvelles de l'ordre. Il y a très longtemps que je ne suis pas allée à la maison mère.

— Moi aussi, répondit Loyale en entreprenant le récit de sa dernière mission, et son placement précipité auprès du prince de Firth.

Sérénité parut surprise.

— Cela ne peut signifier qu'une seule chose : le prince a grand besoin d'aide.

— Ou bien il est très important.

— L'ordre n'a pas besoin de son soutien, répliqua Serena après une pause, en regardant vers la porte que les deux hommes venaient de franchir.

Elle pencha la tête, comme si elle guettait des rires… ou des cris.

— Notre prince ne trempe pas dans des manœuvres louches, autant que je sache. Il les a toujours évitées, d'après Edward.

Loyale avait déjà entendu parler de l'influence politique de l'ordre, mais il ne s'agissait que de rumeurs. Elle n'avait jamais eu de raisons de croire que l'organisation avait des intentions autres que leur foi.

— Oui. Je ne suis pas auprès du prince depuis longtemps, mais je ne l'ai jamais vu s'intéresser à la politique autrement que pour ce que sa position requiert.

Sérénité prit une cuillerée de sirop dans son assiette. Elle l'avala avec une exclamation de plaisir.

— En tout cas, vous lui avez fait du bien.

— Vous le connaissez assez pour voir une différence ? riposta Loyale plus durement qu'elle ne l'aurait voulu.

Mais Serena ne parut pas s'offenser. Elle prit le temps de lécher sa cuillère avant de répondre.

— Non, mais je connais Edward qui a vu le changement. Il n'aurait pas accepté ce dîner, si cela n'avait été le cas. Et il ne serait pas en train de discuter avec lui en ce moment.

Bien qu'aucun rire ne leur parvînt, aucun signe de dispute ne s'élevait non plus, à moins que les deux hommes ne se bagarrent en silence. Or, Loyale les voyait mal s'affronter en murmurant !

— Que s'est-il passé entre eux ?

— Vous ne le savez pas ? s'étonna Serena.

— Je sais qu'ils allaient à l'école ensemble, qu'ils étaient très amis, que Cillian l'aimait. Edward se serait-il mépris sur la nature de cet amour ?

Sérénité se mit à rire.

— Voulez-vous dire qu'il aurait pu croire que notre prince était amoureux de lui ?

— Cela aurait sans doute détruit leur amitié.

Sérénité dessina des figures dans son assiette avec le bout de sa fourchette.

— N'avez-vous pas été informée de l'histoire de votre maître avant d'entrer à son service ? Je ne peux imaginer que l'ordre vous ait envoyée auprès de lui sans vous avoir mise plus ou moins... en garde ?

Loyale trouva cette remarque de fort mauvais augure. Le rouge lui monta aux joues quand elle se souvint des documents concernant le prince, au fond de son sac de voyage. Elle ne les avait jamais ouverts...

— Ma marraine m'a donné le minimum d'informations nécessaires sur mon nouveau maître. Elle m'avait confié son dossier, mais... mais je n'en ai pas pris connaissance.

À quoi bon mentir ?

Sérénité en resta bouche bée, un bref instant, mais elle se reprit vite.

— D'accord... J'aimerais partager avec vous tout ce que je sais, mais ce n'est pas à moi de le faire. Vous devriez poser la question à Cillian. Ou bien lire ce qu'on vous a remis. Je ne comprends pas... comment pensez-vous lui apporter le soulagement si vous ne savez pas pourquoi il a besoin de vous ?

Loyale soupira.

— Je ne voulais pas le savoir. Je suis fatiguée. Je voulais seulement... rentrer chez moi. Lorsque j'ai décidé de rester, j'avais l'impression de le connaître suffisamment sans avoir besoin de lire ces papiers où la moindre visite chez le médecin est consignée, mais où rien de ce qu'il est vraiment ne figure.

Sérénité hocha la tête, comme si elle commençait à comprendre.

— Quoi qu'il en soit, vous êtes restée et vous vous êtes occupée de lui. Vous avez changé d'avis, au bout du compte.

— Oui.

Un éclat de rire leur parvint de la bibliothèque. Retenu, hésitant, mais beaucoup plus rassurant que le silence qui l'avait précédé.

Loyale regarda Serena.

— Donc, leur brouille n'a rien à voir avec vous ?

— Oh ! Eh bien... peut-être, pour une part, oui. Mais les causes de la distance qui s'est creusée entre eux sont bien plus anciennes, bien que le roi ait chargé Edward de veiller sur son fils.

— Comme s'il était un enfant ? Cillian est têtu, mais il ne m'a jamais semblé avoir besoin que l'on prenne soin de lui.

Loyale pensa à l'un des domestiques de son père qui avait reçu un coup de sabot en pleine tête. De l'extérieur, il semblait normal mais dès que l'on parlait avec lui, on s'apercevait qu'il avait gardé des séquelles cérébrales.

— A-t-il eu un accident qui expliquerait ses sautes d'humeur et ses colères ?

— Écoutez... vous devriez lire ces documents ou lui poser directement la question, dit Serena au bout d'un moment.

J'aurais dû le faire depuis longtemps, songea Loyale en se levant.

— Je vous remercie pour votre hospitalité. Vous avez une maison très agréable. Tous mes vœux pour l'enfant.

Les mains sur son ventre, Sérénité sourit.

— Merci. Je suis à la fois impatiente de le voir naître et désireuse de le garder en moi pour ne pas avoir à m'inquiéter de tout ce qui pourrait lui arriver, une fois qu'il sera né.

Loyale se demandait souvent ce qu'était devenu son enfant élevé par d'autres, son enfant qu'elle ne connaissait pas...

— Je vais voir ce qui se passe dans la bibliothèque. Vous venez ?

— Dans une minute. J'ai besoin de me détendre un peu. Mais ne vous inquiétez pas pour eux. Ils ont juste besoin de régler leur différend.

Loyale aurait aimé la croire. D'après l'attitude d'Edward, la réconciliation ne lui semblait pas si facile, mais lorsqu'un nouvel éclat de rire lui parvint de la bibliothèque, elle sourit et se sentit plus confiante en y entrant. Les deux hommes étaient assis dans des fauteuils, l'un en face de l'autre, un verre à la main. Un bol d'herbe était posé sur la table entre eux, mais il n'y avait pas la moindre odeur âcre indiquant qu'ils en avaient respiré.

Cillian avait ri avec elle, lui avait manifesté de la tendresse, mais jamais il ne l'avait regardée comme il regardait Edward en ce moment. Une joie lumineuse éclairait ses prunelles, et la jeune femme ressentit la morsure de la jalousie si violemment qu'elle dut s'appuyer au dos d'un fauteuil pour ne pas chanceler.

Toutes ces années passées à soulager les autres avaient altéré son jugement. Elle ne méritait pas ce regard car elle n'avait rien fait pour le susciter, même si c'était ainsi qu'elle aurait souhaité que le prince la contemple.

C'était de la folie. Ne s'était-elle pas moquée de ces femmes de l'ordre qui étaient tombées amoureuses de leur maître, pour être rejetées dès qu'ils avaient trouvé l'apaisement, à la fin de leur mission ? Rares étaient celles qui se terminaient par un mariage, comme pour Serena. Loyale ne s'était jamais languie de cela, pourtant. Pour elle, un mariage devait se fonder sur de bonnes raisons, des raisons saines et non faussées d'avance.

— Cillian, dit-elle, trop fort.

Il se retourna et sembla mettre quelques secondes à reprendre pied dans la réalité.

— Loyale. Entrez. Edward me parlait de ses projets pour son domaine. Il aimerait planter un verger, vous imaginez ?

Oui, parfaitement. Elle avait adoré celui de son père.

— Pour vous-même, ou pour en tirer profit ?

— Au début, j'aimerais le planter et l'exploiter pour le plaisir. Vendre l'excédent au marché, peut-être. Ou le donner aux amis. Rien de plus.

— Il saura s'en occuper, j'en suis sûr. Le roi t'accordera une faveur sur la taxe sur les récoltes, assura Cillian, l'air très enthousiaste.

Mais les choses ne paraissaient pas tout à fait réglées entre les deux hommes. Edward considérait toujours le prince avec circonspection. Quant à Cillian, il semblait tendu sous ses dehors joyeux.

— Venez vous asseoir près de moi, dit-il à Loyale.

Edward jeta un coup d'œil vaguement inquiet vers la porte, mais s'illumina dès que Sérénité apparut. Elle avait renoué les cordons de son corsage et détaché ses cheveux, qui encadraient son visage d'un halo de boucles.

Soudain, Edward se figea en remarquant son regard.

— Edward…

— Que se passe-t-il ? s'écria-t-il en bondissant pour la rejoindre et la soutenir en passant un bras autour de sa taille. C'est le bébé ?

— Non, mon amour. C'est autre chose…

Elle n'eut pas le temps de terminer sa phrase qu'une silhouette apparaissait derrière elle. Un homme dont la carrure impressionnante alarma Edward, qui s'interposa aussitôt entre lui et sa femme.

— Attends ! intervint Cillian. C'est Bertram, mon valet.

Bertram entra en ignorant Sérénité et en s'inclinant à peine devant le maître des lieux.

— Mon prince, votre père risque de succomber.

Un silence tomba, puis Cillian se reprit :

— Que s'est-il passé ?

— Il s'est senti mal au dîner et a été emmené dans sa chambre. Vous devez vous dépêcher. Ils viennent vous chercher.

— Je suis prêt, dit Cillian en se redressant et en carrant les épaules.

— Non, mon prince. Ils ne viennent pas vous chercher pour que vous preniez la succession de votre père : ils viennent vous arrêter.

Cillian s'était promis de ne plus se conduire comme un lâche. Quand il sortit de chez Edward, les soldats royaux hésitèrent en le voyant se dresser face à eux, bien campé sur ses jambes, sans trembler.

— Devain ? lança Cillian.

Devain hésita lui aussi.

— Votre père est mourant, laissa-t-il tomber.

— Et vous avez besoin de m'amener une telle escorte ? rétorqua le prince avec un sourire d'une ironie cinglante. Je n'ai pas besoin d'apparat pour me rendre au chevet de mon père.

— Je vous demande pardon, mon pr… monsieur, intervint Gentian, un homme du roi. Nous venons vous arrêter.

Derrière lui, Cillian sentit le contact du corps de Loyale et ses doigts glacés qui enserrèrent les siens. Il s'en dégagea et avança sans la regarder. Il n'avait pas l'intention de faciliter la tâche à Devain.

— Avez-vous apporté les chaînes ? le défia-t-il d'une voix qui ne trembla ni de peur ni de fureur, à son immense satisfaction.

Seul un grand froid l'habitait, comme si une chape de glace l'enveloppait soudain. Son père était mourant et il ne l'avait pas envoyé chercher ; son père était mourant et Devain s'apprêtait à monter sur le trône. Il devait avoir de sérieuses recommandations pour avoir réussi à gagner la confiance des hommes de son père.

— Mais bien sûr, rétorqua Devain avec un mauvais sourire. J'espère ne pas avoir à m'en servir mais j'aurais été idiot de ne pas les apporter, connaissant votre… histoire.

— Vous parlez au prince de Firth ! intervint Edward. À notre futur roi !

Le soutien de son ami, qui s'était lui aussi rapproché, ne fit pas fondre la glace qui pénétrait ses veines. Cillian osa à peine le regarder. Devain avait déjà sous-entendu qu'il se ferait un plaisir de causer du tort à Edward et à sa famille. Le prince en avait suffisamment sur la conscience pour devoir supporter ce nouveau fardeau.

— Vous n'en aurez pas besoin, jeta-t-il en avançant d'un pas.

— Cillian, non ! s'écria Edward en le suivant.

Cillian s'arrêta et se tourna vers lui. Il s'efforça d'adopter un ton espiègle :

— Ne viens pas jouer les laquais, ça ne te va pas.

Edward recula aussitôt.

— Comme tu voudras, dit-il en clignant des paupières.

Cillian fit alors face à Devain, la tête haute, et demanda avec un mépris souverain :

— Sous quel motif, cette arrestation ?

— Débauche. Obscénité. Coercition. Perversion. Démence.

Devain accompagna le dernier mot d'un large sourire et d'une petite révérence moqueuse :

— Et traîtrise. Cillian Derouth, vous êtes accusé d'incapacité à vous conformer aux exigences de votre position et jugé inapte à gouverner, conclut-il.

Un grommellement de protestation parcourut les rangs de la garde royale.

Cillian fixa Devain sans ciller.

— Accusé, mais pas jugé, Devain. Vous n'avez pas le pouvoir de m'écarter sans me laisser une chance de me défendre.

Le sourire de Devain vacilla quelque peu face à la vérité de cette remarque, mais il reprit vite toute sa morgue.

— Nous verrons bien, siffla-t-il.

— Il ne peut pas vous emmener comme ça, n'est-ce pas ? s'enquit Loyale en saisissant le bras du prince. De quoi parle-t-il ?

Cillian gardait les yeux vrillés sur Devain.

— Je n'ai pas agi contre la volonté de qui que ce soit, dans ma salle de jeu. Et ce sont vos propres médecins qui m'ont jugé apte à sortir de l'asile. Votre chef d'accusation ne tient pas debout. Je n'ai jamais trahi mon père, ni mon pays, ni mon peuple. Quant aux exigences de ma position, j'ai toujours obéi au roi, et j'ai fait tout ce qu'il m'a demandé.

— Pas tout. Venez, maintenant.

Derrière Cillian, Loyale retint sa respiration.

— Je ne comprends pas.

Comme il n'aurait jamais détourné les yeux d'un serpent prêt à mordre, le prince ne lâcha pas Devain du regard. Pas un instant.

— Devain est en train de m'accuser d'être un fou pervers, inapte à monter sur le trône.

De nouveau, les hommes murmurèrent. Edward tressaillit en les entendant, mais Devain ne sembla pas percevoir quoi que ce soit.

— Tout cela n'a aucune valeur, Cillian, tu le sais, dit Edward. Tu es né pour régner et tu y as été préparé. Ce que tu as pu faire autrefois n'y changera rien.

— Venez, répéta Devain. Inutile de perdre du temps.

Loyale reprit la main de Cillian, et cette fois il ne se dégagea pas.

— Comment peut-il dire des choses pareilles ? insista-t-elle.

Le prince la regarda enfin et vit la confusion dans ses yeux.

— Parce qu'elles sont vraies.

La jeune femme battit des paupières et recula d'un pas. Edward avança vers Devain, l'air menaçant, mais l'homme croisa les bras et ne bougea pas, tapotant le sol du bout du pied.

Incrédule, Loyale secouait la tête, et Cillian comprit alors qu'elle ne savait rien de son histoire. Toutes ces semaines passées auprès de lui, ses paroles apaisantes, ses gestes doux, la façon dont elle lui faisait l'amour… alors qu'elle ignorait le cœur du problème. Contrairement à ceux qui se trouvaient là et le connaissaient de longue date, elle ne savait presque rien de lui, mais elle était la seule à avoir entrevu les profondeurs de son cœur.

Il retira sa main pour la deuxième fois.

— Allez-vous-en.

— Quoi ? Non… je…

— Rentrez chez vous, Loyale, jeta-t-il froidement. Disparaissez de ma vue. Vous êtes renvoyée. Je n'ai plus besoin de vous.

— Vous avez besoin de moi plus que jamais, s'obstina-t-elle.

Il avait été fou de croire pouvoir acheter l'affection. La sérénité. Cette femme l'avait pris pour un autre.

Malgré les circonstances, elle le regarda avec une douceur immense. Mais il ne voulait pas de sa pitié. S'efforçant de paraître convaincant, il rétorqua :

— Peut-être, oui. Mais je ne veux plus de vous.

Le roi n'était pas encore mort, le prince avait été mis en détention, et Loyale avait été escortée hors du palais avec seulement les vêtements qu'elle portait sur le dos et le sac de voyage qu'elle avait en arrivant. On lui avait permis de voir Cillian mais elle avait à peine eu le temps d'apercevoir sa chevelure d'or rouge de loin, avant qu'il ne soit emmené.

— Ils ne peuvent pas le mettre en prison, dit-elle comme Bertram lui ouvrait la portière de la voiture qui devait la conduire à la gare. C'est un prince ! Il n'a commis aucun crime, il ne peut être traité comme un vulgaire meurtrier !

L'homme était sans doute peiné de devoir la traiter avec aussi peu de compassion, mais ses ordres lui venaient de l'exécrable Devain. Ses doigts se crispèrent sur l'avant-bras de la jeune femme et il secoua la tête d'un air triste.

— Il ne doit pas seulement se présenter devant le conseil du Livre chargé de déterminer s'il est capable de succéder à son père, il devra aussi affronter les prêtres du Temple.

Il lui adressa un regard accusateur, comme si elle était en partie responsable de ce qui arrivait au prince, et, bien que Loyale ne se sente en aucune manière coupable de quoi que ce soit, son estomac se serra. Elle se dégagea et ramena son bagage vers elle. Il l'avait déjà fouillé, mais l'humiliation de devoir prouver qu'elle n'était pas une voleuse n'était rien comparée à ce que devait subir Cillian, contraint de se battre pour obtenir la place qui lui revenait.

Bertram eut la décence de paraître embarrassé.

— Les prêtres ? Pourquoi ? demanda-t-elle.

Il haussa les épaules en regardant ses pieds, puis l'invita à monter dans la voiture.

— Je dois vous conduire à la gare, milady.

— Dites-moi d'abord ce qui se passe. De toute évidence, Devain mijotait tout ça depuis longtemps et n'agit ainsi que parce que le roi est tombé subitement malade. Si le père de Cillian avait désigné un autre héritier, les choses se seraient passées devant le conseil, non ? Avant aujourd'hui ? Donc, Devain se sert de la maladie du roi pour semer la confusion.

— Lady, ce n'est pas à moi de le dire.

Il y avait bien longtemps que Loyale n'avait pas joué à ce genre de jeu dont elle avait appris toutes les subtilités dès son plus jeune âge. Longtemps qu'elle ne s'était pas trituré l'esprit dans tous les sens pour imaginer des solutions et l'ampleur de leurs retombées. Elle devait maintenant faire un effort, faire appel aux vieux réflexes pour mettre en place les pièces qu'elle pouvait saisir.

Il lui en manquait tellement.

— Pourquoi sera-t-il interrogé par les prêtres, Bertram ? Firth est un pays de foi, mais sans plus. Je n'ai jamais entendu dire que le Temple était intervenu une seule fois, depuis que je suis là.

Bertram poussa un profond soupir.

— Devain ne se contentera pas de démontrer que le prince est inapte à gouverner. Il veut prouver qu'il est atteint de démence, que c'est un débauché, et je ne sais quoi encore. Comme vous avez échoué...

Loyale reçut cette réflexion comme un soufflet.

— Je n'ai pas échoué.

— Il vous a pourtant chassée. Il a déclaré que vous ne lui serviez plus à rien. Devain soutient que le prince est incapable d'être soulagé, incapable de tirer profit de ce qui lui a été enseigné, incapable de gouverner. Il a un solide dossier sur lui, avec le soutien du roi et de plusieurs lords de la cour. Cela fait longtemps qu'il le prépare pendant que, excusez-moi de vous dire ça... pendant que le prince occupait son temps à tout sauf à ce à quoi il était destiné. Devain n'a eu aucun mal à le destituer.

— Il n'est pas encore destitué.

— Non, mais il le sera. C'est inévitable, milady. Vous ne pouvez effacer ce qu'il a fait jadis ou ce qui est survenu depuis. De plus, tous les princes sont obligés de répondre à un critère indispensable avant de devenir roi, et Cillian a négligé cela aussi.

— C'est-à-dire ?

Pourquoi, mais pourquoi n'avait-elle pas lu le dossier le concernant, comme elle était censée le faire ? se lamentait-elle intérieurement, furieuse après elle.

— Par Sinder ! Qu'aurait-il dû faire pour se protéger de ceux qui convoitaient sa place ?

Bertram soupira, comprenant qu'elle ne le lâcherait pas tant qu'il n'aurait pas répondu à toutes ses questions.

— Il n'est pas marié, milady. Pas fiancé, non plus. Il ne l'a jamais été, et personne ne lui donnera sa fille à épouser.

— Le prince doit être marié pour devenir roi ? s'étonna-t-elle.

— Ou en passe de l'être. Comment pourrait-il avoir un héritier, sinon ? Le roi avait envoyé des requêtes à plusieurs souverains avec lesquels une alliance lui paraissait profitable. Mais aucun d'eux n'a accepté, à cause de ce qui est arrivé.

— Qu'est-il arrivé, à la fin ? Dites-moi ! cria-t-elle, exaspérée. Ce n'est pas la première fois que l'on me parle « de ce qui est arrivé » ! Qu'a-t-il donc pu faire qui paraisse encore si terrible des années après ?

— Il a tué quelqu'un, milady, et il est entré ensuite dans un asile de fous, lui avoua Bertram en baissant la voix.

Cette fois, Loyale eut l'impression que son estomac formait un nœud bien serré.

— Il n'est pas fou, affirma-t-elle.

— Vous êtes bien l'une des rares à le penser, ironisa Bertram.

— Il ne l'est pas… Je le saurais, si c'était le cas. Il n'est pas fou, Bertram.

Loyale monta dans la voiture et arrangea ses jupes.

— Il existe de nombreuses formes de folie, milady, répliqua l'homme avant de fermer la portière avec une telle célérité qu'il n'entendit rien de ce qu'elle lui dit ensuite.

L'attelage s'ébranla et, peu après, Loyale était dans le train. Elle n'avait même pas pris soin de demander où on l'envoyait, mais elle supposait qu'on la ramenait à la maison mère.

Dehors, la campagne se parait des ombres de la nuit tombante, et Loyale garda les yeux grands ouverts sur l'obscurité jusqu'aux premières lueurs du jour.

Elle sortit alors le dossier de son sac de voyage et se mit à lire.

15

L'assiette de nourriture demeura intacte sur la table, attirant des mouches que Cillian ne se souciait même pas de chasser. Devain n'était pas fou. Il ne l'avait pas fait mettre en cellule, comme il l'aurait fait avec un homme de condition inférieure. Mais, même si la pièce était décemment meublée, elle restait une cellule. Et si la cuisine était digne d'un prince, elle restait celle d'un prisonnier. Avaler une seule bouchée lui retournait l'estomac. Il n'avait même pas touché au petit pichet de bière que Devain lui avait fait porter.

Ce qu'il voulait, c'était un bain et une bonne nuit de sommeil. Mais le premier lui était refusé depuis cinq jours ; quant à la seconde, pas question. On vous empêchait de vous laver pour attaquer votre moral, et c'était toujours pendant que vous dormiez que l'on venait vous faire du mal. Il n'avait pas oublié certaines leçons qu'il avait apprises à ses dépens. Devain le savait. Il voulait le briser, et il guettait chez lui les premiers signes du succès de ce traitement. Mais le prince n'avait pas l'intention de lui donner satisfaction. Il portait ses vêtements sales comme s'il s'était apprêté pour un bal, et s'étendait sur le mince matelas en fermant les yeux pendant des heures sans jamais dormir.

Devain ne pouvant s'opposer à ce qu'il ait de la visite, les visiteurs ne manquaient pas. Cillian les accueillait comme s'il recevait à la cour, même s'il savait que certains, comme Persis Denviel, ne venaient que pour se vanter d'être un proche du prince de Firth et non par véritable amitié.

Alaric était passé, lui aussi, et il était dans un état pire que le sien, les cheveux ternes et emmêlés, les yeux cernés. Il avait apporté un bol d'herbe et lui avait donné des nouvelles. La santé du roi alimentait toutes les rumeurs, ainsi que les raisons de la disgrâce de son fils. On pensait que les excès dont il s'était rendu coupable n'en étaient pas seuls responsables. Il se disait aussi que le roi avait officiellement désigné Devain comme héritier en reniant Cillian. Mais si, dans sa grande majorité, le peuple de Firth désapprouvait les débordements de Cillian, il n'oubliait pas qu'il était le fils de leur reine bien-aimée, la reine Ingrid, dont il avait hérité la beauté, la couleur de cheveux, entre autres choses. Et tous se souvenaient du jour où ils avaient célébré la naissance du prince puis ses premiers pas, comme s'il avait été leur propre fils.

Edward vint à son tour, sinistre mais déterminé. Il lui rapporta les propos des lords de la cour. Devain s'était un peu hâté d'agir dès que le roi était tombé malade. Il lui avait été facile de recueillir assez de signatures pour soutenir les charges qu'il avait énoncées contre le prince, mais il lui fallait plus de temps que prévu pour réunir suffisamment d'hommes prêts à envoyer Cillian devant ses juges.

— Et malgré cela, il peut te retenir ici ! pesta Edward entre ses dents, en marchant de long en large, les poings serrés. C'est « pour ta sécurité », soi-disant ! Au cas où il y aurait un soulèvement.

Cillian parvint à émettre un petit rire.

— Que pourra-t-il prouver au tribunal, Edward ? Je suis le fils du roi, nul ne peut le nier. Le reste, ce sont des détails.

Edward se retourna en secouant la tête.

— Devain a déjà quasiment pris ta place, Cillian. C'est un être vil, prêt à tout pour parvenir à ses fins. Des pantomimes intitulées *Le Prince fou* ont été représentées sur la place publique. Qui les a encouragées, d'après toi ? Les faits jouent contre toi, il faut le reconnaître.

— Et je ne les nierai pas, répondit calmement Cillian. Mais tu sais comme moi que certains rois de ce pays ont fait bien pire que moi, et que je suis un enfant de chœur par rapport à eux.

Un lent sourire se dessina sur les lèvres d'Edward, et ce fut comme si un rayon de soleil éclairait soudain la pièce.

— Il s'appuie aussi beaucoup sur cette ancienne règle qui voulait qu'un prince soit marié avant d'accéder au trône.

Les hommes de Cillian lui avaient apporté l'intégralité des textes établissant les lois de succession.

— J'ai un an pour me marier, après avoir été couronné. Peut-être qu'aucun père ne souhaite donner sa fille à un type comme moi, mais je suis certain qu'une couronne et un palais finiront par inciter une princesse à prendre le risque d'épouser un cinglé ! Il suffit d'une.

Edward semblait dubitatif.

— Il va également te faire affronter les prêtres.

Ils seraient plus difficiles à convaincre, ceux-là.

— Eh bien, je n'aurai plus qu'à m'en remettre à Sinder. Je ne suis pas un grand pratiquant, mais je connais les écritures saintes. Je suis capable d'en citer de longs passages par cœur pour séduire les prêtres. Je peux aussi leur promettre des dons, s'il le faut. Je serais même capable de trouver la foi, si cela s'avérait nécessaire. Je ne serais pas le premier condamné à qui cela arrive.

Edward s'approcha et lui posa la main sur l'épaule.

— Tu as réponse à tout. Comme toujours, non ?

Tout à coup, la façade que Cillian était parvenu à préserver face à Devain et aux autres se lézarda. Edward le sentit plus qu'il ne le vit, mais il connaissait trop bien le prince pour ne rien remarquer. Il le prit alors dans ses bras et, réconforté par cette marque d'affection, Cillian posa le visage contre son épaule et ferma les yeux, en essayant de croire qu'ils étaient toujours les amis inséparables de jadis. Il tenta d'imaginer que rien ne s'était passé entre eux, que jamais la jalousie, la colère ou la haine n'avaient altéré leur amitié.

— Je peux t'aider, murmura Edward. Nombreux sont ceux qui souhaiteraient que Devain ait un accident.

Revenant brusquement à la réalité, Cillian se dégagea et regarda Edward droit dans les yeux.

— Non.

— Cillian…

— Non, Edward, répéta-t-il en reculant. Tu dois penser à ta femme et à ton enfant. Ton idée t'exposerait à un trop grand danger. Je ne le permettrai pas. Beaucoup de ceux qui le soutiennent te soupçonneraient immédiatement, si quoi que ce soit lui arrivait. Il est hors de question que tu mettes ta vie en jeu.

Des émotions diverses apparurent sur le visage d'Edward, dont la colère et la culpabilité. Cillian s'était lui-même exposé pour lui, des années auparavant, et maintenant Edward voulait lui rendre la pareille.

— J'étais un prince, dit Cillian doucement. Je ne risquais pas autant. Et tu étais mon ami.

— Je sais…

— Tu l'es toujours, Edward, mais tu ne feras pas ça pour moi, insista le prince, profondément ému. Si quoi que ce soit arrive à Devain, tu seras le premier soupçonné et je ne pourrai rien faire pour te sortir de ta cellule.

— Tu serais le roi.

— Ça ne changerait rien à l'acte que tu aurais commis.

Après un silence, Edward poussa un long soupir et se détourna. Cillian se laissa tomber dans un fauteuil. Ses jambes se dérobaient sous lui, à cause du manque de sommeil et de l'anxiété. Oppressé, il dut desserrer son col.

— Ce serait condamnable, continua-t-il. Je ne te laisserai pas devenir ce que tu n'es pas pour me venir en aide.

— Ce que je ne suis pas ? Mais je le suis, Cillian, l'as-tu oublié ?

— C'était un accident, survenu dans un moment d'égarement : rien à voir avec un acte prémédité.

Conscient que les gardes pouvaient avoir été achetés par Devain, il ne prononça pas le mot « meurtre ».

Brusquement, Edward traversa la pièce en trois enjambées et se jeta à genoux devant le prince, le front contre ses jambes. Cillian en sentit la chaleur à travers son pantalon, mais il fut tellement surpris qu'il se contenta de poser une main sur la tête de son ami, dont les cheveux lui parurent doux comme la soie.

— Edward, je t'en prie, murmura-t-il. Arrête.

— Je te demande pardon… Cillian, par Sinder ! Accepte.

Combien de fois avait-il rêvé d'un moment comme celui-là quand, certaines nuits, les rats venaient ronger le bord de ses couvertures, dans le noir intégral de sa cellule à l'asile ? Combien de fois avait-il pensé à son cher Edward avec un mélange de sentiments confus, durant ces interminables journées où il mourait à petit feu, confié à des hommes qui le rendaient malade plus qu'ils ne le soignaient ? Combien de fois, alors qu'Edward n'était pas venu…

Mais jamais il n'aurait imaginé que l'avoir à ses genoux ne lui procurerait rien d'autre qu'un sentiment de douceur, d'amour pur et limpide, qu'aucun désir équivoque ne venait souiller. Il en aurait pleuré si ses larmes n'étaient restées dans sa cellule obscure, là-bas, avec les rats...

— Je t'ai pardonné depuis longtemps, Edward. Comment pouvais-tu l'ignorer ? Lève-toi, allons, tu n'as pas à te prosterner devant moi.

Edward émit un nouveau soupir et leva la tête. Il pouvait pleurer, lui. Cillian lui tendit un mouchoir et il s'essuya le visage, nullement honteux de montrer son chagrin.

— Tu seras roi, Cillian, et je me mettrai à genoux devant toi, dit-il sans se relever. Et tu seras un bon roi, meilleur que ton père, même. J'en suis sûr.

Cillian eut alors l'impression qu'un verrou s'ouvrait à l'intérieur de lui, lentement, tel un mécanisme bloqué depuis longtemps par la rouille qui se remettrait à fonctionner. Quelque chose se desserra dans son cœur et dans sa tête, comme un rayon de soleil perçant une chape de nuages noirs, ou un rideau de théâtre s'ouvrant sur une scène après avoir été fermé très, très longtemps.

— Lève-toi, Edward, répéta-t-il. À moins que tu ne veuilles rester agenouillé pendant une heure pour une tout autre sorte de service...

Edward sourit, songeant que si son prince avait gardé le sens de l'humour, tout n'était pas perdu.

— Si je devais te servir de cette manière, je te garantis que ça ne me prendrait pas une heure.

Cillian l'attira vers lui et posa brièvement ses lèvres sur les siennes.

— Tu as toujours été mon ami, et je suis heureux de savoir que tu le seras toujours.

— Alors, laisse-moi t'aider.

— As-tu signé la pétition de Devain demandant que je passe devant le tribunal ?

Edward se releva d'un bond.

— Bien sûr que non ! Par Sinder, Cillian, comment peux-tu me poser une question pareille ?

— Signe-la, continua tranquillement Cillian. Dis à Alaric de la signer aussi. Et à Persis. Demande à tous les lords qui sont prêts à me servir de signer.

— Tu es fou ? s'écria Edward, sidéré.

Cillian se leva en riant.

— Eh bien, oui ! N'est-ce pas ce que tout le monde dit ?

— Si nous signons la pétition de Devain, tu seras jugé et ton destin dépendra du verdict.

— Et tous les signataires siégeront au comité de vote, Edward. J'ai besoin d'une majorité qui me soit favorable. Alors, qu'est-ce qui me serait plus profitable, selon toi ? Quelques hommes convaincus qu'il me faut un procès pour perdre toute chance d'accéder au trône, ou un grand nombre qui ne doutent pas de ma valeur ?

Edward se figea, puis secoua la tête.

— C'est tellement simple…

— Toutes les intrigues n'ont pas besoin d'être compliquées.

— Devain n'y aurait jamais pensé, dit Edward, réellement impressionné.

— Même si c'était le cas, il ne peut pas t'empêcher de signer.

— Tu es un as !

— Je ne suis donc pas seulement beau, hmm ? J'ai été préparé à gouverner pendant la plus grande partie de ma vie, Edward. Devain l'a oublié.

— Moi aussi…

— Eh bien, c'est une bonne chose !

Edward s'approcha et posa une main sur l'épaule de Cillian.

— J'y vais, et je m'en occupe. On va l'avoir, Cillian. On va renvoyer ce rat dans son trou !

— Et donne-moi des nouvelles de mon père, tu veux bien ? ajouta Cillian, ne pouvant oublier que la seule condition à la réussite de leur plan était hélas la mort de son père.

— Bien sûr.

Après une dernière étreinte, Edward se dirigea vers la porte.

— Mon bon souvenir à ta femme, glissa Cillian avec un petit sourire narquois.

Edward lui fit un geste grossier.

— Je ne manquerai pas de lui rappeler d'abord qui tu es. Elle a tendance à oublier les noms de tous les autres hommes, depuis que nous sommes ensemble.

Cillian éclata de rire, si fort que le garde ouvrit la porte. Edward s'éclipsa, le sourire aux lèvres, et le prince demanda un repas avec un pichet de vin. Surpris, l'homme s'inclina et repartit, le laissant seul et satisfait pour la première fois depuis que Devain avait fait irruption chez Edward, le soir du dîner.

Les pancartes indiquant les frontières des provinces qu'elle traversait les unes après les autres semblaient la narguer, mais Loyale perçut enfin l'air iodé et ralentit sa monture. Devant elle se dressaient les montagnes surplombant la mer de Bellora. La maison de son père était à deux heures de là, et le reste du trajet n'était pas de tout repos. Il y avait deux semaines qu'ils chevauchaient, mais elle ne descendit pas de cheval. Elle raccourcit les rênes et contempla la route en contrebas, une route en terre bien dessinée. À cette époque de l'année, ses parents seraient dans leur manoir, loin de la ville. Tant mieux. Elle préférait les revoir au calme des vergers, loin de l'agitation et des bruits citadins.

— Milady ?

L'ordre avait chargé Gilbert de l'accompagner, car elle ne portait plus la robe des dames de l'ordre et ne pouvait plus compter sur la protection que cet habit lui procurait. Il s'était avéré un compagnon de voyage parfait, parlant peu mais lui facilitant la tâche, s'occupant de tous les détails tels que l'itinéraire, le choix des auberges, l'acquisition de tout ce dont ils avaient eu besoin.

— Une minute, Gilbert. Nous y sommes presque.

— La mer est derrière ces montagnes, n'est-ce pas ? Je n'ai jamais vu la mer.

— Alors nous ferons le détour. Ce serait dommage que vous manquiez cela.

Un sourire pétilla dans les yeux de Gilbert.

— Peut-être, oui.

Ils continuèrent en ménageant les chevaux, si bien que la fin du voyage leur prit quatre heures au lieu de deux. Les lueurs pourpres du crépuscule nimbaient le paysage quand ils entrèrent enfin dans la cour du manoir. Gilbert partit vers l'écurie avec les montures et Loyale se dirigea vers la maison.

Ses cheveux étaient plus longs que lorsqu'elle était partie, sa taille plus étroite. L'expérience avait étoilé le coin de ses yeux de fines ridules. Elle n'était plus une enfant.

Pourtant, ses genoux tremblaient un peu quand elle poussa la porte d'entrée. Le vaste vestibule n'avait pas changé. N'ayant pas prévu ce qu'elle ferait à partir de ce moment-là, elle hésita. Personne n'étant là pour l'accueillir, elle gagna les cuisines.

— Dina ?

La vieille femme leva la tête des petits pains qu'elle était en train de beurrer, fronça les sourcils, recula et posa une main blanche de farine sur sa robe noire, à la place du cœur.

— Sainte Mère… Erista ?

— Oui, c'est moi.

— Erista… Mon enfant… que faites-vous là ?

Erista. Loyale se répéta le nom qu'elle avait porté durant tant d'années. Elle le reconnaissait et pourtant, il résonnait étrangement à ses oreilles. Elle n'était pas sûre d'être encore Erista, même si en revanche, elle était certaine de ne plus être Loyale.

— Je rentre à la maison, répondit-elle simplement.

Dina secoua la tête en s'essuyant les mains.

— Ah, mon petit… mon petit… dit-elle en la prenant dans ses bras. Vous avez tellement changé, comme tant de choses depuis que vous êtes partie.

Le nœud qui lui serrait la gorge se rétrécit un peu plus. Le mauvais pressentiment qui n'osait se faire jour se précisa.

— Que voulez-vous dire ? Mes parents vont bien ? s'alarma-t-elle, sûre d'apprendre d'un instant à l'autre qu'ils étaient malades, ou morts.

Avec un soupir, les épaules affaissées, Dina retourna à ses petits pains comme si de rien n'était. Si la conversation pouvait attendre, il n'en allait pas de même des préparations culinaires.

— Ils vont bien, oui, répliqua-t-elle enfin. Ils ne viennent plus souvent ici et restent moins longtemps. Votre mère préfère l'animation de Bellora, et votre père tient à lui faire plaisir. Le manoir sert surtout aux invités attirés par le bord de mer, désormais.

Dina s'interrompit en levant les yeux, et sa bouche s'arrondit pour former des mots qui ne franchirent pas ses lèvres.

— Et le petit ? demanda alors Erista.

— Le… petit ? Il vient ici avec son père.

Le cœur de la jeune femme se mit à battre frénétiquement.

— Il est presque un homme, à présent, ajouta Dina.

Il devait avoir quatorze ans, alors qu'il était un bébé quand elle l'avait vu pour la dernière fois…

— Et lady Bevins ?

Dina parut embarrassée.

— Oh, Caspar Bevins ne s'est jamais marié.

— Quoi ? Mon fils n'a jamais eu de mère ? Mais… ils m'avaient dit que… ils m'avaient assuré que…

Ils lui avaient affirmé que si elle partait, si elle laissait sa place, Bevins élèverait le petit comme son propre fils et comme l'héritier de son père, au même titre que les deux frères aînés de la jeune femme. Qu'il épouserait une noble dame, de sorte que le fils d'Erista soit élevé par deux parents malgré sa bâtardise. Ils lui avaient expliqué qu'il valait mieux qu'elle leur laisse son enfant si elle voulait qu'il soit élevé convenablement, qu'il ait toutes les chances, la meilleure vie possible. Elle les avait écoutés.

— Ils l'ont bien élevé comme un gentilhomme… n'est-ce pas ?

— Oh, oui. Il porte le nom de votre père et a eu tout ce qu'un enfant peut souhaiter.

— Pardon ? Le nom de mon père ?

Soudain terriblement triste, la vieille dame répondit :

— Il est devenu l'héritier de votre père, mon petit.

— Mais… Eynan et Egart ?

Ses deux frères, beaucoup plus âgés qu'elle, avaient été comme des oncles pour elle.

— Une fièvre a emporté Eynan, et Egart a trouvé la mort dans un accident de chasse. Votre père n'avait plus personne, alors… Votre fils a eu tout ce dont un petit garçon pouvait rêver.

— Sauf une mère.

Erista referma les doigts sur le tissu de la robe que Cillian lui avait donnée. La plus belle qu'elle ait eue depuis son départ de cette maison.

— Il a une mère, bien sûr.

— Vous avez dit que Bevins ne s'était pas marié… Personne ne m'a jamais prévenue de rien, pas même de la mort de mes frères.

Ce qui était normal puisque ses parents l'avaient chassée et reniée, et qu'ils avaient à l'époque deux fils plus importants à leurs yeux qu'une fille dont ils ne pouvaient tirer profit en la mariant avantageusement.

— Je ne peux pas dire que votre retour me chagrine, mon petit, mais je suis surprise. Je ne m'y attendais pas. Jamais je n'aurais pensé que vous reviendriez. Je n'en connais pas beaucoup qui l'auraient fait, à votre place.

Erista regarda la cuisine autour d'elle, plus petite que dans son souvenir, mais plus impressionnante que toutes celles qu'elle avait connues lors de ses voyages.

— Pourquoi ? Ils ne m'ont pas jetée en prison, que je sache ! Et je n'ai pas été accusée de trahison pendant mon absence, n'est-ce pas ?

— Mais non ! Quelle idée ! s'écria Dina avant d'enfourner les pains.

— Alors j'aimerais les voir, maintenant. Où sont-ils ?

— Au jardin, sans doute, avoua Dina. Vous allez leur tomber dessus comme ça ? Sans prévenir ?

— Je suis revenue, répéta Erista. Je ne vais pas longer les murs en attendant qu'ils veuillent bien me recevoir. Autant que je me souvienne, je ne suis plus leur fille, alors je suppose que je dois être considérée comme une invitée. Je serais mal élevée de ne pas aller saluer mes hôtes.

Dina ne sut que répondre, ce qui n'étonna pas Erista. La vieille dame était une excellente cuisinière, elle s'occupait du manoir comme un général des armées, mais c'était une femme simple.

La laissant à ses occupations, elle sortit.

Ses parents étaient des vieillards.

Ils devaient l'être depuis un certain nombre d'années, à en juger par la blancheur de la barbe de son père et les mèches argentées qui cendraient les cheveux dorés de sa mère. Assis l'un près de l'autre, ils portaient des vêtements qui se voulaient proches de ceux des paysans, mais la confection très fine trahissait d'autres origines. Sa mère avait toujours aimé jouer les campagnardes. Le temps n'avait pas changé cela.

— Mère, dit-elle, se surprenant elle-même de prononcer le mot aussi facilement.

À sa grande surprise, sa mère se retourna, puis se leva d'un bond et courut vers elle. Se demandant quelles étaient ses intentions, Erista se figea, mais la vieille dame la prit dans ses bras et se mit à pleurer. L'instant suivant, les larmes des deux femmes se mêlaient.

Son père se montra plus réservé. Marchant à l'aide d'une canne à présent, il s'approcha lentement et déclara, comme s'ils s'étaient quittés hier :

— Bonjour, ma fille.

— Tu es revenue ! Oh, tu es revenue ! balbutiait sa mère. Ils nous ont dit qu'il n'y avait pas moyen d'entrer en contact avec toi, que tu faisais partie de l'ordre de la Rédemption et que tu nous contacterais lorsque tu le désirerais… Nous n'avons eu aucun recours !

Tout en sanglotant, sa mère ne cessait de la toucher, de la caresser, comme si elle ne parvenait pas à croire qu'elle était vraiment là.

— Nous n'avions aucun moyen de savoir où tu étais… si tu allais bien… si nous te reverrions un jour !

Erista tenait sa mère contre elle, mais regardait son père droit dans les yeux.

— Je ne pensais pas être accueillie comme ça, avoua-t-elle.

— Tu serais revenue plus tôt, si tu avais su ? s'enquit son père.

— Non, père. Je ne le crois pas, répondit-elle en contemplant cet homme qui lui avait appris comment l'on dirigeait un pays, bien qu'il pensât qu'elle n'en aurait jamais besoin.

— Pourquoi es-tu revenue ?

— Allons, intervint sa mère. Elle est là, maintenant, et nous avons tant de choses à nous dire. Il y a si longtemps ! Ne commence pas avec ces sottises. Car ce sont des sottises ! Elle est là, c'est tout ce qui compte.

— Désolé, femme, mais ce n'est pas le cas, et elle le sait. N'est-ce pas, petite ?

— Je ne suis plus une petite fille, rétorqua Erista, heureuse que ses années passées dans l'ordre lui aient appris à contrôler son caractère.

— Je m'en doute, fit son père en lui ouvrant les bras.

Erista courut aussitôt s'y réfugier, mais elle ne retrouva pas ce sentiment de sécurité qu'elle y puisait autrefois.

— Bienvenue chez toi, Erista, dit-il quand elle se dégagea.

— C'est tout ? demanda-t-elle avec un sourire méfiant. Vous m'accueillez à bras ouverts, c'est bien. Mais ensuite ?

Sa mère fronça les sourcils.

— Tu nous as manqué, dit-elle.

— Vous m'avez chassée, je ne pouvais pas prévoir que vous souhaitiez mon retour. Et… et il y a mon fils, parvint-elle à articuler sans flancher.

De nouveau, ses parents échangèrent un regard.

— Il va bien, assura son père. Tu seras fière de lui.

— Je n'ai pas de raison de l'être, je ne l'ai pas élevé.

Sa mère cligna des yeux.

— Tu pourrais faire comme si, Erista.

Erista… son nom lui semblait toujours aussi étrange, comme des vêtements trop petits.

— On m'a prénommée Loyale, dans l'ordre. Ce sont eux qui ont choisi le nom que j'ai appris à honorer. Je suis désolée, mais je ne peux m'attribuer le mérite de ce qu'est devenu mon fils.

Reconnaître cela lui faisait mal, car elle se souvenait de la douceur de la peau de son bébé, de son odeur délicate. De ses petites mains, de ses pieds minuscules. De ce qu'elle éprouvait quand elle lui donnait le sein.

— Je ne suis pas revenue pour le récupérer. Je sais que je n'en ai pas le droit. Je voudrais seulement…

Tout à coup, comme si le poids de la vie pesait brusquement sur ses épaules, elle s'écroula dans l'herbe et resta là, à genoux, tête baissée. C'était trop : le voyage, Cillian, l'ordre qu'elle avait quitté…

— Je voulais juste rentrer à la maison, murmura-t-elle. Je voulais avoir une place quelque part.

— Lève-toi, avant que quelqu'un te voie comme ça, Erista, dit son père.

Des mains l'aidèrent à se remettre debout, et Erista redressa la tête.

— Ça va aller.

— Rentrons. Tu vas prendre un bain chaud, te changer et dormir, proposa sa mère. Tu es tellement fatiguée.

Erista ne protesta pas.

— Vous m'avez dit que je devais partir, que c'était mieux pour lui. Et pour moi. Vous ne m'avez pas laissé le choix…

— Erista, nous nous sommes trompés, soupira son père.

16

Il y avait du bruit dans la pièce, un brouhaha incessant, mais Cillian faisait en sorte de ne rien entendre. De ne rien voir. De ne rien sentir.

La tête haute, il regardait droit devant lui sans manifester la moindre émotion. Vêtu de ses plus beaux vêtements, il tenait dans une main un exemplaire du Livre sacré et, dans l'autre, une pièce frappée du visage de son père. Le livre était pour l'apparat. La pièce pour le réconfort.

Trois prêtres du Temple, le crâne rasé, la peau olivâtre, leurs tuniques rouges contrastant avec les murs blancs, étaient assis dans un coin, impassibles. Au fond de la pièce se trouvait une longue table où étaient assis les lords qui avaient signé la pétition demandant à ce qu'il comparaisse devant eux. Devain occupait le siège central, telle une araignée au milieu de sa toile s'apprêtant à ne faire qu'une bouchée de la mouche qu'il avait piégée, et qui n'était autre que le prince.

Edward était là, lui aussi, avec Persis et quelques autres qui prendraient sa défense. À moins qu'Alaric ne soit caché derrière l'énorme lord Beals Defentaine, il n'était en revanche pas présent. Quant aux autres, qu'il connaissait chacun par leur nom, tous d'anciens hommes de son père, ils appartenaient maintenant à Devain, et Cillian avait intérêt à les rallier à lui.

Il releva le menton.

— Devain, la procédure devrait commencer. On m'a depuis trop longtemps empêché de voir mon père, et j'aimerais me rendre à son chevet au plus vite.

Edward avait été informé par le médecin de la santé du vieil homme. Il ne parlait plus, mais il était conscient et capable d'écrire des instructions simples. Ils l'avaient saigné, lui avaient fait respirer des fumigations, avaler un tas de potions et de poudres, mais rien n'avait porté ses fruits. Son état déclinait rapidement, et Cillian avait la ferme intention de le voir avant qu'il ne pousse son dernier soupir, quitte à défoncer la porte s'il le fallait.

Les prêtres marmonnèrent entre eux, mais Devain ne leur accorda pas un regard. Il exultait littéralement. Cillian le fixait sans ciller, sans même tourner les yeux vers Edward, ne serait-ce que l'espace d'un instant. Il n'accorderait pas cette satisfaction à ce serpent.

La peur ne l'avait pas quitté durant toute sa détention, mais elle avait disparu dès qu'il avait franchi la porte de cette pièce. Devain ne pouvait rien faire de pire que ce qu'il avait déjà fait. Cillian survivrait s'il perdait son palais, sa santé. Il survivrait à la mort de son père, dès l'instant où il avait sa liberté.

Mais, si par quelque manœuvre infâme, Devain parvenait à la lui retirer, s'il devait retourner à l'asile ou dans un lieu semblable, il se suiciderait.

Devain se leva et lut l'interminable liste des charges, lentement, avec délectation. Il s'arrêtait parfois pour laisser au prince l'opportunité de clamer son innocence, mais celui-ci n'en fit rien. À quoi bon ? Tous les yeux étaient rivés sur lui, on attendait impatiemment sa réponse. La pièce serrée dans le creux de sa main, il prit enfin la parole.

— J'ai fait toutes ces choses, oui. Mais aucune d'elles ne me rend inapte à devenir roi de Firth.

Et le procès débuta.

Chacun des lords ayant signé la pétition avait le droit d'intervenir pour accuser Cillian ou prendre sa défense. Chacun pouvait appeler l'un des témoins pour confirmer ses propos. Devain les observait avec des yeux avides, gourmands, alors que le reste de l'assistance se tassait peu à peu sur elle-même, au fur et à mesure que les heures s'écoulaient, interminables.

Cillian devait endurer les attaques d'hommes qui hier mangeaient dans sa main et l'accusaient aujourd'hui d'être un débauché, un simple d'esprit. Un fou. Il s'aperçut que ce déchaînement d'insultes l'amusait plus qu'autre chose, et plus il souriait, plus Devain fronçait les sourcils.

Les charges de débauche et perversion ne tardèrent pas à perdre de leur poids. Ceux qui avaient eux-mêmes pris du plaisir sous les coups de fouet étaient trop nombreux et trop concernés pour enfoncer sérieusement le prince, d'autant plus que les filles du harem qui avaient été convoquées reconnurent qu'elles n'avaient fait que prendre du plaisir.

L'une d'entre elles, une petite brune à la peau couleur café, qui venait d'un pays lointain et ne lui avait jamais adressé que quelques mots, se jeta aux pieds de Cillian et le supplia de la reprendre à son service.

— Non, beauté, répondit-il en tendant la main pour la relever. Je suis désolé, ce ne sera plus possible.

Et Devain eut beau chercher comment salir les raisons de Cillian, les retourner contre lui, il ne trouva pas. Les poings serrés, il se tourna vers l'assistance.

— Un homme ne renonce pas à ses penchants pour la cruauté comme on se fatigue d'un simple passe-temps.

— Non, riposta Cillian en pensant à Loyale. Mais il peut lui arriver de ne plus en avoir besoin.

Le vote se déroula à la nuit tombée. Ils procédèrent à la manière moderne, avec une boîte de comptage munie de deux leviers, l'un pour le oui, l'autre pour le non. Au début, Cillian regarda les lords voter, puis il finit par baisser les yeux et les fermer. Il ne voulait pas savoir qui se dressait contre lui.

— Mon prince, jeta soudain la voix de Devain, déformée par la fureur.

Cillian releva la tête.

— Il semble que vous ayez réussi à réunir assez de partisans pour rester en place un peu plus longtemps !

Le prince ne pouvait exprimer son soulagement. Le laisser transparaître ou manifester sa joie risquait de l'entraîner à montrer d'autres émotions qu'il était parvenu à enfouir profondément jusqu'ici. Il se leva. Ses muscles étaient douloureux, à cause de la longue station assise dans un état de tension extrême. Il dut s'éclaircir la voix pour prendre la parole, mais plus d'un homme tressaillit quand il lança haut et fort :

— Je vais voir mon père, à présent.

Devain pinça les lèvres.

— N'oublions pas l'accusation peut-être la plus importante : vous n'avez pas de femme, pas même une fiancée en perspective.

— J'ai un an pour en trouver une. Si à ce moment-là, je suis toujours célibataire, vous pourrez à nouveau essayer de vous approprier ma couronne, Devain. En attendant, je vais voir mon père.

Sur ce, Cillian descendit de l'estrade.

— Attendez, intervint le plus grand des trois prêtres. Il reste encore la question de votre foi.

— Mais encore ? rétorqua le prince.

Ce n'était visiblement pas la réponse que l'homme attendait.

— Avez-vous une foi quelconque ? insista-t-il.

Devain leur jeta un regard luisant de malice, et Cillian se demanda ce qu'il avait manigancé.

— Il a été consigné que le prince ne fréquentait le Temple qu'en de rares occasions.

— C'est ridicule ! intervint Edward parmi la foule de lords pressés de rentrer dîner. Le roi lui-même n'a jamais mis les pieds au Temple, c'est bien connu, et il est sur le trône depuis des années ! Les résultats sont là, Devain. Acceptez votre défaite et laissez cet homme aller voir son père avant qu'il ne soit trop tard !

Cillian regarda enfin son ami, qui ne lui rendit pas aussitôt son sourire tant il était ulcéré par l'attitude de Devain, mais le prince parvint à lui en arracher un, imperceptible, comme lorsqu'ils étaient au collège et feignaient d'écouter le professeur alors qu'en réalité, ils complotaient pour savoir comment ils allaient passer la prochaine nuit.

Le prêtre se plaça entre Cillian et Devain.

— Un homme peut avoir la foi sans pratiquer, de même qu'il peut aller tous les jours au Temple sans croire du tout. Mais un roi qui n'aurait pas la foi ne peut prétendre au trône de Firth. Nous avons encore le pouvoir de préserver ce genre de valeur. Le Temple a le dernier mot concernant n'importe quelle nomination. Vous pouvez vous référer au Livre, vous verrez que c'est la vérité.

Un large sourire réapparut sur les lèvres de Devain, qui eut l'audace de faire le geste de prendre une couronne imaginaire sur la tête du prince et de la poser sur la sienne, sans que le prêtre s'en aperçoive car il observait Cillian.

— Alors je vous pose de nouveau la question, mon prince. Avez-vous la foi ?

Il n'était pas facile de répondre, et Cillian n'essaya pas.

— Il vous a été envoyé une dame de l'ordre. L'ordre n'en envoie pas à ceux qu'ils estiment indignes, fit le prêtre en dépliant un papier contenant une liste, sous le regard attentif de ses frères. Mais quel genre d'homme est incapable d'atteindre la sérénité quand il a reçu l'assistance de l'ordre de la Rédemption ?

— Un homme incapable de gouverner, glissa Devain.

Le prêtre lui intima le silence d'un geste et concentra son attention sur le prince. Celui-ci avait de nombreuses explications à lui fournir. Plusieurs raisons avaient empêché Loyale d'achever sa mission. Il l'avait renvoyée avant qu'elle ait pu terminer, d'ailleurs.

Il allait se lancer dans ces mises au point lorsque Bertram apparut sur le seuil.

— Milord. C'est votre père. Il n'est plus.

— Tu n'as pas à partir, dit le père d'Erista, s'appuyant lourdement sur sa canne, le souffle court.

Il était trop fier pour lui demander de ralentir l'allure, mais Erista le fit d'elle-même.

— Venez vous asseoir, papa.

Ils s'installèrent sur un banc, en haut du chemin, et elle rassembla ses jupes autour de ses chevilles pour lui faire une place. Au-dessous d'eux s'étendaient les prairies sauvages où le jeune Eslam s'entraînait à l'épée avec son mentor. Plus grand qu'elle d'une tête, il avait hérité de ses yeux et des traits de son père, son premier amour dont elle avait oublié le visage. Le revoir dans celui de son fils l'avait d'ailleurs bouleversée. Eslam avait hérité du meilleur d'eux deux.

— Tu n'es pas obligée, insista son père.

— Bien sûr que si, répliqua Erista en désignant son fils. Comment peux-tu le regarder sans comprendre qu'il le faut ?

— Nous pourrions lui dire la vérité.

Elle se tourna vers lui.

— Maintenant ? Après tout ce temps ? Tu l'as élevé comme ton propre fils, pas comme ton petit-fils. Tu lui as dit que ses frères étaient morts. Il me prend pour une lointaine cousine, il ne sait pas que je suis ta fille. Toute sa vie a été construite sur un mensonge. À quoi cela servirait-il de rétablir la vérité maintenant ?

Un profond soupir lui répondit.

— Je me fais vieux, Erista, et ta mère aussi. Qu'adviendrait-il de lui si je partais avant qu'il ne soit prêt ?

Elle eut soudain pitié de cet homme qui avait perdu deux fils. Mais elle ne pouvait non plus oublier qu'il avait aussi perdu sa fille – et par choix personnel, cette fois.

— Le fait qu'il ne te reste plus que moi n'est pas une raison suffisante.

— Et le pardon ? L'indulgence ? Qu'en fais-tu ?

Erista ne répondit pas. Le temps avait passé et elle était parvenue à pardonner, mais il resterait toujours une distance infranchissable entre ses parents et elle.

— Tout ça pour un fou, Erista ?

— Cillian n'est pas fou.

Son père secoua la tête.

— Seul un fou ferait paraître une annonce pour trouver une épouse, dans sa position.

Il y était contraint, songea Erista. Il avait un an pour trouver une femme, ou Devain s'empresserait de le destituer.

— Un tas de femmes seront prêtes à ignorer son passé pour accéder au rang qu'il offre.

— Mais envoyer un courrier à chaque famille noble à une centaine de kilomètres à la ronde ! C'est insensé, et cela dénote une attitude désespérée. Et des manières discutables. Quelle sorte de femme répondrait à ce genre d'appel ?

Une femme comme elle, songea Erista. Du moins l'espérait-elle. Elle n'avait jamais dit à Cillian où elle habitait. Qui elle était. Elle serait ridicule de penser qu'il essayait de la retrouver, mais ce ne serait pas la première fois qu'elle céderait au ridicule.

Un grand sourire aux lèvres, Eslam pivota vers eux et leva son épée pour les saluer. Le soleil illuminait son visage radieux. Il était heureux, et pour rien au monde Erista ne ternirait ce bonheur. Pour une fois, elle ne ferait pas honneur à son prénom de l'ordre.

— Tu as un royaume ici, et non des moindres.

Elle lui tapota la main, se tourna de nouveau vers son fils qui reprenait l'entraînement et contempla les jardins, les champs occupés jadis par des vergers. Elle ne regrettait pas d'être revenue, mais elle n'était plus chez elle ici.

— Ce n'est pas son royaume que je veux, répliqua-t-elle, et cette fois, son père n'eut rien à répondre.

— La princesse Erista de Bellora, annonça le valet en butant sur la prononciation.

De nombreux regards se braquèrent sur elle. Erista se redressa. Elle avait maintes fois affronté la curiosité, mais elle l'endurait plus facilement lorsqu'elle portait la robe des dames de l'ordre. Face à son uniforme, les gens ne discernaient plus que sa fonction. Dans des vêtements plus recherchés, c'était la femme qu'ils voyaient.

Femmes nous naissons et femmes nous finirons.

Elle releva fièrement la tête.

La cour de Cillian était différente de celle de son père. Les femmes y étaient admises. Combien d'entre elles étaient là pour les mêmes raisons qu'elle ? Combien convoitaient le siège vide près du prince ?

— Approchez-vous et présentez-vous au roi, lui dit le valet comme si tous les jours, des candidates au mariage tremblantes de trac devaient s'entendre rappeler le protocole.

Peut-être était-ce d'ailleurs le cas.

Erista s'avança silencieusement dans ses ballerines de satin, vers l'estrade qui occupait le fond de la pièce. Cillian n'avait pas même tourné la tête à l'évocation de son nom. Il discutait tranquillement avec l'homme assis à son côté. Edward Delaw. Souriants et détendus, ils semblaient avoir réglé leurs anciens différends, et elle s'en réjouit.

Cillian ne porta son regard sur elle que lorsqu'elle se prosterna devant lui en une profonde révérence.

Quand elle leva la tête, plusieurs expressions se succédèrent sur le visage du souverain. L'ennui fit place à la surprise, puis à la circonspection. Mais elle fut déçue de ne pas y voir la joie qu'elle avait espérée.

Les conversations se turent peu à peu tandis que Cillian continuait de la dévisager. Erista resta inclinée plus longtemps que nécessaire, les yeux rivés à ceux du prince. Ses cheveux d'or rouge étaient plus courts et bouclaient librement sur ses épaules. Il était toujours aussi incroyablement beau.

— Vous êtes là, dit-il enfin, et toute la tension qui la paralysait s'évanouit comme par magie.

— Oui, je suis là.

Il se leva et lui prit la main.

— Venez marcher avec moi.

Ignorant les murmures qui bourdonnaient soudain, elle le suivit et ils franchirent la porte-fenêtre qui ouvrait sur le jardin. Derrière eux, une foule de visages se pressèrent contre les vitres.

— Ne vous occupez pas d'eux. Ça leur plaît de m'observer comme si j'étais une bête curieuse.

Il l'emmena sur le chemin de coquillages broyés vers un endroit plus intime, à l'abri de buissons fleuris. Puis il se retourna pour la contempler.

— Vous êtes venue, dit-il alors. Je ne savais pas si vous viendriez. Je… n'y croyais plus.

— L'espériez-vous ? demanda-t-elle en le détaillant avec une admiration qu'elle ne prit pas la peine de dissimuler.

— Oui, affirma-t-il avec solennité.

— Combien d'autres se sont présentées ?

— Oh ! Plus que je ne l'aurais imaginé, avoua-t-il avec une petite grimace familière. J'ai été très étonné de voir combien de celles qui ne se bousculaient pas pour danser avec moi lors des bals, étaient soudain pressées de venir danser entre mes draps.

La lame de la jalousie lui lacéra le cœur.

— Je veux bien le croire.

— Mais c'est vous que j'attendais, précisa-t-il, comme s'il n'en revenait toujours pas de la voir. Ceux qui inventent les histoires d'amour sont très forts pour créer des personnages qui correspondent exactement à ce dont vous rêvez. Puis vous vous apercevez que leurs héroïnes n'existent pas.

— Toutes ne sont peut-être pas irréelles.

— Mais aucune d'entre elles n'est vous, Loyale, dit-il en faisant un pas vers elle. Aucune.

Elle se mit à rire, et une onde de chaleur la parcourut au souvenir du goût de ses lèvres.

— Je n'utilise plus ce nom.

— Vous avez quitté l'ordre ?

— Oui, fit-elle en baissant la tête et en montrant sa robe. J'ai retrouvé mes vêtements civils.

— Ils vous vont bien.

Elle l'enlaça et leva son visage vers le sien.

— Je vous demande pardon. Je voulais échouer auprès de vous, et j'ai réussi.

Cillian secoua la tête.

— Non, ma douce. Vous êtes partie et m'avez laissé seul.

— Alors, l'ampleur de mon échec est encore plus grande.

Sa voix se brisa.

— Je n'aurais pas dû…

Il l'interrompit en effleurant ses lèvres d'un baiser.

— Je me suis réconcilié avec Edward. Je n'avais personne, mais il était là. Si j'avais pu m'appuyer sur vous, lui et moi serions toujours des étrangers l'un pour l'autre. J'ai trouvé le soulagement, Loyale, et il a duré bien plus qu'un moment fugace.

Une nouvelle pointe de jalousie d'une nature différente la traversa, mais se dissipa aussitôt.

— Je suis contente pour vous deux.

— Et vous êtes là, maintenant.

Ses yeux d'émeraude étincelèrent.

— Cela veut dire quelque chose, non ? ajouta-t-il.

L'émotion lui nouait la gorge, mais elle répliqua courageusement :

— Cillian... je ne peux pas vous promettre que je serai une meilleure épouse que je n'ai été une dame de l'ordre.

Il sourit.

— Je ne suis pas certain d'être meilleur en tant que mari qu'en tant que maître. Nous sommes bien assortis, apparemment.

— Vous croyez ? dit-elle en frissonnant.

— Nous pouvons essayer, non ?

Il plaqua les lèvres sur sa main, et elle pensa à la salle de jeu et à la morsure du fouet sur sa peau.

— En tant que dame de l'ordre, j'aurais pu vous offrir mon dos pour votre plaisir. En tant qu'épouse, je ne suis pas sûre d'en être capable.

L'éclat de la passion incendia le regard de Cillian, mais sans aucune ombre, sans la moindre restriction.

— Comme vous me l'avez dit un jour, il y a d'autres plaisirs que ceux-là.

Elle l'observa pour s'assurer qu'il était vraiment sincère, et tous ses doutes s'envolèrent. Avec un soupir d'aise, elle lui caressa les cheveux. Cillian était devenu un homme libre, un homme à part entière.

— Nous allons donc nous marier ? Après tout, beaucoup se marient en se connaissant moins bien que nous, et pour de bien pires raisons.

— Eh bien, j'espère que nos raisons ne sont pas si mauvaises. N'oubliez pas que j'ai presque un an pour me décider.

Erista leva un sourcil.

— Vraiment ?

Cillian plongea la main dans sa poche et en sortit une poignée de rubans de soie blanche qu'il enroula et déroula autour de ses doigts. Son regard s'égara alors vers le bout du chemin qui donnait sur l'entrée du labyrinthe, avec ses trophées entrelacés dans le lierre. Le désir courut le long du dos d'Erista, fit durcir les bouts de ses seins et enflamma l'intérieur de ses cuisses. Entre les mains de Cillian, les rubans prenaient soudain un sens. Ils devenaient le symbole de la passion qui les enchaînait inexorablement.

— J'avais espéré prendre le temps de vous courtiser, dit-il.

Elle attrapa les rubans et les enroula autour de son poignet en remarquant la lueur qui s'allumait dans les yeux du prince.

— Partons à la recherche du centre de ce labyrinthe. Nous aurons alors des raisons d'y accrocher ces rubans, quand nous ressortirons.

Elle avait commencé à l'aimer lorsqu'il avait besoin d'elle, mais à présent, Erista découvrait à quel point elle préférait qu'il la désire pour elle-même, tout simplement.

Determinata

17

Compassiona, marraine de l'ordre, observait attentivement Mina par-dessus ses lunettes en tapotant l'épaisse liasse de papiers devant elle, sur son bureau. Comme toujours, sa plume n'y avait pas laissé la moindre petite tache d'encre indésirable.

— C'est totalement irrégulier, dit-elle.

Mina haussa les épaules.

— Ce n'est pas à moi d'en juger. Si les marraines estiment que je dois partir, je pars.

Compassiona soupira et posa son menton sur le bout de ses doigts.

— Determinata, ma chère, je sais que cette mission ne vous inspire aucune crainte particulière, mais à moi, si. C'est totalement irrégulier, je le répète, et cela me choque que nous passions outre certaines règles pour une question d'argent. Ce n'est pas ainsi que l'ordre est censé fonctionner.

Mina retourna la première feuille de la liasse et consulta la fiche de renseignements.

— Il semble être un maître respectable, marraine. Sa candidature est très détaillée.

— Mais ce n'est pas lui qui a rempli le dossier, Determinata. Quels que soient ses besoins, ce n'est pas lui qui a fait la démarche, et je n'aime pas ça du tout. D'un autre côté, qui suis-je pour m'élever contre les décisions des autres marraines, qui ont estimé opportun de faire une exception ? Elles affirment que c'est un homme respectable, mais j'ai peur que leurs raisons ne soient plus triviales. Et je déteste savoir que… Mais ce n'est pas votre problème ! Allons, oubliez ça.

Mina sourit à la vieille dame qu'elle connaissait depuis qu'elle était devenue une sœur de l'ordre.

— Je vous l'ai déjà dit, cela ne me dérange pas.

En vérité, le cas de cet homme l'intriguait tellement qu'elle se moquait de savoir si la procédure pour l'admettre en tant que maître avait été respectée ou non. Elle voulait être missionnée auprès de lui. Il y avait trop longtemps qu'elle ne servait personne.

Mina regarda son aînée avec attention. Compassiona avait toujours été d'une nature inquiète, mais quelque chose dans son expression l'incita à demander :

— Mes compétences auraient-elles été mises en doute ?

Elle s'était déjà posé la question après être restée plusieurs mois sans affectation, alors que ses sœurs avaient eu des postes divers et variés. Les marraines s'expliquaient rarement sur ce qui motivait leurs choix. La plupart de ses sœurs ne s'en préoccupaient pas – mais beaucoup d'entre elles avaient à peine le temps de se reposer entre deux missions. Quelques semaines, un mois. Elles étaient pourtant suffisamment nombreuses pour que le travail puisse être réparti équitablement et que de réels temps de repos leur soient proposés à toutes. Une année entière s'était écoulée depuis que Mina avait terminé sa dernière mission.

Compassiona parut surprise.

— Non, bien sûr que non ! Toutes les marraines sont tombées d'accord pour dire que vous étiez la plus apte à accomplir cette mission.

Comme à son habitude, Mina garda la tête haute et ne manifesta aucune de ses émotions. Compassiona était la seule à la comprendre aussi bien. Les autres sœurs y parvenaient difficilement, car Mina était différente. Pas moins qualifiée, pas moins impliquée. Pas moins déterminée non plus, comme le prouvait son nom. Mais différente.

— Les marraines ? Pas vous ?

Compassiona n'était devenue marraine qu'après une longue expérience et beaucoup d'efforts. Elle observa la jeune femme.

— Oh, je suis sûre que vous lui conviendrez parfaitement. Mais lui, vous conviendra-t-il ?

— Cette question a-t-elle une importance ? Est-ce que vous doutez de moi, Compassiona ?

Compassiona la bien nommée n'eut aucun mal à percevoir l'anxiété dans la voix de la jeune femme, malgré sa décontraction apparente.

— Je n'ai jamais douté de vous, Mina. Je me suis inquiétée pour vous, ça oui. Souvent.

Mina se leva et alla regarder par la fenêtre. De vastes pelouses s'étendaient à perte de vue. Au loin, des champs déroulaient leur épais tapis d'un vert plus sombre jusqu'à l'orée de la forêt.

— Ce n'est pas la peine de vous inquiéter pour moi. Mais si ma vocation était remise en question…

Elle ne termina pas sa phrase, craignant que sa remarque ne passe pour un défi, mais Compassiona n'avait pas besoin de mots pour comprendre.

Ce sont les épines qui font la beauté d'une fleur. Mais la beauté rendait-elle la piqûre des épines moins douloureuse ? Mina s'était toujours pensée comme l'épine, jamais comme la fleur.

— Rien de ce qui vous concerne n'est à remettre en question, ma sœur.

Mina se tourna vers son amie.

— Suggérez-vous que je pourrais m'estimer mieux placée que les marraines pour savoir ce que j'ai à faire ?

— Non. Je voudrais seulement que vous soyez sûre de vouloir accepter ce maître. Car vous pouvez refuser, toujours.

— Mais j'ai été désignée comme étant celle qui lui convenait le mieux, non ?

— Oui, mais…

— Alors j'accepte.

— Si vous êtes sûre de vous…

Compassiona se mit soudain à rire.

— Que suis-je en train de dire ? Bien sûr que vous êtes sûre ! Vous savez toujours ce que vous voulez, je ne l'ignore pas. Et ce n'est pas tous les jours que l'on nous adresse une requête pour un maître… particulier. Il semble qu'il ait besoin de votre touche spéciale.

— Je l'espère.

Compassiona s'éclaircit la gorge et rassembla les papiers.

— Bon, tout est prêt. Je suppose que vous partez demain matin ?

— Je pensais partir dès cet après-midi.

— Ah ? s'étonna son amie.

— Il y a longtemps que je suis sans mission, marraine. Je n'aime pas me sentir inutile.

— Aucune sœur n'est inutile, Mina, même quand elle aide ici, à la maison mère.

— Alors je dirais que je préfère l'action. Est-ce une meilleure formulation ?

— Oui, Mina. Je comprends. Alors, allez, et que la Mère invisible vous aide.

— Qu'elle vous aide vous aussi, répondit la jeune femme en prenant le dossier.

Elle retourna dans sa chambre pour terminer ses bagages. Non qu'elle eût beaucoup de choses à emporter, mais elle était impatiente de partir. Bien sûr, elle n'avait pas le pouvoir d'avancer l'heure d'arrivée de la voiture mais elle n'avait qu'une envie : quitter cet endroit. Durant ses années de service, elle avait séjourné dans plusieurs des maisons de l'ordre éparpillées à travers les Sept Provinces, dont une au bord de la mer, très agréable, équipée comme un centre de vacances. Elle y était partout chez elle, dès l'instant où elle avait franchi les grilles, mais c'était dans la maison mère qu'elle était restée le plus longtemps.

En l'absence de mission, elle avait eu le temps de décorer sa chambre, d'y suspendre un portrait et de remplir ses tiroirs de vêtements. Le temps aussi de faire un trou dans le tapis posé devant la fenêtre, à force d'y faire les cent pas, un livre de poésie à la main, livre qui se trouvait maintenant dans son sac. Mais le moment était venu de laisser tout cela derrière elle, cette maison, cette province, ces montagnes, l'odeur familière des fleurs. En son absence, la chambre serait récurée de fond en comble, poncée puis repeinte, si bien que même si elle revenait, elle ne retrouverait plus jamais cet environnement familier.

La plupart de ses sœurs de l'ordre n'avaient pas le temps de s'attacher à leur environnement, dans la mesure où elles changeaient souvent de missions. Mais celles qui, comme Mina, n'étaient pas souvent requises pour leur spécialité, avaient plus de chances de laisser leurs marques dans la chambre qu'elles occupaient. Personnellement, elle aurait préféré ne pas laisser les siennes, et elle était contente de savoir que toute trace de son séjour ici serait balayée pour qu'il n'en reste rien.

Dans son sac, elle mit une robe identique à celle qu'elle portait, ainsi qu'une paire de solides chaussures de cuir. Pour voyager, elle choisit des bottines, et le seul fait de se retrouver dans sa tenue de voyage lui mit du baume au cœur. Elle emporta aussi sa boîte en fer sculptée contenant sa collection de thés, certains purement pour l'agrément, d'autres médicinaux. Parmi eux se trouvait le mélange que toutes les dames de l'ordre buvaient quotidiennement, non seulement pour ne pas tomber enceintes mais aussi pour éviter le flux menstruel. On le préparait avec des ingrédients de base que l'on dénichait dans n'importe quelle cuisine, mais elle y avait ajouté nombre d'autres substances. Elle n'oublia pas une dernière petite boîte contenant des onguents et des lotions de sa confection personnelle, parfumées d'huile de giroflée jaune des murailles qu'elle avait cultivée elle-même, dans sa propre parcelle de jardin.

Aucune sœur n'était inutile, selon Compassiona, mais Mina n'en était pas convaincue. On l'avait négligée depuis sa dernière mission. Elle avait passé trop de temps à cultiver ses fleurs et à broyer ses herbes. C'était un savoir nécessaire, mais ce n'était pas pour cela qu'elle avait rejoint l'ordre. Elle avait d'autres choses à apprendre, bien qu'elle eût déjà une longue expérience. Après avoir travaillé à la formation des novices, elle avait appris la harpe, un exercice suffisamment difficile qui lui avait permis d'occuper ses journées.

Mais elle en avait assez de devoir tuer le temps, voilà pourquoi elle s'était empressée d'accepter cette mission. À présent, prête à partir, elle attendait. Encore et toujours ! Arpentant son espace favori devant la fenêtre, réconfortée par le bruissement familier de sa robe qui virevoltait autour de ses chevilles et le bruit de ses talons sur le tapis, elle guettait l'arrivée de la voiture dans l'allée.

Et la voiture n'arrivait pas.

Ne tenant plus en place, elle finit par descendre dans le vaste vestibule. L'épaisse porte à double battant était maintenant fermée, car le soir tombait, et elle dut pousser de toutes ses forces pour parvenir à ouvrir. Elle sortit sur le perron surplombant la cour et les jardins. Au bout du chemin, la route. La liberté.

— Maîtresse ? fit une voix mâle et basse.

Elle se retourna.

— Oui, Stephan ?

L'homme qui se tenait sur le seuil la dépassait d'une tête. Il gardait les yeux baissés, évitant de la regarder.

— Vous nous quittez ?

— Si la voiture se décide à arriver, oui, je pars, dit-elle en reportant son attention sur l'allée.

Stephan s'approcha d'elle.

— Voulez-vous que je vous apporte quelque chose à manger ou à boire ? Vous risquez d'attendre longtemps. La cloche du dîner a déjà sonné… et il fait presque nuit.

Bien qu'une forêt dense entourât les immenses pelouses, Mina n'avait pas peur. Des bêtes y vivaient, certes, mais elles s'aventuraient rarement à l'orée des bois.

— Tout va bien. Merci, Stephan.

C'était un homme grand et fort, avec d'énormes mains de travailleur. Un paysan venu servir dans la maison, mais qui ne s'y était jamais vraiment habitué. Il lui sourit, et elle n'eut aucun mal à se rappeler le goût de sa bouche.

— Je vais attendre avec vous, décida-t-il.

Rien ne l'y obligeait, bien sûr, et elle n'était pas certaine d'avoir envie de compagnie, mais elle ne refusa pas de crainte de lui faire de la peine. Ils patientèrent donc en silence, jusqu'à ce que la pénombre s'épaississe et que les ténèbres s'imposent. Plus le temps passait et plus l'espoir de voir arriver la voiture s'éloignait.

— On n'a pas besoin de vous, à l'intérieur ?

— Je préfère être dehors, dit-il en passant une main dans ses cheveux.

Mina pouvait le comprendre. Dans la maison, une certaine agitation régnait. Des femmes s'affairaient partout, allaient et venaient dans les couloirs. Les plus jeunes, toujours à ricaner, venaient vite à bout de la patience des plus compréhensives. Stephan ne s'était jamais accoutumé à cette effervescence. Ici, dans la nuit ventée où flottait une odeur de terre et de moisson, le calme régnait et le silence vous berçait.

Elle n'avait rien à lui dire mais Stephan n'espérait pas de discours, une qualité qu'elle trouvait précieuse.

Tournant de nouveau les yeux vers la route, elle perçut le clip-clop lointain des sabots de chevaux.

— Enfin ! dit-elle.

Peu après, Stephan l'aidait à monter dans l'habitacle et chargeait son seul bagage avant de lui baiser la main.

Se contentant de ce geste d'adieu, il donna au cocher le signal du départ et regarda la voiture s'éloigner, levant la main dans un dernier au revoir.

Alaric se couvrit les yeux pour se protéger de la soudaine lumière qui perçait l'obscurité. Une sorte de grognement lui parvint. D'où venait-il ? De lui ? Sans doute, mais comment savoir ? Il était incapable de dire s'il articulait des mots, et non des suites de syllabes dépourvues de sens.

— Par Sinder, il pue !

— La pièce entière est une infection.

Quelque chose le poussa tandis que la lumière l'agressait de nouveau. Alaric s'enfonça plus profondément dans le cocon d'une douceur cotonneuse qu'il s'était créé. Il cria quand on le poussa une nouvelle fois et tenta de frapper son bourreau invisible. Sa main ne balaya que du vide, et le silence retomba.

Il écouta.

Reconnut des voix. Celles d'Edward et de Cillian. Ils conspiraient contre lui ? Qu'entendaient-ils par « le réveiller », « le laisser croupir là-dedans » ? Une toute petite partie de son cerveau à peu près claire s'efforçait de comprendre ces fragments de phrases, mais tout le reste demeurait anesthésié par la délicieuse torpeur due à l'herbe, au vin et à quelques autres potions qu'il s'était procurées dans des lieux improbables dont il ne gardait aucun souvenir.

Quand avait-il pris la dernière dose ? Cela faisait trop longtemps…

Il reçut de l'eau glacée en pleine figure. Vaguement conscient qu'il aurait dû se redresser pour cracher, il se contenta de rester allongé sur le dos en claquant des dents, se réfugiant encore plus loin dans l'engourdissement qui le paralysait corps et âme. Il voulait retrouver le froid des ténèbres que nulle lumière ne pouvait altérer. Rien d'autre.

Les ténèbres totales.

Deux paires de mains le saisirent sous les bras et le relevèrent. Quelqu'un fit ployer son dos. Quelqu'un d'autre lui tint la tête au-dessus d'un seau tandis que des spasmes soulevaient ses entrailles et qu'il se vidait. Sauf qu'il était déjà vide, songea-t-il dans un éclair de lucidité insupportable. Son corps devint très lourd.

Et le noir se fit.

Le noir allait bien à Mina. Ce n'était pas sa couleur favorite, elle préférait le rouge. Mais le noir convenait mieux à ses fonctions et à l'image qu'elle devait donner. Une dame de l'ordre en rouge aurait fait figure de prostituée. Et à juste titre, songea-t-elle, mais il ne fallait surtout pas le dire tout haut. Un jour elle porterait du rouge à nouveau, mais pas maintenant.

Elle lissa le tissu délicat de sa tenue de voyage dont elle admirait la coupe sévère. Le col montant. Les manches longues. Elle avait choisi des petits boutons d'ébène poli, légèrement brillant, et elle contempla leur alignement parfait, du cou à l'ourlet. Pas un fil ne sortait, pas un point inégal. Même pas un seul cheveu qui s'avisât de s'échapper de la natte rabattue sur son buste. D'un mouvement de la tête, Mina l'envoya dans son dos.

Un fauteuil pourvu de coussins moelleux semblait l'inviter, dans la pièce où on l'avait introduite à son arrivée, mais après un aussi long et pénible voyage, elle préférait rester debout.

Où étaient-ils, par Sinder ? Ils l'avaient envoyé chercher, on les avait prévenus de son arrivée, et ils ne se dérangeaient même pas pour l'accueillir ? Quelle grossièreté ! Mina soupira en s'efforçant de ne pas bouger, au lieu d'aller et venir pour tempérer son impatience. Mais attendre... toujours attendre ! Attendre une mission, endurer ensuite cet interminable voyage pour devoir encore être priée « d'attendre » ?

N'y tenant plus, elle se mit en mouvement, et quand la porte s'ouvrit enfin, elle avait déjà fait plusieurs fois le tour de la pièce. Elle avait contemplé la vue, examiné la triste collection de livres sur les étagères. Ce bureau servait plus pour la galerie qu'autre chose. Son propriétaire, le roi Cillian, ne passait pas beaucoup de temps ici. Mais où travaillait-il, si ce n'était dans son bureau ?

— Votre Majesté, dit-elle en s'inclinant en une révérence irréprochable.

Elle en fit une seconde un peu moins formelle à l'inconnu qui arrivait sur ses talons.

— On m'a dit que vous étiez ici, mais je ne m'attendais pas à... commença le roi en l'examinant de la tête aux pieds, avant de sourire lentement.

Il donna un coup de coude à l'homme qui l'accompagnait.

— Edward, qu'en dis-tu ?

Le dénommé Edward lui fit subir le même examen.

— Parfaite.

— Non. Determinata. Parfaite n'a pas été affectée ici.

Ils ne rirent ni l'un ni l'autre, et elle soupira devant le regard déconcerté qu'ils échangèrent.

— Messieurs, je suis Determinata, mais on m'appelle le plus souvent Mina. Ou bien milady. D'autres fois, selon ce que j'estime convenir ou non, madame.

Le dossier qu'elle avait lu lui avait fourni de nombreux détails concernant son nouveau maître, mais aucun sur ceux qui avaient fait la demande auprès de l'ordre. L'un était roi. L'autre, un noble seigneur, ami de longue date, apparemment. Et même, plus que cela. Elle prit le temps de les observer tous les deux. Le roi de Firth n'était pas sur le trône depuis longtemps et aucune rumeur ne courait à son propos, à la maison mère.

Edward se reprit le premier et la gratifia d'une courte révérence.

— Milady, je suis Edward Delaw.

— Cillian Derouth, dit simplement le roi sans mentionner son titre.

Son regard se fit franchement admiratif et il ajouta :

— Par Sinder, vous allez le remettre sur pied, n'est-ce pas ?

— Je suppose que vous voulez parler de mon nouveau maître ? Alaric Dewan ? Votre ami, j'imagine, messieurs. Comment pouvez-vous avoir fait la démarche de demander une dame de l'ordre à sa place ? S'il ne l'a fait lui-même, c'est soit qu'il en est incapable, soit que cela ne l'intéresse pas.

— Incapable, précisa Edward.

— Cela ne l'intéresse pas, ajouta Cillian. Ce qui ne signifie pas qu'il ne lui en faut pas une. Car il en a besoin. Désespérément.

Les deux hommes échangèrent un regard qu'elle ne put interpréter. Elle chassa d'une pichenette un grain de poussière sur sa jupe.

— L'ordre a accepté, puisque je suis là. Mais j'estime que c'est à moi de dire s'il le mérite ou non.

Tous les deux la considérèrent d'un air franchement approbateur, mais ce fut Cillian qui répondit :

— Bien sûr.

Ils la conduisirent dans une suite, qui aurait été impressionnante si elle n'avait été plongée dans une pénombre chargée d'odeurs rances et de relents de stupéfiants divers. Mina parcourut la pièce donnant sur la rue, petite mais luxueusement décorée avec un goût exquis. Elle passa un doigt sur le manteau de la cheminée : la poussière n'avait pas été faite depuis longtemps. Alaric Dewan, fils de marchand, s'était élevé de sa condition jusqu'à figurer dans l'entourage de Cillian avant qu'il ne soit couronné. Toutefois, d'après son dossier, il n'avait tenu aucune position d'importance à la cour.

— Qui paie pour tout cela ? questionna-t-elle en désignant les meubles, les livres, les vêtements dénotant une vie de gentleman.

De nouveau, Edward et Cillian se regardèrent.

— Alaric ne paie aucun loyer pour vivre au palais. Il a toujours été l'ami de Cillian.

— Depuis l'école, je sais. Mais qui paie tout le reste ?

Elle souleva une pile de vêtements évoquant plutôt des guenilles, mais des guenilles de velours et de satin.

— Ce sont des vêtements de prix, tout comme le whisky qui se trouve dans cette carafe, et les meubles somptueux. Ces bottes sont en cuir de la meilleure qualité et cet homme lit vraiment. Ces livres ne sont pas là pour la décoration.

— Alaric touche une rente qui lui vient de l'exploitation du domaine de son père. Je crois que pour le reste, il s'agit de… cadeaux, dit Cillian.

— Ceux d'une amoureuse.

Mina comprenait pourquoi elle avait perçu d'emblée une touche féminine dans cette pièce.

— Une femme au goût très sûr, n'est-ce pas ?

Edward eut une moue dédaigneuse.

— Une femme, oui. Quant au goût très sûr…

Un bruissement d'étoffe suivi d'une sorte de ronflement sonore leur parvint de la pièce voisine. Edward et Cillian se retournèrent, mais Mina se plaça entre eux et la porte de la pièce.

— Vous pouvez nous laisser, messieurs.

— Nous devrions vous présenter, protesta Cillian.

— Je ne le pense pas, jeta-t-elle avec un sourire destiné à adoucir sa riposte.

Elle s'adressait à un roi, et il ne s'agissait pas de se montrer grossière.

— Mais il n'est pas lui-même, argumenta Edward.

— J'imagine qu'il l'est un peu, sinon vous n'auriez pas eu besoin de moi.

Elle contempla la porte entrouverte sans bouger. Cillian suivit son regard.

— Mon ami veut dire qu'il ne va pas bien. Mais vous allez l'aider, n'est-ce pas ? Il a douloureusement besoin d'être soulagé.

— Il n'est pas le premier. Je sais ce que j'ai à faire. Vous pouvez nous laisser, répéta-t-elle.

Un grognement résonna dans la chambre. Mina plissa le nez.

— Edward, reprit Cillian. Elle a raison. Allons-y.

Edward n'hésita qu'une seconde. Il ébaucha une révérence en direction de la jeune femme.

— Nous ne devrions pas douter de vous, milady. Pardonnez-nous.

Mina les considéra calmement, l'esprit déjà tourné vers l'énigme que représentait sa nouvelle mission. Elle avait tant à apprendre…

Dès qu'ils furent sortis, elle examina de nouveau la pièce. Il était clair, même pour un œil non averti, que l'on n'avait pas une chance de trouver le moindre apaisement dans ces lieux, malgré le luxe régnant. Autrefois, peut-être, mais quelqu'un – son maître, sans nul doute – s'était évertué à supprimer tout ce qui pouvait procurer un tant soit peu de réconfort.

Elle savait ce que c'était.

Cependant, le passé de cet homme ne la concernait que dans la mesure où il empoisonnait sa vie d'aujourd'hui. C'était son avenir qui importait. Son devoir consistait à le soulager, soit momentanément soit à plus long terme, de sorte qu'il puisse se reconstruire. Elle ne savait jamais à l'avance jusqu'où elle pouvait aller, mais cela ne faisait aucun doute qu'elle parviendrait à un résultat durant son séjour ici.

Elle fouilla dans le bureau poussé près de la fenêtre, trouva une boîte de papier à lettres raffiné, puis un encrier et un porte-plume en bois sculpté. La pointe intacte indiquait que son maître n'était pas porté sur l'écriture. Quelle importance ? Elle ne lui demanderait pas des poèmes ou des lettres d'amour, et c'est elle qui devrait faire les listes. Pas lui.

Mina tourna le bureau jusqu'à ce qu'il soit bien en face de la fenêtre, approcha la chaise à haut dossier placée devant la cheminée et s'y installa. D'après ses papiers, Alaric Dewan consacrait l'essentiel de son temps à ses loisirs. Quelques reçus, un paquet de lettres couvertes d'une écriture masculine enroulées par un bout de ficelle. Aucun livre de comptes ou registre indiquant qu'il avait travaillé.

Lorsque le bureau fut rangé à son goût, et qu'elle eut écrit sa liste, elle se leva, s'essuya les mains et tira sur le cordon. Une domestique arriva au bout d'une éternité, examina la pièce d'un air ahuri sans même se soucier de s'incliner devant Mina, qui ne perdit pas son temps à lui rappeler les règles de base de la courtoisie. Il n'entrait pas dans ses fonctions de reprendre en main le personnel des autres.

— J'ai besoin d'un pot de cacao et d'un panier de pain d'hier. S'il ne vous en reste pas, du pain frais fera l'affaire, à condition qu'il soit bien croustillant. Il me faut aussi un pichet de lait et tout ce qui est indiqué sur cette liste.

La fille prit la feuille, fit mine de la lire, puis secoua la tête.

— Je ne sais pas ce que ça dit, madame.

Par Sinder ! Où était-elle tombée ?

— Donnez ça à votre supérieure, ma fille, et ramenez-moi tout cela avant le carillon de cinq heures.

La servante examinait la longue robe noire de Mina avec des yeux ronds. Apparemment, elle n'avait aucune idée de la raison de sa présence ici et ignorait tout de ses fonctions.

— Oui… madame. Aurez-vous besoin d'autre chose ? Lord Dewan n'a fait entrer personne ici depuis bien longtemps. Faudrait sûrement un bon nettoyage.

— Certainement, mais nous n'aurons besoin de personne pour l'instant. Merci.

La fille regarda de nouveau autour d'elle, ouvrit la bouche pour ajouter quelque chose, mais le regard de Mina l'en dissuada.

— Très bien, madame, jeta-t-elle en se retirant prestement.

Dès qu'elle fut seule, Mina se dirigea vers la chambre. Des rideaux sombres occultaient la lumière. Une forme était recroquevillée au centre du lit, pas même couverte. Les couvertures formaient un tas sur le sol. Une odeur nauséabonde flottait dans la pièce. Pas la pire qu'elle ait connue, mais suffisamment forte pour assaillir non seulement ses narines mais également son sens de la bienséance.

Elle commença par ouvrir les rideaux en grand. Un désordre indescriptible se révéla en détail, ainsi que le corps roulé en boule sur le lit. Mina fit la grimace. Comment un homme pouvait-il tomber aussi bas ? Et à cause de quoi ? De l'amour ?

Il ne bougea pas, mais elle ne s'en étonna pas. Sa respiration lente indiquait qu'il était inconscient. Il faudrait plus que de la lumière pour le réveiller.

Elle ressortit, traversa le bureau et pénétra dans la salle de bains contiguë où elle remplit un broc d'eau. Retournant près de l'homme, elle l'observa un instant. Allait-il crier ? Se débattre ? Devrait-elle s'y prendre autrement ?

Le sourire aux lèvres, elle vida le contenu du broc sur la tête d'Alaric.

— Réveillez-vous !

Il maugréa en s'agitant. Ses yeux papillonnèrent, puis se refermèrent. L'eau formait une large tache sombre sur le drap.

Mina posa le broc avec précaution sur une table, s'avança tout aussi précautionneusement vers le lit et se pencha pour l'examiner de plus près. Sous la saleté et les ravages causés par le désespoir, Alaric Dewan était un homme séduisant. Mais s'il avait été laid comme un gnome, cela n'aurait pas eu d'importance. Ce qui capta son attention n'était pas la forme de sa bouche ou la largeur de ses épaules, mais quelque chose de moins tangible. Quelque chose de… subtil. Et comme à chaque première rencontre avec un nouveau maître, Mina se demanda s'il aurait cet imperceptible « quelque chose » qu'elle adorait.

La docilité.

Elle saisit son lobe d'oreille entre ses doigts et le pinça. Fort. Enfonçant ses ongles dans la peau. Alaric se tordit sous l'effet de la douleur et ouvrit grand les yeux. Des yeux bleus, découvrit-elle sans le lâcher. D'un très beau bleu pâle. Il voulut se défendre, mais il n'en était pas plus capable que s'il avait été ligoté par des cordes.

Elle tira sur le lobe.

— Réveillez-vous, répéta-t-elle calmement.

— Par Sinder ! s'écria-t-il avec des gestes incertains destinés à l'écarter.

Elle se déplaça en le lâchant et il tomba du lit, la tête la première. Même l'épais tapis ne put atténuer le bruit de son nez qui éclatait. Il hurla un chapelet de jurons inarticulés et se prit la tête entre les mains, les jambes de guingois.

— Levez-vous, ordonna-t-elle.

Il la dévisagea, le nez en sang, cracha de côté.

— Invisible Mère ! Qui êtes-vous ?

— Je suis votre réconfort et votre salut, répondit-elle très sérieusement. Maintenant, *levez-vous*.

Comme il n'obtempérait pas assez vite, elle reprit le lobe de son oreille et le pinça. Il se leva. Avec difficulté, en jurant comme un charretier et en titubant, mais il parvint à rester debout.

Il était plus grand qu'elle, mais elle tenait toujours son oreille et il était trop groggy pour avoir la présence d'esprit de la repousser. Un pas après l'autre, elle l'emmena ainsi jusqu'à la salle de bains où elle le lâcha. Il tomba sur le carrelage humide du bac d'évacuation en émettant un cri étranglé.

— Sale pute ! lâcha-t-il sous les flots de sang de son nez.

— De bien vilains mots pour un homme à quatre pattes, répliqua-t-elle, se contentant de le pousser du bout de sa bottine. Votre corps est aussi écœurant que ce qui sort de votre bouche. Vous allez vous laver immédiatement.

Il regarda la baignoire avec un air incrédule mais ne bougea pas, jusqu'à ce qu'elle porte de nouveau la main à son oreille. Cette fois, il réagit et l'évita plus vite qu'elle ne l'en aurait cru capable, mais elle se garda de sourire. Il leva une main, et elle recula pour aller ouvrir le robinet sous lequel était posé un baquet. Tant pis pour l'eau chaude, il s'en passerait. Elle trouva tout ce qu'il fallait pour la toilette dans une petite armoire : savon, brosses, gants, lotions. Le tout de la meilleure qualité.

Se retournant, elle le vit en train de l'observer avec des yeux écarquillés.

— Qui êtes-vous, par Sinder ?

— Je vous l'ai dit, votre réconfort et votre salut. Déshabillez-vous.

Il secoua la tête, les poings serrés.

— Non...

Elle s'empara du baquet plein d'eau et il essaya de l'attraper, mais elle fut plus rapide et il se retrouva par terre, gémissant et ruisselant d'eau.

— Je veux que vous me laissiez seul !

— On vous a laissé seul un certain temps et ça ne vous a pas réussi, je crois, dit-elle en replaçant le baquet sous l'eau froide. Déshabillez-vous, ou c'est moi qui m'en charge.

Alaric sembla recouvrer une certaine lucidité et l'étudia de haut en bas.

— Je n'en ai pas demandé une, s'exclama-t-il en reconnaissant l'uniforme.

— Je n'en suis pas « une », répondit-elle en s'autorisant un petit sourire.

— Je ne vous ai pas demandée !

— Non, et pourtant je suis là. Maintenant déshabillez-vous, Alaric Dewan, ou vais-je devoir m'en charger et vous donner la fessée comme si vous étiez un petit garçon désobéissant ?

Mina n'était pas frêle, mais Alaric était tellement plus grand et plus fort que l'image aurait dû le faire sourire.

Mina souleva le baquet.

Avec des doigts tremblants, Alaric déboutonna sa chemise blanche. Trempée, elle collait à sa peau et ne lui facilitait pas la tâche. Il s'attaqua ensuite au pantalon, et il s'avéra qu'il ne portait rien en dessous. Même pas de chaussettes.

Mina découvrit de larges épaules, un torse puissant, des hanches fines, un ventre plat. Des cuisses musclées. Elle se souvint qu'il avait été un gentleman très actif, au corps sculpté par l'activité physique, le cheval et la chasse, mais elle devina qu'il y avait un certain temps qu'il n'était plus en état de monter.

Son sexe, auréolé par une épaisse toison blonde, durcit sous son regard. Au moins, il était toujours en état de fonctionner. Un homme pouvait se laisser dominer par beaucoup de choses, mais un sexe restait toujours la plus subtile des chaînes. Mina l'admira ouvertement, puis leva les yeux. Les poings et les mâchoires serrés, Alaric soutint son regard.

— Asseyez-vous, dit-elle en lui indiquant le petit tabouret à trois pieds.

Il s'assit.

Consciente de capter maintenant toute son attention, elle déboutonna sa robe et la suspendit plus loin pour la protéger de l'eau. N'ayant aucune envie de mouiller ses vêtements, elle remonta ensuite sa chemise et la noua autour de ses hanches.

Remplissant un nouveau baquet, elle y trempa un gant, fit mousser un pain de savon et commença à le laver.

Il ne tarda pas à frissonner puis à claquer des dents, mais il se laissa faire. Il ne bougea pas tandis qu'elle savonnait ses cuisses, puis le bout de son pénis.

Tout en procédant consciencieusement, elle murmurait des instructions, lui intimant de lever un bras, de se tourner, d'écarter les jambes... Elle ne se rappelait pas avoir eu un maître aussi docile. Il faisait tout ce qu'elle lui demandait sans rechigner. Seuls quelques frissons et tressaillements marquaient ses réactions.

Après l'avoir rincé, elle le savonna une deuxième fois, lui lava soigneusement les cheveux en prenant le temps de les démêler. Il gémit quand elle lui massa le crâne puis les trapèzes, dénouant les contractures des épaules et du dos. Il s'infligeait des excès depuis un certain temps et son corps en payait le prix.

Lorsque ses doigts glissants de savon saisirent son pénis à sa racine, Alaric émit un grognement, s'agrippa au tabouret et s'arc-bouta, mais sa main toujours posée sur son épaule le maintint en place. Il ouvrit grand les yeux et les plongea dans les siens qui se trouvaient seulement à quelques centimètres.

Sans lâcher son regard, elle fit glisser sa main le long du pénis, sentant le sang affluer avec l'érection. Elle continua de le savonner ainsi. Quand il entrouvrit les lèvres, elle fronça à peine les sourcils, consciente qu'aucune de ses réactions ne lui échappait.

S'il avait eu l'intention de dire quelque chose, il resta silencieux. Les mouvements involontaires de son corps faisaient bouger le tabouret. La main qui le savonnait descendit vers les testicules, sembla les soupeser. Il ferma les yeux, ses deux pieds en appui sur le sol, les muscles de ses cuisses tellement contractés qu'ils tremblaient.

Mina ne put demeurer insensible. Avoir un homme à sa merci la comblait littéralement.

Elle recula enfin et plongea les mains dans le baquet d'eau claire.

— Rincez-vous tout seul, dit-elle d'une voix devenue rauque. Je vous attends dans l'autre pièce.

Et elle le planta là, la bouche ouverte et le sexe érigé.

18

L'eau glacée n'eut pas raison de son érection, aussi gênante fût-elle. Il avait retrouvé ses esprits, mais tout son corps était douloureux et sa bouche avait un goût infect. Il écarta ses cheveux de son visage et se lava la bouche avec une pâte dentifrice parfumée.

Il noua ensuite une serviette autour de ses reins et la rejoignit dans la chambre. Cette femme… cette *dame de l'ordre,* songea-t-il en frissonnant, n'évoquait en rien celles dont il avait entendu parler. Que fabriquait-elle ici ? Aurait-il fait une demande sans même s'en rendre compte, au plus profond de l'état comateux où il avait sombré ?

En tout cas, il ne voulait pas d'elle ! se rappela-t-il avec force. Et même quand elle se retourna, laissant en suspens ce qu'elle était en train de faire dans son armoire, même quand elle le détailla de haut en bas et que ce regard fit courir en lui une flamme de vie, Alaric se répéta qu'il ne voulait pas d'elle.

Ni d'elle, ni d'une autre. Plus jamais. Puisque sa lady l'avait abandonné, il mourrait seul, et le plus tôt serait le mieux.

— Habillez-vous, lui dit la femme en montrant un vêtement plié sur le fauteuil.

— Il ne m'appartient pas.

— Maintenant, si.

Il prit le pantalon en toile rêche, de coupe informe, le déplia. Quoiqu'il semblât à sa taille, il s'agissait de toute évidence d'un vêtement de domestique. Certainement pas celui d'un gentleman ou d'un lord vivant dans le palais d'un roi. Il le jeta par terre.

— Il n'est pas fait pour moi.

Mina regarda le pantalon, sans se baisser pour le ramasser, puis elle fit un pas vers Alaric. Bien qu'il eût maintes fois affronté de plus graves dangers, et que cette femme menue ne risquât pas de l'effrayer, il recula.

— Il est celui d'un homme qui ne sait pas apprécier ce qu'il a. Et il conviendra mieux au travail que vous allez accomplir, qui risquerait d'abîmer vos vêtements élégants de gentleman.

Elle avait prononcé le mot « gentleman » avec une moue dédaigneuse, et Alaric tressaillit. Il laissa tomber la serviette et se tint devant elle, nu, le cœur battant à grands coups. Elle le détailla sans se démonter, sans paraître troublée ou intimidée.

Alaric finit par ramasser le pantalon et l'approcha de sa peau qui se hérissa de chair de poule, tant le tissu était râpeux. Depuis quand n'avait-il pas porté d'habit aussi fruste ?

La femme l'observait tranquillement, et elle s'exprima d'une voix ferme mais pas agressive.

— Vous serez mieux avec que tout nu. Que vous le croyiez ou non, tout ceci est pour votre bien.

Il se détesta de frissonner en entendant cette voix, ces mots simples. Il brandit le pantalon.

— Un simple pantalon ? Pas de chemise ? C'est pour mon bien que vous voulez que je me promène torse nu ?

— Oh, non, répondit-elle en esquissant un sourire coquin. Ça, c'est pour *mon* bien.

Elle s'approcha et posa un doigt sur l'un de ses tétons qui s'érigea immédiatement – le traître. Alaric ne parvint pas tout à fait à étouffer un gémissement. Elle le perçut, bien sûr, et son sourire s'agrandit.

— N'ayez pas peur de moi, dit-elle en le voyant frissonner.

— Je n'ai pas peur.

— Bien. Un plateau vous attend dans l'autre pièce. Vous vous sentirez mieux après avoir mangé quelque chose de plus solide que ce dont vous vous nourrissez depuis un certain temps. Sans parler de ce que vous buvez.

On se nourrit quand on a envie de vivre...

— Et ensuite, ajouta-t-elle avec une lueur nouvelle dans les yeux, vous vous mettrez au travail.

— Au travail ? répéta Alaric, perplexe.

— Vous avez renvoyé toutes vos servantes et vos appartements sont dans un état épouvantable, Alaric. Vous vous révoltez à l'idée de porter des vêtements de paysan, mais cela ne vous dérange pas de vivre dans une porcherie.

— Vous n'imaginez tout de même que je vais... nettoyer ?

Elle le toisa délibérément.

— Vos bras et vos jambes ne sont pas cassés, à ce que je vois. Votre dos non plus. Vous êtes capable de travailler, et puisque vous avez su répandre tant de désordre et d'immondices, vous devriez pouvoir en venir à bout. De toute façon, *je* refuse de m'installer dans la crasse, et dans la mesure où vous êtes censé me fournir des vêtements appropriés, de quoi me nourrir, un espace de vie *convenable,* je vous suggère de commencer tout de suite.

— Qui êtes-vous ? murmura-t-il.

— Votre réconfort et votre salut, je vous l'ai déjà dit. Je suis votre dame de compagnie, Alaric. Celle que vos amis Edward et Cillian ont envoyé chercher. À ce propos, je dois vous informer que nous ne procédons jamais de cette manière, d'habitude. Soit ils ont su plaider votre cause, soit ils ont déboursé beaucoup d'argent pour avoir obtenu de mes supérieures de contourner les règles de l'ordre. Je n'ose même pas imaginer le montant de cette somme.

Edward et Cillian… Il aurait dû s'en douter, songea Alaric en enfilant le pantalon, non parce qu'il se pliait aux arguments de cette femme, mais parce qu'il ne supportait plus de se tenir nu devant elle.

— Ils ont eu tort.

— Ah, mais ce qui est fait est fait. Et me voilà. Ils doivent vous aimer beaucoup pour en être arrivés là.

— Et vous ?

Elle haussa les sourcils.

— Quoi, moi ?

Alaric n'avait connu que deux dames de l'ordre, dans sa vie. Sérénité et Loyale, qui étaient toutes deux venues aider ses amis et étaient restées. Si c'était ce qu'ils avaient en tête, que cette femme reste avec lui, ils avaient fait fausse route.

— L'amour, prononça-t-il avec dérision en se plantant devant elle, la dominant de toute sa hauteur, à tel point qu'elle dut renverser la tête en arrière pour le regarder. C'est ce que vous mijotez ? Me faire tomber amoureux de vous pour que je trouve la paix et que vous remplissiez ce maudit carquois de Sinder ? Vous espérez vous servir de moi afin que votre stupide prophétie se réalise ? Et vous ferez ce qu'il faudra pour y parvenir, je le sais. Je sais comment vous travaillez.

Il avait mis tant de fougue dans ce discours qu'il chancela, encore incertain sur ses jambes malgré le bain froid. Son estomac se noua et les battements de son cœur se mirent à résonner dans sa tête. Il pouvait retrouver le goût de l'herbe au fond de sa gorge, et celui du worm. Mais plus profondément, plus atroce et plus irrésistible, celui de la drogue pourvoyeuse d'oubli, comme si son sang s'en était imprégné et en nourrissait toutes ses cellules. La bête endormie se réveillait. Il avait besoin de ce qui le plongeait dans l'oubli. Le produit calmerait les douleurs de ses plaies vives et l'entraînerait dans les ténèbres.

— Je ne vous aimerai jamais, cracha-t-il. Quoi que vous fassiez.

Toute trace d'amusement ou de chaleur la déserta en un instant.

— Je ne fais pas ça pour l'amour, Alaric. Je le fais par devoir et à l'occasion pour mon plaisir, mais jamais pour l'amour.

— Vous feriez mieux de partir.

— Hélas pour nous deux, je suis tenue de rester jusqu'à ce que j'aie accompli ma mission, sinon je serai renvoyée.

— Alors je vous renvoie.

Mina secoua la tête.

— Ce n'est pas vous qui m'avez engagée.

Ils s'affrontaient et même si elle devait lever la tête pour le regarder, Alaric ne parvenait pas à se débarrasser de l'impression qu'elle le tenait en son pouvoir.

— Vous ne serez jamais ni mon réconfort ni mon salut.

Il ne le permettrait pas.

— Par Sinder ! Vous êtes un crétin borné ! Je vous offre une chance d'accéder à ce que peu d'hommes peuvent espérer atteindre, je vous l'apporte sans que vous ayez à faire le moindre effort pour l'obtenir, et vous faites la fine bouche ?

Alaric ravala une montée de bile.

— Allez-vous-en. J'ai besoin de…

— Il n'y en a plus.

— Quoi ?!

— Votre petit matériel et la drogue ne sont plus ici, fit-elle en lui montrant l'armoire. Vous n'en aurez plus. Je suppose que les effets du manque commencent à se faire sentir, mais cela passera. Vous allez être malade puis vous aurez des douleurs, plus longtemps, et j'ai entendu dire qu'elles sont parfois terribles, mais je serai là pour vous aider à les surmonter.

Il n'avait jamais levé la main sur une femme, mais là, Alaric l'écarta de son chemin avec une telle violence qu'elle faillit tomber et poussa un cri. Il l'entendit à peine, tant il était pressé de vérifier si ce qu'elle disait était vrai. Il ouvrit en grand les portes de l'armoire et fouilla frénétiquement entre les piles de vêtements qu'il mit sens dessus dessous. Rien. Pas de petite boîte de porcelaine, pas de flacon, pas de cuillère en argent ni d'aiguille.

Il se retourna et voulut l'empoigner par le corsage de sa robe, mais ses doigts glissèrent sur le délicat tissu et les boutons lui entamèrent la paume. Il lui saisit alors l'avant-bras en criant et la secoua si fort que les dents de Mina s'entrechoquèrent.

— Que Sinder vous maudisse ! hurla-t-il en lui postillonnant dans la figure et en serrant son bras de toutes ses forces.

Elle ne répondit pas.

— Que l'abîme vous engloutisse, espèce d'imbécile, d'ignoble pute ! Comment avez-vous osé ?

Une violente nausée montait en lui. Des bouffées de chaleur le mettaient en feu, le faisaient trembler. Elle ne tenta pas de lui échapper. Même quand il recommença à la secouer. Même quand il se mit à vociférer, la bouche si près de son oreille qu'il put percevoir l'odeur de son savon. Elle le tenait. Par la force de son regard, elle faisait de lui son chien.

— Vous baignez dans la pourriture ! cria-t-elle soudain.

Et il lâcha.

— Tout ce que vous aviez de beauté, vous l'avez détruit, sali. Vous vivez dans les ordures comme un animal, mais vous n'êtes pas un animal, Alaric. Vous condamnez l'amour mais, d'après ce que je vois, vous ne savez rien de l'amour. Rien ! Vous ne connaissez que l'égoïsme et le dépit.

Alaric recula et elle le toisa de la tête aux pieds avec un mépris terrible.

— Pas étonnant qu'elle vous ait quitté, assena-t-elle.

Ces paroles l'atteignirent comme une flèche en plein cœur. Il tomba à genoux, se courba en deux et posa le front sur le sol. La souffrance qu'elle venait de ranimer n'avait rien à voir avec la douleur atroce qui était en train de l'envahir tout entier.

Quand il releva les yeux, elle était partie, et il aurait été bien incapable de dire s'il s'était écoulé une minute ou une journée. La lumière du soleil entrait à flots par la fenêtre. Il se tint le crâne un instant et lorsqu'il retira ses mains, il y découvrit du sang séché sur ses doigts. La crise était passée, tout au moins pour le moment, mais des douleurs aiguës continuaient de contracter ses muscles. Son estomac vide lui donnait des crampes.

Pas étonnant qu'elle vous ait quitté.

Mais elle ne l'avait pas quitté. Si c'était le cas, elle serait partie. Il ne serait pas obligé de la voir, d'entendre son rire dans la pièce voisine ou son nom sur les lèvres d'un autre. Elle ne viendrait pas remuer le couteau dans la plaie de cette manière.

Alaric se leva et dut se mordre les lèvres pour ne pas crier, tant ses muscles lui faisaient mal. Ses articulations craquaient comme s'il avait cent ans. Son estomac ne lui infligeait plus des nausées insupportables, mais quel calvaire de marcher !

Il parvint à la porte donnant sur le vestibule. La poignée était bloquée. On l'avait enfermé ? Comme un vulgaire prisonnier ? Il donna un coup de pied dans la porte sans réfléchir. Une vive douleur lui rappela qu'il ne portait pas de chaussures. Il tomba de nouveau sur le tapis et le martela de ses poings jusqu'à avoir la peau à vif, mais cela n'ouvrit pas la porte.

Pas plus que cela ne fit revenir la dame de l'ordre.

Il resta un long moment recroquevillé sur le tapis, puis finit par se lever. La tête lui tournait. Il avait l'impression d'être sur un bateau, environné d'un brouillard rouge. Il cligna des yeux et respira calmement jusqu'à ce qu'il parvienne à garder son équilibre.

Ses pieds nus écrasèrent soudain les restes d'une boîte de puzzle en bois. Il l'avait tellement malmenée que les petits ressorts intérieurs avaient cédé. La boîte ne fermait plus.

Il allait la pousser d'un coup de pied quand il se ravisa et se pencha pour soulever ce qu'il en restait. C'était Larissa qui la lui avait offerte. Le centre, qui ne pouvait être visible que si l'on défaisait le puzzle, contenait un portrait d'elle. Il la jeta dans le panier à bois. Elle finirait au feu et brûlerait comme n'importe quelle bûche.

Alaric se retourna. Son pied douloureux lui infligeait une nouvelle torture. Il parcourut la pièce autour de lui. Il ne s'était jamais vraiment intéressé au mobilier luxueux, aux tableaux suspendus aux murs ou au nom du créateur de tel ou tel fauteuil. Mais Larissa avait tenu à décorer cette pièce. C'était elle qui avait choisi tout ce qui la meublait ou l'agrémentait. Elle s'était évertuée à dépenser son argent et celui d'Alaric, pour ce faire. Il ne s'était pas soucié de ce que cela lui coûterait et du montant de la dette qu'il avait dû contracter. Il l'avait laissée faire de cet appartement plus qu'un lieu de vie agréable dans le château d'un roi. Elle l'avait transformé en une suite somptueuse.

Mais son paradis était dans un triste état. Il poussa du pied une liasse de papiers par terre. En dessous se trouvait une bouteille d'encre dont le contenu s'était répandu sur le tapis, où il avait un jour fait l'amour à Larissa pendant un après-midi entier. Il sentait encore son goût sur sa langue…

Alaric ferma les yeux et respira avec difficulté, plusieurs fois. Quand il les rouvrit, rien n'avait changé. Aucune femme ne l'attendait en brûlant d'impatience.

La pièce n'était pas illuminée de rires et de soleil. Il n'y avait aucune table dressée pour lui et Larissa. Elle l'avait délaissé, et son rire qui l'emplissait jadis de joie était devenu un rire grinçant, moqueur et cruel.

Il continua pourtant de chercher des traces du passage de la jeune femme, huma l'air peut-être encore imprégné de son parfum. En guise de subtils arômes, ce furent des relents de nourriture rance qui lui agressèrent les narines, mêlés à une odeur de crasse. Lui-même aurait dégagé d'immondes effluves si cette… femme ne l'avait lavé.

Son sexe se tendit à ce souvenir et il jura, insultant ce traître qui choisissait mal son moment pour lui rappeler les mains douces de la femme.

Il s'aperçut soudain qu'il ne savait même pas son nom.

Cela importait-il ? Ce n'était pas lui qui l'avait fait venir, il ne voulait pas d'elle, même si son sexe essayait de lui faire croire le contraire ! Il glissa une main sous le pantalon qu'elle l'avait obligé à porter et se pinça si fort que les larmes lui vinrent aux yeux.

Le bureau avait été rangé. Elle avait dû passer par là… La colère l'envahit et il s'approcha dans l'intention d'envoyer voler les piles de papiers bien nettes qu'elle avait réalisées, mais il s'immobilisa au dernier moment en découvrant un plateau contenant du pain et du lait. Ce repas dont elle lui avait parlé. Son estomac gargouilla et il tendit la main vers le pain. Du pain rassis et du lait ne l'auraient jamais attiré en temps normal, mais là, cela lui semblait aussi délicieux que n'importe lequel de ses festins d'autrefois.

Il mangea peu, car son estomac malmené lui fit très vite sentir où étaient ses limites, mais il s'essuya avec le revers de la main en jubilant de pouvoir bafouer à ce point les bonnes manières. Il ne vomit pas ce qu'il avait absorbé. Seul un goût amer subsista dans sa bouche.

Et il avait toujours besoin de se réfugier dans l'inconscience que procurait la drogue. Tellement besoin qu'il en tremblait. Dans quelques heures, le manque serait terrible, mais pas pire que ce qu'il avait déjà connu.

Il parviendrait peut-être même à surmonter l'épreuve, s'il le fallait. S'il le voulait. Il songea à sa dame de compagnie, à ses mains douces, son regard froid. Elle ne le connaissait pas et ne le connaîtrait jamais, si tout allait comme il l'espérait. Mais il ne lui donnerait pas la satisfaction d'avoir eu raison.

Il n'était pas une bête condamnée à vivre comme un misérable. Larissa ne l'avait pas quitté, elle l'avait délaissé, et pas du tout à cause de sa façon de vivre, de s'habiller ou de ranger son appartement. Cette femme de l'ordre se trompait. Ce n'était pas ce qu'il avait fait qui avait ruiné sa relation avec Larissa.

S'apercevant soudain qu'il était en train de se baisser pour ramasser une pile de livres et les remettre sur l'étagère, Alaric s'immobilisa. Puis il rangea à sa place le livre qu'il avait dans la main. Le regarda un long moment, en ajouta un autre, et un suivant.

Il n'avait rien fait pour que Larissa l'abandonne. Au contraire, il s'était plié à tout ce qu'elle lui avait demandé. Quoi qu'elle exige de lui. Il s'était laissé humilier – et humilier, elle adorait cela. Toutes les punitions qu'elle voulait lui infliger, il les avait acceptées. Elle avait la main lourde, la langue acérée, et son sadisme s'était peu à peu révélé dans toute son ampleur. Elle savait toujours où le piquer pour qu'il saigne le plus, ou le pincer pour laisser un bleu. Il avait tout accepté.

Et puis, un jour, elle était arrivée en riant au bras d'un autre, un inconnu, un obscur petit lord de quelque province éloignée aux bottes démodées et aux cheveux trop courts qui la contemplait avec adoration. Comme lui.

Il n'aurait pas dû être surpris, puisqu'il la connaissait. La réputation de lady Larissa l'avait toujours précédée. Hélas, exactement comme il n'avait jamais osé rêver qu'elle lui accorderait ses faveurs, il n'avait jamais imaginé qu'elle oserait les lui retirer ainsi. Il lui avait tout donné, sans réserve, sans prudence et sans restriction. Elle était devenue sa lumière, l'encre de ses nuits. Il avait cédé à tous ses caprices.

Il avait laissé tomber bien des femmes, avait brisé des cœurs, bien qu'il n'eût jamais menti. Quand ses mises en garde n'avaient pas suffi, il avait estimé que ce n'était pas sa faute si elles s'étaient trop attachées à lui. Mais voilà qu'il se retrouvait de l'autre côté, dans la peau de l'amoureux éconduit, et il voyait désormais les choses différemment.

Il l'aimait et elle ne l'aimait plus. En y repensant, Alaric se disait qu'elle ne l'avait probablement jamais aimé, quoi qu'elle lui ait dit.

Il passa un doigt sur les livres reliés de cuir. Cela n'avait pas été bien difficile de les remettre à leur place, finalement.

Ranger le reste de la pièce lui prit plus de temps. Il n'y avait pas grand-chose à sauver dans le capharnaüm qu'il avait engendré. Il mit de côté tout ce qui était trop endommagé pour le donner à l'hospice. Le reste retrouva peu à peu sa place, mais il dut souvent s'interrompre pour reprendre son souffle ou apaiser ses muscles douloureux. Lorsque la nuit tomba, il avait terminé.

Il venait de sonner quand la porte s'ouvrit. La dame de l'ordre entra, les bras chargés de draps et de serviettes propres, suivie par une domestique portant un plateau de nourriture. Son estomac vide le torturait et il alla vers la servante, mais la dame de l'ordre lui intima le silence d'un regard.

La fille déposa le plateau et se retira aussitôt, tandis que Mina allait poser le linge dans la chambre.

— Vous avez fait du bon boulot, Alaric, déclara-t-elle en revenant.

Il se raidit de s'entendre adresser la parole d'une façon aussi familière par une étrangère.

— Je vous croyais partie pour de bon.

Elle le considéra d'un air presque solennel, en plissant les yeux, avant de secouer la tête.

— Non, je ne pars pas.

Un soulagement totalement inattendu envahit le jeune homme, qui maudit sa réaction. Il ne voulait pas avoir envie d'impressionner cette femme, même s'il avait apprécié qu'elle le félicite pour ses efforts. Il baissa les yeux sur des objets qu'il devait encore ranger. Parmi eux, un petit portrait de Larissa qu'il n'avait pas su où placer.

Larissa avait toujours voulu ce qu'elle n'avait pas. Elle n'hésitait pas à voler un amant ou à le cajoler pour lui soutirer une babiole si elle estimait qu'elle lui conviendrait mieux qu'à lui. Elle avait gardé Alaric plus longtemps que la plupart des autres et accepté ses propositions, mais elle n'était pas devenue sa femme.

Comment réagirait-elle en le voyant soumis à une autre ? Elle aurait du mal à accepter que son étalon favori soit monté par une subalterne. Même si la subalterne en question était payée pour cela.

Alaric regarda la dame de l'ordre dans les yeux.

— Je vous demande pardon pour ma conduite de tout à l'heure. C'était inexcusable.

— C'est excusable. Peut-être pas agréable, mais vous aviez vos raisons. Toutefois, j'espère que cela ne se reproduira pas.

Par Sinder ! Il l'avait tout de même sérieusement secouée !

— Je vous demande pardon, répéta-t-il en se mettant à genoux devant elle, sur une impulsion. Je n'aurais jamais dû porter la main sur vous.

Au bout d'un long moment, il sentit sa main effleurer ses cheveux. Il leva les yeux et se perdit dans le regard de cette femme dont il ne savait toujours pas le nom, un regard d'une telle douceur, empreint d'une telle compassion qu'il faillit pleurer.

— Je vous pardonne, dit-elle. Mais ne recommencez pas, Alaric. Ce qui importe n'est pas ce que vous avez fait, c'est ce que vous allez faire.

L'amour. Alaric avait clamé qu'il ne voulait pas d'elle, et surtout pas de sentiments, mais ses paroles avaient rouvert une vieille blessure en elle. Non qu'elle aspire à ce genre d'implications. Mina était une femme de foi. Elle croyait en ce qu'elle ne pouvait ni voir, ni toucher, ni entendre, mais elle ne croyait pas à l'amour.

Elle en connaissait le pouvoir, car plusieurs hommes lui avaient fait des déclarations à genoux. L'amour les avait aidés à atteindre l'apaisement. Elle avait même cru parfois qu'ils étaient sincères, mais tout cela lui avait paru irréel. On l'avait suppliée de rester et elle était toujours partie.

Il était certes plus agréable d'être désirée que méprisée, mais… mais elle était demeurée trop longtemps sans mission et devait se garder de ne pas se laisser leurrer par les émotions. *Égoïste est le cœur qui pense d'abord à lui,* se rappela-t-elle avant de reporter son attention sur Alaric.

Elle n'éprouvait aucun plaisir à le voir à genoux devant elle. Il fallait qu'il lui obéisse, mais pas de cette manière.

Les affres du manque ne faisaient que commencer. S'il s'occupait en rangeant et en nettoyant, il penserait moins à la douleur qui allait lui vriller le ventre et le corps tout entier. Elle n'avait pas une grande expérience de la dépendance aux substances toxiques, mais elle espérait que ses herbes médicinales le soulageraient.

Pour l'instant, son agressivité due au manque et à d'anciennes douleurs s'était calmée.

— Alaric ? dit-elle tranquillement.

Elle s'était installée dans un fauteuil près de la cheminée pour le regarder vaquer à ses occupations.

Il se retourna. Le pantalon de paysan descendait sur ses hanches. À la lumière rougeoyante du feu qui suffisait à éclairer la pièce, à présent que le soleil était couché, elle aperçut des gouttes de sueur sur son torse nu. Il ne ménageait pas ses efforts, travaillant presque frénétiquement. Mais ce n'était pas pour lui plaire, selon elle.

Il cligna des yeux et déglutit avec peine en s'essuyant les lèvres du revers de la main. Sa respiration semblait laborieuse.

— Reposez-vous, maintenant.

— Non, je… Vous aviez raison. Mes appartements sont dans un sale état. Il faut que je nettoie. Vous ne pouvez vivre là-dedans… et moi non plus…

Sa voix se brisa et il ferma les yeux en se mordant les lèvres, puis il tomba à genoux, se retenant tant bien que mal à un fauteuil.

Elle accourut près de lui.

— Alaric, vous devez vous reposer.

Il secoua la tête, puis la baissa. Ses boucles blondes collées par la sueur cachaient son visage.

— Venez, dit-elle en l'aidant à se relever et en l'entraînant vers le lit où elle avait mis des draps propres pendant qu'il faisait le ménage.

Il se laissa faire et ne protesta pas quand elle lui enleva son pantalon. Elle se déshabilla aussi puis se glissa contre lui, nue.

Il était en érection, mais elle doutait qu'il ait l'intention de faire quoi que ce soit. Se lovant contre son dos, elle lui massa les épaules. Sous ses doigts, elle sentait les spasmes qui contractaient ses muscles avec une telle violence qu'il criait de douleur parfois.

Elle l'apaisa tant bien que mal en lui parlant doucement, fredonna des sortes de berceuses.

Elle passa la nuit ainsi, à le soulager autant que possible, car rien ne pouvait empêcher la souffrance atroce due au manque. Aux premières lueurs du jour, Alaric se leva et elle le suivit dans la salle de bains où il fut malade. Elle le lava ensuite et quand il la supplia de lui donner sa drogue, elle lui fit boire une infusion d'herbes de sa composition.

À un moment, il se précipita vers la porte toujours fermée à clé et s'en prit à elle, exigeant qu'elle lui ouvre. Il la traita de tous les noms, la menaça des pires sévices, mais elle ne céda pas. Il finit par perdre connaissance sur le carrelage humide et froid de la salle de bains. Elle le couvrit alors avec une serviette et sonna pour qu'on apporte le petit déjeuner. Dès que la servante arriva, elle s'empara du plateau et lui donna une lettre à remettre à Cillian et Edward. Ensuite, elle prit son bain et revêtit une robe propre identique à celle qu'elle venait d'enlever ; elle brossa ses longs cheveux puis ses dents pendant qu'Alaric, toujours sur le sol, dormait d'un sommeil plus paisible, sans spasmes et tremblements, et peut-être sans rêves.

Après cette nuit blanche, elle s'endormit également et lorsqu'elle rouvrit les yeux, elle le trouva assis près d'elle, en train de la regarder. Des cernes sombres soulignaient ses yeux mais son regard était clair. Il avait revêtu un pantalon propre, en tout point semblable à celui de la veille, et avait lui aussi brossé ses cheveux qu'il avait noués sur la nuque avec un bout de ficelle.

Mina s'assit.

— Vous vous êtes levé…

— Je… Oui.

— Comment vous sentez-vous ?

— Comme si j'avais été piétiné par un troupeau d'ours sauvages.

Elle s'assit et s'étira, s'apercevant qu'elle s'était endormie dans ses vêtements propres.

— Rien que ça ?

Il rit – et ce rire, si faible fût-il, lui fit du bien.

— La nuit a été longue, dit-il.

— Oui. Avez-vous mangé ? s'enquit-elle en l'observant attentivement.

Il avait l'air fatigué mais pas malade, et ses muscles ne tressautaient plus sous l'effet du manque.

— Oui, merci.

— Essayé d'ouvrir la porte ?

Le regard bleu s'obscurcit un instant, puis un large sourire dissipa les ombres menaçantes qui planaient toujours.

— Si je vous réponds non, me croirez-vous ?

— Oui, absolument.

— Et que ferez-vous si je réponds oui ? fit-il en penchant légèrement la tête.

Mina se glissa vers le bord du lit et posa les pieds par terre.

— Que voulez-vous que je vous dise ? Que je vous punirai ? s'enquit-elle en se levant.

— Vous le feriez ?

Elle s'immobilisa et le regarda.

— Que savez-vous des dames de l'ordre, Alaric ?

— Que vous croyez qu'à chaque personne que vous conduisez au soulagement absolu, une flèche de plus est ajoutée au saint carquois de Sinder. Et lorsque le carquois sera plein, la Famille sainte sera de retour. Je sais aussi que vous avez été formées pour apporter l'apaisement à vos maîtres, mais je dois avouer que je ne connais que deux de vos sœurs et qu'aucune d'entre elles n'est aussi… aussi effrontée que vous.

Elle haussa un sourcil.

— Peut-être n'ont-elles pas eu besoin de l'être avec leurs maîtres ?

— Pas avec ceux que je connais, non, admit-il après une pause. Edward et Cillian.

Mina défroissait sa robe de la main.

— Vous ne connaissez peut-être pas beaucoup de mes sœurs, Alaric, mais vous n'êtes pas le premier à me poser cette question. Je répondrai donc la même chose qu'à vos prédécesseurs : si j'estime que vous punir peut vous soulager, je le ferai. Mais je ne veux être ni votre mère ni votre nounou, j'espère donc qu'aucune punition ne sera nécessaire.

— Cependant… vous me connaissez. Ils vous ont parlé de moi, sinon vous n'auriez pas été aussi…

— Effrontée ? fit-elle en riant. Mon cher, je ne sais pas être autrement. Pensiez-vous que je ne l'étais que pour vous ?

— Ce n'est pas le cas ?

Elle trouva sa confusion à la fois adorable et prévisible.

— Nous allons bien ensemble, je vous le concède, et il est vrai que je peux m'adapter selon les cas. Mais l'ordre ne m'aurait pas attribué un maître sans qu'il eût besoin de ce que je peux lui apporter, moi plus qu'une autre. Je reste moi-même, Alaric.

Il plissa les yeux.

— Mais êtes-vous celle dont j'ai besoin ?

— Je l'espère.

— Au moins pour un petit moment, c'est ça ? fit-il en se levant à son tour.

Elle n'avait pas oublié les mots qu'il avait hurlés la veille, ou la façon dont il l'avait secouée. C'étaient deux raisons suffisantes pour partir, même si elle savait que la drogue avait sérieusement corrompu son caractère. Mais il s'était excusé et elle l'avait cru sincère. Selon elle, il y avait de l'espoir, même si l'amour n'avait pas sa place dans tout cela.

— C'est le but, oui.

Il s'approcha d'elle, tout près, sans la toucher.

— Vous avez pris soin de moi toute la nuit.

— Bien sûr. Je suis votre réconfort et votre salut, lui rappela-t-elle. Votre dame de compagnie.

— Lady… Larissa n'aurait jamais fait une chose pareille.

Mina écarta une boucle d'or du visage du jeune homme et sa main s'attarda sur sa joue.

— Alors elle n'était pas digne d'être votre maîtresse.

Il se dégagea aussitôt et, contre toute attente, Mina en fut légèrement froissée. Ils s'affrontèrent du regard quelques instants, et il fut le premier à détourner les yeux.

— Si vous vous rendez suffisamment présentable, je pense que vous pourriez m'accompagner dans le parc, dit-elle enfin. Il paraît qu'il est magnifique.

19

Elle avait glissé son bras sous le sien le plus naturellement du monde, et il s'efforçait de ne pas marcher trop vite pour elle. Sa tête lui arrivait à peine à l'épaule et il eut honte de se rappeler combien elle lui avait semblé fragile, quand il l'avait empoignée et secouée. Il aurait pu la briser… mais elle se promenait à présent près de lui comme s'ils se connaissaient depuis toujours.

— Je ne sais même pas votre nom, dit-il soudain.

— Determinata.

Il s'arrêta net.

— Vraiment ?

— Je ne mens pas.

Alaric réfléchit un bref instant.

— Il vous va bien, estima-t-il.

— C'est pourquoi on me l'a donné. L'ordre ne nous attribue pas un prénom sans raison, mais vous n'avez pas besoin de vous en servir, précisa-t-elle avec un sourire.

— Et comment devrais-je vous appeler ?

Des contractions recommençaient à lui dévaster le ventre. Si elle lui demandait de l'appeler « madame » ou « milady », ce n'était même pas la peine.

Elle se tourna vers lui et lâcha son bras. La brise faisait frémir les petites mèches folles de ses cheveux. Le soleil aveuglant magnifiait son visage. Il avait cru ses yeux plus sombres, mais voilà qu'il découvrait qu'ils étaient presque verts. Et limpides : des yeux qui ne mentaient pas.

— Vous pouvez m'appeler Mina, dit-elle.

Un nuage passa devant le soleil.

— Mina ?

— Oui, on m'appelle aussi Mina.

Elle lui reprit le bras et ils continuèrent. Sa longue robe effleurait le gazon tondu bien ras.

— Cela ne vous paraît pas trop... familier ? s'enquit-il.

De nouveau, elle s'arrêta pour le regarder en face.

— Vous préféreriez m'appeler « milady » ?

— Non ! Pas du tout.

C'était ainsi qu'il appelait Larissa, « milady ». La « lady de mon cœur ». Mina – et il devrait faire un effort pour lui attribuer ce prénom, car Determinata lui convenait parfaitement – l'observa en plissant les yeux, comme si elle lisait dans ses pensées. Peut-être était-ce le cas, après tout ? Peut-être le comprenait-elle mieux que personne.

— Peu importe comment vous m'appelez. J'estime que c'est surtout la façon dont vous vous comportez qui compte.

Elle n'avait rien de commun avec les femmes qu'il fréquentait d'habitude, qui passaient leur temps à minauder et à se cacher derrière leur éventail. Et elle n'avait rien à voir avec Larissa qui l'avait aguiché pour le faire marcher ensuite comme un petit chien, vendant ses faveurs pour obtenir ce qu'elle voulait. Sa gorge se serra à ces souvenirs, puis ce fut un accès de manque qui lui brûla le ventre.

— Venez, marchons, dit-elle en percevant son malaise.

Il s'efforça d'adopter son allure, mais le soleil était devenu trop éblouissant et la brise, trop fraîche. Depuis combien de temps ne s'était-il pas enfoncé une aiguille dans les veines ? Trop longtemps. Le crissement des graviers sous ses bottes résonnait douloureusement à ses oreilles.

Mina lui serra le bras.

— Comment s'appellent ces fleurs, là ? lui demanda-t-elle.

Il suivit la direction de son doigt. Des pétales rouges frissonnaient dans le vent, et il eut l'impression que c'était lui qui avait froid. À côté s'épanouissait un buisson à feuilles pointues et fleurs jaunes.

— Les rouges sont une variété d'orchidées et les jaunes, des... hibiscus ?

— Vous connaissez les fleurs ! s'exclama-t-elle en effleurant son bras du bout des doigts. Et les bleues, là-bas, au bout du chemin ?

Alaric allait répondre quand une voix l'appela derrière lui, et il se retourna :

— Cillian !

Comme toujours vêtu avec recherche, à la pointe de la mode, Cillian accourut vers eux.

— Alaric ! Et... lady Determinata.

Pour la première fois de sa vie, Alaric vit son ami à court de mots. Il les contemplait tous les deux, les mains écartées sous l'effet de la surprise, et Alaric se dit qu'il avait dû tomber bien bas pour que ses amis en soient venus à s'adresser à l'ordre de la Rédemption. Encore heureux qu'Edward ne soit pas là ! Il ne se sentait pas la force de l'affronter.

— Je viens de recevoir un message d'Edward où il m'annonce une bonne nouvelle. Il est papa !

Alaric eut l'impression que le sol se dérobait sous ses pieds, mais il n'aurait su dire pourquoi il était aussi bouleversé. Il savait combien Edward aimait Sérénité, et peut-être était-ce le fait d'avoir connu cela avec Larissa qui le rendait si sensible...

— Transmets-lui mes félicitations, dit-il d'une voix sans timbre.

Cillian le regarda avec circonspection.

— Tu devrais aller le féliciter toi-même. Ils ouvrent leur maison aux visiteurs dans quelques jours.

Alaric garda le silence, et les doigts de Mina se crispèrent sur son bras.

— Alaric, dit-elle. Si vous alliez voir ces fleurs bleues de plus près ? Je vous rejoins tout de suite.

Mais pour qui se prenait-elle pour lui donner des ordres ! s'irrita-t-il. En même temps, il comprit qu'elle voulait lui offrir le répit dont il avait grandement besoin, et il s'éloigna sans mot dire après s'être brièvement incliné devant Cillian.

Un coup d'œil en arrière lui apprit que Cillian et Mina étaient en grande conversation. Les bras croisés, son ami fronçait les sourcils avec cet air autoritaire qu'il connaissait si bien. « Je veux », disait le roi. Mais Mina ne semblait nullement disposée à s'incliner devant la volonté royale, et cela fit naître un sourire sur les lèvres d'Alaric.

Au bout du chemin, il s'arrêta pour contempler les fleurs bleues. Il ne connaissait par leur nom et n'en avait vraiment rien à faire.

— Milord, fit soudain une voix rugueuse.

Alaric se retourna et vit un homme surgir de derrière un buisson, un homme dont il ignorait le nom mais à qui Larissa avait un jour demandé de se joindre à leurs jeux amoureux, pour une « partie à trois ». Le souvenir de ses couinements quand il jouissait le fit tressaillir de honte et de dégoût. L'intrus avait un regard indolent et affichait un sourire qui n'atteignait pas ses yeux.

C'était lui qui avait inoculé à Alaric sa première dose de drogue.

— Milord, répéta-t-il. Ça fait longtemps que je ne vous ai pas vu. Vous ne venez plus à la cour, ni même dans la chambre de notre dame… Ah, pardon. C'est vrai, elle n'est plus votre…

— La ferme, fit Alaric entre ses dents.

L'autre pinça les lèvres et se déhancha légèrement, bien qu'il ne semblât pas aussi décontracté qu'il voulait le faire croire.

— Je ne sais pas ce que dit cette fille à votre ami, mais il semble au bord de l'apoplexie.

Alaric ne se retourna pas.

— C'est du roi dont vous parlez ! Mesurez votre langage.

— Je vous trouve bien pointilleux, tout à coup. Qu'est-ce qui vous arrive ?

— Vous la voyez toujours ? ne put s'empêcher de demander Alaric, se détestant en même temps pour sa faiblesse.

L'homme afficha un air hautain.

— Bien sûr que je vois Larissa. Comme je l'ai toujours vue et comme je la verrai toujours.

Elle avait éconduit Alaric mais elle fréquentait toujours cet homme... Cette nouvelle ne fit qu'aggraver les montées de bile qu'il endurait déjà, et il tourna la tête pour cracher. L'autre sourit à nouveau.

— Vous n'êtes pas guéri, mon pauvre. Elle me garde dans son entourage parce que je ne lui coûte rien et que je lui rapporte beaucoup. Ce n'est pas votre faute si elle vous a laissé trop vous attacher.

Alaric s'efforça de concentrer son attention sur les fleurs bleues.

— Ça vous ronge, pas vrai ? murmura l'homme, si près qu'Alaric sentit son souffle. Et elle n'est pas la seule à vous rendre malade, pas vrai ? Un autre manque vous ronge cruellement, ça se voit. Je sais ce que c'est, mon pauvre. Mais pourquoi souffrir quand je peux vous aider ?

Il tenait une petite boîte entre ses mains. Elle avait dû être précieuse mais la porcelaine blanche était noircie, certaines des pierres dont elle était sertie manquaient et le fermoir en or était cassé. Il ouvrit le couvercle, révélant un capitonnage en satin décoloré et un petit flacon rempli d'un liquide jaune.

Alaric tendit la main, mais des pas crissèrent soudain sur le chemin, derrière lui. L'homme se retourna et les doigts d'Alaric tressautèrent, mais il les retira sans saisir la boîte.

— Les fleurs, Alaric, lança Mina, son regard allant de l'un à l'autre. Comment s'appellent-elles ?

— Je vous souhaite une bonne journée, jeta l'homme avant de s'éclipser prestement.

Alaric fit un pas vers lui mais s'arrêta de lui-même. Ce besoin qui le consumait était artificiel, il pouvait parvenir à l'ignorer. Il le minait toujours, mais il voulait que Larissa sache qu'il essayait de s'en sortir.

Elle avait ri derrière son éventail en apprenant qu'il était dépendant. Elle s'était moquée de lui. Il l'avait déjà vue agir ainsi, en évinçant certains de ses amants. L'un d'eux avait même tenté de mettre fin à ses jours en sautant du haut d'un pont. Il n'était pas mort, mais sans doute regrettait-il de ne pas l'être. Larissa était allée voir le malheureux et était rentrée le sourire aux lèvres, racontant à sa petite cour comment il avait tenté de s'accrocher à sa main alors que tous ses doigts étaient brisés.

— Les fleurs, Alaric.

— Bleues… elles sont bleues, bredouilla-t-il les poings serrés, incapable de se rappeler leur nom.

— Respirez et réfléchissez.

— Je ne sais pas ! Je ne connais pas le nom de vos maudites fleurs ! lâcha-t-il en en arrachant une et en déchirant les pétales.

Le regard froid de Mina le fit se sentir encore plus ridicule.

— Je veux que vous me disiez leur nom. J'y tiens.

Elle le fixait sans ciller. Alaric se détourna pour cracher une nouvelle montée de bile. Le goût de l'oubli exquis était sur sa langue. Si ce geste grossier l'avait choquée, elle n'en montra rien et continua de l'observer, intraitable.

Si elle avait ricané, si elle l'avait menacé ou avait tenté de le ridiculiser, Alaric aurait tourné les talons et l'aurait plantée là. Mais elle ne bougea pas, se contentant de soutenir son regard sans un mot.

— Ce sont des… bleuets. Non. Des jacinthes… non, non. Des crocus… non, euh… des centaurées !

Étrangement, il se sentit soulagé. L'envie de la drogue ne se dissipait pas, mais son estomac le tourmentait moins. Il s'avança vers un autre buisson de fleurs.

— Celles-ci sont des roses qui ont été baptisées du nom de la mère du roi, Ingrid. Elles sont roses mais il en existe une variété bicolore, striée de blanc.

Triomphant, il se tourna vers elle et prit la main qu'elle lui tendait.

Elle était très jolie, mais son sourire la rendait plus belle encore. Et qu'il l'ait voulu ou non, elle était à lui. Pour le moment, tout au moins.

Il posa les lèvres sur sa main et eut soudain envie de faire naître un nouveau sourire sur son visage.

Elle sourit d'elle-même.

— Merci, dit-il alors.

— Je vous en prie.

20

Trois jours étaient passés et Alaric avait traversé les pires moments du manque, les tremblements, les nausées, les sautes d'humeur. Selon Mina, le plus difficile à vaincre n'était pas les séquelles de la drogue mais celles de l'amour. C'était ce qu'elle devait maintenant l'aider à surmonter.

En définitive, il s'était montré d'une docilité surprenante, songea-t-elle en le regardant travailler à son bureau. Elle lui avait demandé de mettre de l'ordre dans ses papiers et d'établir le montant exact de ses dettes afin de les régler. Personne ne pouvait atteindre l'apaisement dans un univers sens dessus dessous, avec des créanciers susceptibles de venir frapper à votre porte à tout moment.

Mais elle doutait qu'ils se présentent. Si les amis d'Alaric avaient estimé que le coût de sa mission ne représentait pour eux qu'une charge négligeable, ils avaient sans doute pu régler ses dettes sans broncher.

Alaric ne se plaignait pas de sa retraite forcée dans ses appartements, qu'il ne quittait que pour leur promenade quotidienne dans les jardins du parc. Edward lui avait envoyé une invitation à venir chez lui et Cillian l'avait convié à des soirées de divertissements entre gentlemen, mais il avait refusé.

Elle finit son verre de thé au miel et se replongea dans le livre qu'elle feignait de lire. Déjà, Alaric était à son côté, la théière à la main, mais il ne la servit pas avant qu'elle ne l'y ait invité d'un léger hochement de tête. Il était infiniment prévenant et semblait avoir le don de deviner ses désirs, la resservant toujours sans qu'elle ait à le demander, lui tirant sa chaise, lui offrant les meilleurs morceaux de viande, et tout cela sans jamais devenir pesant.

Une douce chaleur se lova dans son entrejambe, tandis qu'elle le regardait reposer la théière et reprendre sa place. Ils dormaient toutes les nuits dans le même lit, nus l'un contre l'autre, et pas une fois il n'avait posé la main sur elle.

— Alaric.

Il s'interrompit et leva les yeux en entendant sa voix un peu rauque. Quand ils allaient au parc, il s'habillait comme un gentleman, ce qu'il était. Mais en privé, il restait torse nu, seulement vêtu de son méchant pantalon de toile, parce qu'elle lui avait dit qu'elle aimait le voir sans chemise. La veine qui battait plus vite à la base de son cou trahit le trouble qu'il éprouvait lui aussi. Lorsqu'elle vit sa langue apparaître entre ses lèvres, elle retint son souffle.

— Vous avez été très attentionné, ces derniers jours.

— Merci.

— Je pensais que vous vous révolteriez davantage.

Il sourit.

— Moi aussi.

— Vous vous êtes contenté de faire ce que je vous demandais.

— Vous semblez savoir ce qui est mieux pour moi. Inutile d'être un savant pour le comprendre.

— Le comprendre ne signifie pas nécessairement l'accepter, et d'aussi bonne grâce, qui plus est.

— Avez-vous eu des maîtres qui ne l'acceptaient pas ? s'enquit-il avec plus de curiosité que de jalousie.

Bien sûr qu'elle en avait eu, et leur attitude les avait conduits à leur perte. Mais Alaric était intelligent, et il avait tout de suite compris que son seul but était de l'aider. L'intelligence était une qualité qu'elle admirait et qu'elle recherchait particulièrement chez un amant.

— Dites-moi que je n'ai pas été votre maître le plus difficile, la taquina-t-il.

Mina appréciait l'humour également. Elle aimait parvenir à dompter un homme, mais s'il ne devait jamais se relever, cela ne l'intéressait pas.

— Non, certainement pas.

— Mais je ne suis pas le meilleur non plus, n'est-ce pas ?

Elle crut déceler une pointe de regret dans son intonation, mais se défendit aussitôt d'accorder de l'importance à ce qui n'était qu'une impression. Elle ne devait pas s'attendre à ce qu'il soit différent des autres.

— Oubliez cette question, Mina. Je ne l'ai posée que par vanité.

— Tous mes maîtres sont différents et uniques pour moi.

Il prit une lente inspiration, et elle contempla en secret le jeu de ses muscles sous sa peau tandis qu'un fourmillement lui remontait le long du dos.

Accrochant son regard avec autorité, elle lui dit :

— J'aimerais que vous me fassiez encore plus plaisir.

Il se redressa.

— J'aimerais bien.

— Comment vous y prendriez-vous ? murmura-t-elle.

Alaric vint se placer à genoux devant elle. Elle sentit les bouts de ses seins durcir et se mit à respirer plus vite. Elle avait touché son sexe, le premier jour, mais il avait réagi sans passion réelle.

— J'aimerais vous goûter, dit-il en baissant les yeux vers son entrejambe, de sorte qu'elle n'ait pas le moindre doute sur ses intentions. Si je peux me permettre.

Pour toute réponse, elle souleva doucement sa robe. Alaric posa les mains sur ses chevilles et suivit le chemin du tissu le long de ses jambes. Quand il parvint aux cuisses, il tremblait.

Elle aussi. Il y avait si longtemps qu'elle n'avait permis à un maître de la toucher… Contrairement à ce que beaucoup pensaient, le sexe ne menait pas toujours à l'apaisement. Il y avait longtemps également qu'elle n'avait pas eu un amant, et cette bouche qui se pressait à l'intérieur de ses cuisses était celle d'un amant.

— Oh… fit-elle lorsque son souffle caressa sa peau. Oh… répéta-t-elle quand sa langue prit le relais.

Elle agrippa sa robe tandis qu'Alaric s'aventurait plus loin. La langue qu'il insinua entre les plis de son sexe était brûlante et… et ses lèvres qui la pinçaient doucement l'appelaient, alors elle s'arc-bouta en lâchant sa robe pour enfouir les doigts dans ses cheveux et l'attirer vers elle.

Alaric grogna voluptueusement et elle écarta les jambes.

Sa bouche captura son clitoris et le suça délicatement. En même temps, ses doigts la pénétraient, la palpaient, l'exploraient. Le plaisir montait en elle, s'épanouissait pendant qu'elle ondulait.

Elle regarda cet homme qui lui faisait l'amour avec sa bouche, courbé sur son sexe enflammé, contempla son dos où les muscles puissants roulaient au rythme de ses mouvements. Admira son visage transfiguré par le plaisir de faire ce qu'il faisait. Beaucoup se seraient masturbés en même temps, mais pas lui, car toute son attention était focalisée sur elle. Cette constatation la fit chavirer plus sûrement que les délices prodigués par ses baisers.

Elle jouit sans retenir son cri libérateur. Il cria lui aussi – parce qu'elle lui avait tiré les cheveux, peut-être ? Il resta encore un moment avec sa bouche entre ses jambes, puis releva la tête. Il souriait.

Mina lâcha un long soupir et tendit la main pour l'attirer vers elle. Sans qu'il s'y attende, elle s'empara de ses lèvres mais il recula, comme surpris.

Elle le ramena vers elle doucement et cette fois, il ne protesta pas lorsqu'elle l'embrassa. Se laissant aller peu à peu, il entrouvrit les lèvres et glissa une main autour de sa taille. Puis il mit un terme au baiser et enfouit la tête contre son épaule. Mina resserra ses jambes enroulées autour de ses reins. Elle ne voulait pas qu'il s'échappe. La position n'était pas la plus confortable, il devait avoir mal aux genoux, mais elle ne pouvait se résoudre à le laisser aller. Passant la main le long de sa colonne vertébrale, elle attendit.

L'attente. La posture de l'attente…

La plupart des dames de l'ordre s'agenouillaient de diverses manières devant leur maître, mais Determinata n'y avait jamais consenti autrement que pour son propre plaisir. Elle se laissa emporter sur les flots de l'infini, sur les rives du vide. C'était plus facile une fois que le corps venait de connaître la plénitude.

— Je sais que je ne devrais pas ressentir une telle reconnaissance envers vous, dit-il au bout d'un moment. Je sais qu'un homme doit toujours rester debout et déterminer quelle est la meilleure route à prendre pour lui. C'est ce que j'ai toujours fait, mais…

Mina plaqua les lèvres sur son épaule imprégnée du goût légèrement salé de sa sueur.

— C'est parfois un grand soulagement de ne pas se conformer à ce que l'on attend de vous, n'est-ce pas ?

Il hocha la tête en se levant, et se mit à aller et venir devant elle. Son érection était toujours visible, mais il ne s'en préoccupait pas.

Il passa une main dans ses cheveux emmêlés.

— Oui, un soulagement, admit-il. On demande tellement à un homme. Apprendre à l'école, acquérir une position, prendre une épouse.

Il rit amèrement, sans la regarder.

— Je n'ai jamais été une lumière à l'école et ma place à la cour n'est due qu'à la bienveillance de mon ami, nullement à mes talents particuliers. Je peux l'accepter dans la mesure où mes parents sont heureux de savoir que leur fils s'est élevé par rapport à sa condition, chose qu'ils ne pouvaient m'apporter… bien qu'ils continuent à m'allouer une rente.

Il gagna la fenêtre et regarda dehors.

— Contrairement aux autres, je me moque de n'être pas intelligent, doué, ou susceptible de gagner beaucoup d'argent.

Elle aurait voulu le détromper car, contrairement à ce qu'il croyait, il était intelligent et doué, mais elle se contenta de l'écouter.

Alaric se retourna :

— Je ne serai jamais que ce que je suis, conclut-il.

— Comme chacun d'entre nous.

— Je me suis vraiment conduit comme un idiot, Mina.

Elle se leva et lui offrit le dos de sa main pour qu'il l'embrasse.

— Chut… il n'y a pas beaucoup d'erreurs qui ne peuvent être réparées, Alaric.

— Il n'en a pas besoin s'il n'en est pas capable, déclara Cillian, soucieux. S'il ne va pas bien.

— Alaric n'est pas malade, dit Mina.

Edward s'agita dans son fauteuil, croisant ses longues jambes. Ses yeux étaient cernés et il ne cessait de réprimer des bâillements derrière sa main. Sans doute les conséquences de sa toute récente paternité.

— Peut-être n'est-il pas fait pour ça, dans ce cas, répliqua-t-il.

Mina se contenta de hausser les sourcils avec dédain pour lui montrer ce qu'elle pensait de sa remarque, et Edward soupira pendant que Cillian tapotait son porte-plume sur la table, projetant des gouttelettes d'encre sur les papiers, sur ses mains, sur ses vêtements. Mina se leva et lui tendit un buvard, que le roi prit avec un air étonné.

— Il est parfaitement capable de mener ce travail à bien, répéta-t-elle. Vous l'étiez bien, vous.

Contre toute attente, le roi de Firth ne sortit pas de ses gonds. Plutôt connu pour son caractère coléreux, il se contenta de froncer les sourcils en mâchouillant sa lèvre inférieure.

— Je détestais le ministère de la Mode, dit-il au bout d'un moment. Je pensais que c'était une occupation que mon père me donnait pour se débarrasser de moi.

— C'est pour cela que vous l'avez confiée à Alaric ?

Cillian et Edward échangèrent un regard.

— Oui. Il... n'allait pas très bien. Mais je le voulais dans mon cabinet, vous comprenez.

Non, elle ne comprenait pas, et elle fixa le roi d'une telle façon qu'elle ne fut pas surprise de le voir baisser la tête.

— Vous lui confiez un poste où il ne fait strictement rien et vous ne vous en étonnez pas ? Tout allait à vau-l'eau ! D'après les papiers que j'ai vus, ou plutôt que je n'ai pas vus, sur son bureau, il ne s'est jamais occupé de rien. Il a seulement sombré dans la douleur et dans la drogue. Comment avez-vous pu, vous, ses amis, le laisser tomber aussi bas ?

Ils échangèrent un nouveau regard. Ces deux hommes se prenaient pour des gentlemen alors qu'ils se comportaient comme des gamins irresponsables. Mina réprima un sourire devant leur mine honteuse. L'un était chef de famille, l'autre dirigeait une province, et ils n'étaient pas capables de la regarder dans les yeux ?

— Vous croyiez que ce serait aussi simple ? Qu'il vous suffirait de me faire venir pour que tout s'arrange d'un coup de baguette magique ? Vous cherchiez à vous donner bonne conscience en ayant l'impression d'avoir fait ce qu'il fallait pour lui !

Edward cessa de bâiller.

— Vous ne devriez pas adopter ce ton.

— Vraiment ?

Mina se leva et les toisa tandis qu'ils la détaillaient de haut en bas. La sévérité de son uniforme leur en imposait, quoi qu'ils pensent. Elle était loin de correspondre à leur idéal féminin, c'était clair, mais ils la respectaient.

— Oui, ne serait-ce que par indulgence, dit calmement Cillian.

— Par indulgence ? Qu'est-ce qui mériterait mon indulgence ? Votre mauvaise conduite ? Votre égoïsme forcené qui vous a poussés à abandonner votre ami ?

— Nous ne voulions pas que cela se termine ainsi. Ne vous êtes-vous jamais consacrée exclusivement à votre vie durant un temps ?

— Je suis une dame de l'ordre. Je n'exclus pas les autres dans mon propre intérêt.

— D'accord, trancha Cillian. Et vous êtes ici pour l'aider, n'est-ce pas ? Alors aidez-le. Nous voulons retrouver notre ami comme il était avant.

— Non, rectifia Edward. Pas comme il était avant. Nous avons tous changé, mais Alaric n'est plus lui-même depuis trop longtemps. J'ai ma responsabilité dans cette histoire. Je le reconnais, mais je ne sais plus quoi faire.

— Si vous l'aimez comme vous l'affirmez, et je vous crois, alors insistez pour qu'il reprenne son travail. Commencez par lui donner rendez-vous pour refaire les comptes, par exemple, si vous préférez procéder progressivement. D'autres personnes ont pris le relais au ministère de la Mode pendant son « absence », non ?

— Alaric est devenu mon ministre et en tant que tel, il a le droit de déléguer, mais il ne l'a pas fait. Ceux qui me servaient avant ont continué leur travail.

— Sans leur ministre ? Qu'ont-ils pu mener à bien ?

Cillian eut un sourire désabusé.

— Pas grand-chose. Les objectifs n'ont pas été atteints. J'ai longtemps cru, à tort, que ce travail était inutile…

— Donc, vous avez besoin de lui. Ce n'était pas seulement un emploi de pacotille.

— Certains diraient que non, marmonna Edward.

Mina ignorait quel rôle exact jouait Edward auprès du roi ou dans son cabinet, mais il semblait bien sûr de lui, en tout cas. Comme Alaric le serait aussi, s'il se sentait utile.

— Je peux faire beaucoup de choses avec lui, messieurs, mais je ne peux le forcer à accomplir ses devoirs envers vous.

— Non ? fit Cillian. Je vous aurais pourtant crue capable d'obtenir de lui tout ce que vous souhaitiez.

Mina sourit.

— Vous savez bien que c'est faux.

Edward sourit à son tour.

— Cillian prend peut-être ses désirs pour des réalités.

Cillian fit mine de le frapper, mais Edward riait à présent, et Mina fut touchée par la complicité qui unissait les deux hommes.

— Vous étiez des amis très proches tous les trois, n'est-ce pas ?

— Les meilleurs amis du monde, assura Cillian.

— Pas « étiez ». Nous *sommes,* corrigea Edward.

— Mais quelque chose est arrivé. Quelque chose qui vous a séparés, devina-t-elle.

Elle avait apparemment effleuré un point sensible, car ils détournèrent les yeux.

— Vous pensez que les problèmes d'Alaric ne sont pas seulement dus à la cruauté de son ancienne maîtresse envers lui ?

— Alaric a toujours… voulu plus, admit Edward tandis que Cillian examinait ses chaussures.

Mina observa cet homme qui avait su se faire aimer à ce point des deux autres, et d'une sœur de l'ordre par-dessus le marché ! Il était séduisant, sans plus. Aimable, certes. Mais à son avis, on avait un peu exagéré sa valeur…

— Et vous lui avez dit qu'il nourrissait de vains espoirs ?

— Je pensais qu'il l'avait compris, avoua Edward en secouant lentement la tête.

— Je n'en doute pas. Mais cela ne signifie pas qu'il le vivait mieux. Si l'on ajoute à cela la déconvenue avec cette femme à laquelle il s'était donné corps et âme, il ne faut pas s'étonner qu'il soit tombé dans le désespoir.

Mina soupira, puis :

— Je ferai de mon mieux, mais… je ne suis qu'une femme, pas une magicienne.

— Personne ne s'attend à ce que vous le soyez, jeta Cillian.

— Vous seriez stupéfait de savoir combien de gens s'attendent à ce que je le sois, au contraire.

Alaric était en train d'essuyer le bureau quand Edward entra dans la pièce. Il s'immobilisa, le chiffon dans la main.

Edward avait les traits tirés et les cheveux en bataille.

— Bonjour, Alaric.

Il posa le chiffon et s'essuya les mains.

— Où est Mina ?

— Je ne sais pas. Je pensais qu'elle serait avec toi.

Pourquoi Alaric eut-il l'impression que son ami lui mentait ?

— Non. Elle est sortie.

Elle était partie en lui laissant des instructions strictes sur ce qu'il devait faire en son absence, mais sans révéler où elle allait ni quand elle reviendrait.

Edward se balançait d'un pied sur l'autre, visiblement mal à l'aise. Alaric finit par contourner le bureau et se plaça face à lui.

— Qu'est-ce qui t'amène ?

— Je suis venu voir comment tu allais, dit Edward en évitant son regard.

Alaric jeta un rapide coup d'œil autour de lui. Tout était propre et rangé par ses soins, conformément aux instructions de Mina. Ces appartements lui étaient devenus familiers, mais il ne s'y sentait pas vraiment chez lui. C'était Larissa qui les avait décorés et meublés à son goût. Edward était rarement venu lui rendre visite.

— Mieux, merci, répondit-il, conscient que son ami ne pouvait ignorer qu'il était torse nu, dans un pantalon de paysan.

Ce n'était tout de même pas cela qui le gênait à ce point ?

— Bon. C'est bien. Cillian te transmet son bonjour, dit-il en allant se poster devant la fenêtre.

— Tu as l'air fatigué. Je pensais que ta femme continuerait de prendre soin de toi.

— Oh, elle s'occupe surtout de notre fils, un petit homme bien plus exigeant que moi.

— Pardon, Edward. J'aurais dû répondre à ton invitation et aller le voir…

Edward se retourna.

— Tu n'allais pas bien, je le comprends, tu sais. Et je ne t'en veux pas. Tu viendras quand tu t'en sentiras… capable.

Cette hésitation blessa profondément Alaric. Il n'y avait pas si longtemps, Edward et lui n'avaient pas de secrets l'un pour l'autre. Ils se parlaient de tout, sans restriction ; ils n'avaient pas besoin de mots pour se comprendre. Ils avaient même partagé de nombreuses femmes, la dernière en date étant devenue l'épouse d'Edward !

De quoi avait-il peur, par Sinder ? Qu'il vienne chez lui voir sa femme et son bébé et se permette de faire des avances déplacées en souvenir du passé ? Cette seule éventualité le mettait hors de lui.

Il s'approcha d'Edward qui regardait dehors, une main appuyée sur le rebord de la fenêtre. Le soir tombait, parant le paysage de ses ombres oniriques.

Edward s'était raidi à son approche.

— Edward, par Sinder, qu'est-ce qui ne va pas ?

Contre toute attente, son ami pivota vers lui et l'étreignit avec vigueur.

— Alaric, mon ami… je te demande pardon.

Perplexe, Alaric l'écarta doucement.

— De quoi ?

— De tout ce que je n'ai pas fait. De n'avoir pas été là quand tu avais besoin de moi. Après tout ce que nous avons partagé, durant toutes ces années…

Edward le regardait bizarrement, et Alaric pensa soudain à toutes leurs orgies. Son ami l'avait vu nu à maintes reprises mais, pour la première fois, il se sentit mal à l'aise devant lui, alors qu'il n'était que torse nu. Il attrapa sa chemise posée sur le dossier d'un fauteuil et l'enfila.

— Tu es mon ami, Edward. Je n'en ai jamais douté.

Enfin, presque pas… Edward avait toujours été un idéal pour lui. Il était plus grand. Plus fort. Plus intelligent. Plus beau. Plus riche. Mieux aimé. Quand ils étaient tous les trois, Cillian, Edward et lui, il se sentait en retrait. À la traîne. Mais c'était autrefois. Aujourd'hui ils étaient des hommes, les choses avaient changé.

Lui-même avait changé, songea Alaric.

Edward lui saisit le poignet.

— J'ai été injuste envers toi !

Alaric ne s'attendait vraiment pas à voir Edward lui faire des excuses un jour. Il était déconcerté. D'autant plus que son insistance et le contact de cette main sur son bras l'indisposaient soudain.

Oui, les choses avaient changé…

— Mais non, Edward, je t'assure que non, dit-il, davantage pour écourter cet échange qui le mettait mal à l'aise qu'autre chose.

Soudain, Alaric eut la vision d'un lit, de jambes enchevêtrées, d'une femme blonde aux cheveux détachés. Étrangement, il eut l'impression qu'Edward avait la même vision au même moment.

Un autre fait inattendu se produisit lorsque ce dernier ajouta :

— Cillian et toi avez toujours été mes amis les plus chers.

Jusqu'ici, Alaric éprouvait une pointe de jalousie quand Edward évoquait Cillian. Mais cette fois, rien. Pas le moindre petit pincement…

— Comme vous l'avez tous les deux été pour moi, répliqua-t-il.

Edward le lâcha.

— Est-ce que nous t'avons… négligé ?

— Oui, admit Alaric, sans en éprouver de peine réelle. Mais… vous aviez votre propre apaisement à atteindre avec votre dame de l'ordre. Il est normal que vous ne m'ayez pas attendu. D'ailleurs, il suffisait de vous voir tous les deux avec elles pour le comprendre !

— Mais tout ce qui…

— Tout ce qui s'est passé, j'en suis le seul responsable. Il n'y a personne d'autre à blâmer que moi-même.

Edward le considéra avec surprise, puis un petit sourire se dessina lentement sur ses lèvres.

— C'est elle ! C'est elle, n'est-ce pas ?

Au début, Alaric crut qu'il parlait de Larissa qui l'avait fait plonger dans le chaos le plus total, dont celui de la drogue. Mais il avait sa part de responsabilité dans sa chute, car il avait choisi de flirter avec la douleur au lieu de se battre contre elle.

Il regarda autour de lui, les livres bien alignés, le sol impeccable, le feu crépitant dans la cheminée avec la réserve de bois dans le panier, et il comprit ce qu'Edward voulait dire.

— Mina ? Oui, sans doute.

Edward se mit à rire.

— Par Sinder ! s'exclama-t-il. Ce sont des magiciennes, non ? De vraies magiciennes.

Alaric n'aurait pas utilisé ce terme, il ne croyait pas à ces choses, mais…

— Rentre chez toi et repose-toi, Edward. Tu ne tiens plus sur tes jambes.

Son ami bâilla à se décrocher la mâchoire.

— Oui, je devrais. Ma femme est patiente, mais cela ne veut pas dire que je ne lui manque pas.

Le son du carillon parvint à Alaric de très loin. Mina était partie depuis plusieurs heures, et il était loin d'avoir achevé toutes les tâches qu'elle avait notées sur sa liste. Mais il se rendit compte que s'il avait envie de les terminer, c'était pour lui et non pour elle.

— Tu es heureux ?

La question d'Edward le figea sur place. Il réfléchit avant de répondre. Il avait connu des moments de bonheur, ou du moins le croyait-il. Mina lui avait donné un but, ce qui était différent.

— Peut-être, dit-il prudemment.

— Elle est censée t'apporter le soulagement de l'âme. Elles sont très fortes pour ça.

— Ce n'est pas la même chose.

— Je sais.

— Cillian et toi avez trouvé le vôtre. L'ordre tient ses promesses et je suis sûr que Mina fera ce que l'on attend d'elle, mais je n'espère pas obtenir la même chose que vous deux.

— Peut-être, admit Edward en bâillant de nouveau. Tu as raison, je vais rentrer. Une dernière chose, Alaric : Cillian m'a donné ceci pour toi.

Il lui tendit une enveloppe scellée de rouge portant le sceau du roi.

— Qu'est-ce que c'est ?

— Tu crois que je suis dans les secrets du roi ?

— Je crois que tu les connais mieux que lui-même, parfois !

— Il veut que tu reprennes ton poste de ministre.

Alaric plissa les yeux, tapota la lettre et la posa sur le bureau.

— Vraiment ? C'est donc une convocation officielle ?

— D'après le cachet, oui. Il ne te le demande pas seulement en tant que roi, mais en tant qu'ami.

— Il aurait pu venir me le demander en personne, remarqua Alaric.

Retourner à la cour, les revoir tous, faire quelque chose par lui-même, sans que cela lui soit dicté...

Edward fronça les sourcils.

— Alaric... ?

— Ne t'inquiète pas, je vais l'ouvrir. Merci d'être venu me l'apporter.

Edward sembla sur le point de dire autre chose, mais les mots furent aspirés par un énième bâillement. Alaric l'entraîna gentiment vers la porte.

— Rentre, Edward, il est vraiment temps.

La porte s'ouvrit au moment où ils l'atteignaient, et Mina apparut. Son allure décidée la faisait paraître plus grande qu'elle ne l'était. Edward la salua en s'inclinant. Elle se contenta de lui sourire et s'écarta pour le laisser sortir.

Dès qu'il fut parti, elle regarda Alaric sans rien dire. Les mots étaient inutiles.

Ce n'était pas comme avec Larissa qui faisait tout afin qu'il se languisse d'elle, le narguait, le tourmentait simplement pour le plaisir de le mettre à bout. Et il cédait parce qu'Alaric s'était toujours laissé dominer par l'un ou l'autre. Toujours.

Seul le maître changeait. Il y avait eu Edward, puis il avait reporté son amitié excessive sur Cillian. Ses sentiments disproportionnés s'étaient ensuite transformés en un amour démesuré pour Larissa.

— Qu'est-ce qui vous rend si pensif, mon cher ? s'enquit Mina en allant s'asseoir.

Elle ne le provoquerait pas, comme Larissa, elle ne lui ordonnerait pas de se mettre à ses pieds d'un geste méprisant. Et Alaric resta debout, même si ses réflexes anciens n'étaient pas tout à fait éteints.

— J'ai presque terminé les tâches de votre liste.

Une lueur s'alluma dans ses yeux verts.

— Presque ?

— Oui.

Mina regarda autour d'elle, puis reporta son attention sur lui sans ironie ni colère.

— Avez-vous fait de votre mieux ?

— Oui.

— C'est tout ce que je vous demande.

Pour la première fois depuis très, très longtemps, faire de son mieux suffisait amplement. Même pour lui.

21

Mina n'avait pas pour habitude de commettre des erreurs. Non qu'elle en fût incapable, bien sûr, mais elles n'étaient pas monnaie courante chez elle, si bien que lorsqu'elles survenaient, elle n'y était pas préparée.

En regardant Alaric dormir à son côté, elle se demanda où elle avait failli. Elle l'avait pris fermement en main et il avait bien réagi, l'erreur n'était pas là, mais dans le fait qu'elle avait éprouvé trop de plaisir à cette mission.

Il n'y a pas de plus grand plaisir que d'apporter le soulagement absolu.

Mina connaissait les principes de sa foi par cœur, ils faisaient partie d'elle, tout comme ses fonctions de dame de l'ordre. Mais ce principe-là résonnait soudain si fort dans sa tête qu'elle dut se lever. Nue, elle se dirigea vers la fenêtre à la lueur de la lune et s'assit sur le rebord, recouvert à présent d'un tissu doux et propre.

La chambre d'Alaric donnait sur une petite cour dallée de pierre, au-delà de laquelle s'étendaient les pelouses verdoyantes sous le soleil, mais gris argent sous le clair de lune automnal.

Égoïste est le cœur qui pense d'abord à lui.

Mina s'était longtemps crue au-dessus de cette règle-là, jusqu'à ce qu'elle vienne ici, en tout cas.

La respiration régulière d'Alaric lui parvenait. Il dormait sans s'agiter désormais et s'il rêvait, il rêvait en silence. C'était grâce à elle : elle avait le droit d'en être fière, non ?

Oui, elle se montrait égoïste depuis qu'Alaric lui avait fait l'amour avec sa bouche, car même s'il en avait retiré un grand bien-être, elle n'agissait pas uniquement pour lui apporter le soulagement absolu.

En ce moment même, le souvenir de sa langue se coulant entre les replis de son sexe la mettait en feu. Cela avait été un moment sublime volé au temps. Comme s'il avait su depuis toujours où et comment il fallait la caresser. Renversant la tête en arrière, les yeux clos, elle glissa les mains sous ses seins puis les descendit vers son ventre. Vers ses cuisses. Entre ses jambes…

— Mina ?

Sans ouvrir les yeux, Mina sourit.

— Alaric, mon cher, vous devriez dormir.

— Vous aussi.

Elle entendit le bruit mat de ses pas sur le tapis, sentit sur sa peau le souffle de l'air qu'il déplaçait en s'approchant. Elle ouvrit les paupières. La lumière de la lune le parait d'un halo d'argent. Ses cheveux étaient irisés d'une blancheur luminescente.

— Je me suis réveillé et vous n'étiez plus là. J'ai cru que…

— Je ne vous aurais jamais quitté sans vous prévenir d'abord.

Elle lui tendit la main et il y posa un baiser qui la fit frissonner.

— Parce que c'est aussi une règle de l'ordre ?

— Parce que cela vous aurait fait de la peine inutilement.

Les yeux d'Alaric étincelèrent.

— Venez vous coucher, Mina.

— Dans un moment, répondit-elle, sachant qu'elle ne pourrait pas dormir malgré la douceur et la chaleur du lit. Il y a assez de place pour deux, ajouta-t-elle en tapotant le tissu à côté d'elle.

Alaric lui embrassa de nouveau la main, alla chercher la couverture et revint la rejoindre. Elle ne sut pas très bien comment il s'y prit, mais elle se retrouva entre ses cuisses, le dos contre son torse, bien au chaud sous la couverture enroulée autour d'eux. Avec un soupir d'aise, elle se blottit contre lui.

Avec Alaric, le silence était différent. Il ne se taisait pas parce qu'il n'avait rien à dire, ou parce qu'il cherchait un moyen d'obtenir quelque chose d'elle. Il était silencieux sans raison particulière. Simplement parce que la nuit disposait à la quiétude. Parce que... il comprenait.

— Le roi m'a fait demander.

Elle le savait, bien sûr. Prenant ses mains dans les siennes, elle les plaça sur ses seins. L'érection d'Alaric appuya contre son dos et elle sourit.

— J'aurais été surprise qu'il ne le fasse pas. Il est votre ami.

Il frotta son menton sur sa tempe.

— Il veut que je travaille pour lui, précisa-t-il.

— Vous ne voulez pas travailler ?

— Je n'ai pas vraiment été oisif, ces derniers jours, murmura-t-il tout bas dans ses cheveux.

Elle rit.

— Mais là, vous travaillerez dans la soie et le velours.

— Et si je me moquais de la soie et du velours ?

Elle entraîna les mains du jeune homme vers son ventre. Ses cuisses. Entre ses cuisses. Dans son dos, son sexe grossissait.

— Vous devriez avoir d'autres centres d'intérêt que cet appartement et le parc, Alaric. Ceci n'est pas votre vie.

Il ne répondit pas, mais insinua les doigts au cœur de sa féminité, sur la petite crête du clitoris. Mina écarta les jambes et renversa la tête en arrière pour lui offrir ses lèvres, qu'il aspira entre les siennes. Le mouvement de ses doigts s'accéléra puis il les glissa en elle, cueillit le baume de son désir et enduisit son clitoris.

— J'aime cette pièce quand vous y êtes, dit-il.

— Je... je négligerais mes devoirs envers vous si je vous laissais devenir un reclus.

— Donc, je ne dois pas vous empêcher d'agir à votre guise, lui chuchota-t-il à l'oreille.

— Non, vous ne devez pas.

Mina bougea contre sa main et attira l'autre vers ses seins. Elle l'incita à pincer ses tétons entre le pouce et l'index. Il connaissait parfaitement son corps, mais cela l'excitait de le guider ainsi.

Lui aussi, sans doute, car il respirait plus fort. Il se mit à faire sur son clitoris la même chose que sur son téton, et une explosion de plaisir arracha un cri à Mina, un cri infiniment voluptueux.

Il semblait savoir exactement les gestes qu'elle aimait, quand les lui prodiguer, où, comment, à quel rythme. C'était fou.

Son érection au creux de ses reins, ils ondulèrent jusqu'à ce que l'extase la soulève et qu'elle perde la notion de tout.

Quand elle revint à elle, ils étaient moites de sueur. Elle lécha ses lèvres au goût salé et s'empara de la bouche d'Alaric. Son désir n'avait pas faibli, mais elle ne le toucha pas.

Leurs regards se fondirent l'un à l'autre dans la lumière lunaire. Ils se sourirent, puis elle se leva en emportant la couverture avec elle. Alaric frissonna dans la fraîcheur soudaine.

— Venez vous coucher, Alaric. Il va bientôt faire jour et vous travaillez, demain.

Avec un grognement, Alaric laissa tomber sa tête contre le rebord de la fenêtre, son érection dressée devant lui, puis il rejoignit Mina dans le lit et s'allongea sur le dos, sans la toucher.

— Vous pouvez vous approcher un peu, vous savez, l'invita-t-elle en dissimulant son sourire.

— Si vous voulez que je dorme, il vaudrait mieux que je reste où je suis.

— Ce serait plus sage, Alaric. Vous avez besoin de sommeil.

— Mais ce n'est pas pour vous que je travaille demain, maugréa-t-il.

Mina se tourna vers lui, replia une jambe sur les siennes, posa une main sur son torse et lui embrassa l'épaule.

— Je pense que travailler pour le roi vous apportera des satisfactions que vous n'imaginez pas, dit-elle.

Puis, après un long bâillement, Mina s'endormit.

La position d'Alaric à la cour du roi Allwyn était due, au départ, aux services que son père avait rendus au royaume et aux liens que le jeune homme entretenait avec Cillian. Lorsque celui-ci était monté sur le trône, il lui avait donné un ministère pour lequel Alaric n'avait jamais rien fait.

À présent, installé à son bureau, il était plongé dans des dossiers étalés devant lui, vérifiant des comptes qui commençaient à prendre un sens, pointant chaque chiffre, contrôlant les expéditions de tissus et de dentelles, noircissant des dizaines de colonnes.

— Par Sinder, je l'ai fait !

— Bien sûr que vous l'avez fait, opina Mina en levant les yeux de sa broderie.

Ses doigts délicats avaient dessiné un joli motif de fleurs entrelacées sur un support de lin blanc. Elle avait presque terminé, ce qui signifiait qu'elle avait travaillé pendant des heures, elle aussi.

Alaric regarda de nouveau ses chiffres, s'attendant à ce que tout se brouille, comme avant. Mais tout demeura clair comme de l'eau de roche.

— C'était le roi qui s'en occupait avant la mort de son père, n'est-ce pas ? s'enquit Mina.

— Comment le savez-vous ?

— Alaric, croyez-vous que je ne connaissais rien de ce pays avant de venir ?

— Je… je l'ignorais.

Il rangea ses papiers, et s'étira avant de prendre la petite boîte de sable, dans le tiroir, pour nettoyer ses doigts tachés d'encre.

— Cela fait partie de mon travail de me renseigner sur tout ce qui peut m'aider à comprendre mon maître. En dehors des informations fournies par l'ordre, j'ai mon propre réseau.

Il ne la connaissait pas depuis longtemps mais son visage, sa voix lui étaient déjà devenus si familiers… Il la regarda reprendre sa broderie et il se pencha de nouveau sur son travail. Elle l'avait encouragé doucement mais fermement, sans jamais douter de ses capacités, et il ne serait pas venu à bout de tous ses dossiers sans elle.

— Merci, dit-il.

— Je vous en prie, se contenta-t-elle de répondre.

Mina ne minaudait jamais, elle ne jouait pas les saintes-nitouches, elle ne tentait pas de l'aguicher, de le séduire. Et il aimait cela.

Elle sursauta soudain en se piquant avec son aiguille. Déjà, il était à ses pieds et suçait la perle rouge qui pointait au bout de son doigt. Il avait agi spontanément et, comme toujours lorsqu'il était à genoux devant elle, il sentit son sexe durcir.

Il n'avait pas oublié la douceur de ses mains quand elle l'avait lavé, le premier soir. Depuis, il n'avait cessé d'en rêver, mais elle ne lui avait jamais proposé de le toucher ou de lui faire l'amour vraiment. Il s'était contenté de la faire jouir interminablement avec sa langue, avec ses doigts, y prenant un plaisir intense sans se rassasier, lui. Alors qu'il croyait qu'aucune femme ne l'attirerait plus après Larissa, il suffisait à Mina de le regarder pour le mettre dans tous ses états.

Il constata que ses yeux brillaient d'un éclat nouveau pendant qu'il lui léchait le doigt.

— Alaric… avez-vous fini votre travail ? murmura-t-elle comme il ne la lâchait pas.

— Oui.

Elle parcourut la pièce du regard avec une satisfaction visible.

— Et tout est si propre et bien rangé !

— Pour votre plaisir, lady de mon cœur, dit-il en souriant.

Un éclair incendia les prunelles de Mina et il lâcha sa main. Il avait utilisé l'expression qu'il employait pour Larissa par mégarde. Avait-il dépassé les bornes ?

— Allez dans la chambre, jeta-t-elle froidement.

— Je vous demande pardon, dit-il avec l'impression qu'une main de fer l'étouffait.

— Alaric, je vous ai demandé d'aller dans la chambre. Ôtez vos vêtements et attendez-moi là-bas. Tout de suite.

Il aurait pu refuser, bien sûr, mais il se leva et lui obéit, vrillé par une érection formidable. Après s'être déshabillé, il suspendit soigneusement ses vêtements en songeant au goût de Mina pour la netteté.

Contrairement à ses amis Cillian et Edward, il avait toujours préféré être corrigé que corriger, en ce qui concernait ses fantasmes sexuels. Ce n'était pas la douleur qui l'excitait, mais l'idée de donner du plaisir à quelqu'un. Et si ce quelqu'un en prenait en le châtiant…

Mais il était allé trop loin dans l'assouvissement de ses penchants, et il s'était retrouvé entre les bras de la perverse Larissa qui l'avait propulsé dans ceux de la drogue. Tout cela était fini, à présent. Une page était tournée.

Il entendait Mina dans la pièce voisine. Que faisait-elle ? Avait-elle décidé de le rendre fou ? Les minutes s'écoulaient et son sexe menaçait d'exploser…

Enfin, un bruissement d'étoffe lui indiqua que Mina venait d'entrer dans la chambre.

— Mettez-vous à plat ventre, ordonna-t-elle.

Il lui obéit aussitôt, parvint tant bien que mal à trouver une position qui ne soit pas douloureuse pour son érection. Il se sentait au bord de l'orgasme. Il y avait des jours, des nuits, des semaines qu'il n'avait pas joui.

Un nouveau froissement de tissu lui signala qu'elle se déshabillait. Puis… son ventre nu se pressa contre ses fesses. Il ne put réprimer un long gémissement. Et un second quand elle détacha le ruban de son catogan et que ses boucles blondes s'échappèrent pour retomber autour de son visage. Il crut que son sexe allait trouer le matelas !

— J'adore les bruits que vous faites…

— Mina, ça fait longtemps.

Ses mains lui saisirent les hanches, son ventre s'appuya plus fort contre ses fesses. Son érection durcit encore. Était-ce possible ?

— Certaines choses réclament du temps, Alaric. Il ne faut pas brûler les étapes. Et n'oubliez pas que nous partons à la conquête du soulagement absolu, pas de quelques minutes de plaisir.

Sans crier gare, elle glissa une main entre ses jambes, l'obligeant à se soulever, et saisit son pénis sans la moindre douceur. Elle le masturba avec une lenteur insupportable. S'arrêtant, recommençant.

Alaric jeta un coup d'œil par-dessus son épaule et la vit prendre un petit flacon. L'instant suivant, elle s'enduisait les seins d'une huile à la fragrance lourde et musquée, glissait un doigt entre les lèvres de son sexe, qui devint luisant.

Son corps lui était devenu familier, ses seins hauts qui semblaient avoir été faits pour ses mains, ses petits tétons roses. La courbe de son ventre au bas duquel fleurissait une légère toison sombre. Elle s'exposait devant lui sans pudeur.

Quand il voulut changer de position, elle secoua la tête en faisant claquer sa langue.

— Non.

Docile, Alaric plaça le front sur ses paumes et ferma les yeux. La main huilée s'empara de nouveau de son sexe. Depuis la base, s'enroulant lentement en remontant vers le gland. Il émit des plaintes éperdues.

— Tu es magnifique, dit-elle dans un souffle.

Aussi incroyable que cela paraisse, il avait eu de nombreuses maîtresses mais aucune ne lui avait dit qu'il était beau.

Pendant que sa main montait et descendait, l'autre pétrissait ses fesses. Un doigt osa s'insinuer entre… et bientôt, ses deux mains entamaient une danse parfaitement synchronisée.

Malgré son attirance pour les parties à trois ou à quatre, jamais Larissa ne l'avait touché de cette manière. Aussi intimement. Mina n'était ni timide ni rude. Lorsqu'elle comprit qu'il était en feu, elle s'interrompit.

Il frissonna d'impatience. Elle lui accorda quelques secondes de répit et reprit ses caresses, beaucoup plus ardemment cette fois.

Il retint son souffle.

— Tu dois me dire si quelque chose te déplaît, Alaric. Si je vais trop loin.

Ce disant, elle appuya sur une zone secrète qui déclencha une telle explosion de plaisir qu'il crut s'évanouir.

Il ferma les yeux et écarta les jambes. Alors elle s'enhardit et le lit grinça. Alaric aurait joui depuis longtemps si elle n'avait su comment contenir son extase. Quand ralentir, quand s'arrêter, quand presser plus fort, plus loin… Il perdit toute notion du temps et de la réalité, et entra dans un monde de volupté totale, insensée. Son corps n'était plus qu'un instrument entre les mains d'une virtuose.

Il gémissait. Il rugissait. Il prononçait des paroles incohérentes. Des compliments, des jurons, puis des supplications. Chaque fois qu'il croyait jouir, elle changeait quelque chose et il restait suspendu au bord du paradis.

— Je vous en prie, grogna-t-il à la fin, d'une voix méconnaissable.

Il lui suffit d'une ultime pression et son plaisir jaillit dans sa main. Son corps fut secoué comme par un séisme, se convulsa, tressauta interminablement. Il perdit le souffle. Le retrouva. Et retomba sur le lit de tout son poids, anéanti.

Peu après, elle lui toucha l'épaule et il se retourna. Souriante, elle avait apporté une bassine d'eau chaude et un gant. Elle le lava soigneusement, avant de s'allonger près de lui. Nue.

Il voulut dire quelque chose mais les mots ne purent franchir la barrière de ses lèvres. Lorsqu'il crut avoir enfin retrouvé l'usage de la parole, Mina plaqua un doigt sur sa bouche pour le réduire au silence.

— C'est ça, le soulagement suprême ? parvint-il à articuler un peu plus tard.

Elle rit doucement.

— S'il ne s'agissait que de soulagement sexuel, je vous l'aurais déjà procuré et serais partie depuis longtemps.

Il tenta de s'asseoir. Sans succès. Alors il l'attira contre lui et l'embrassa sur le front.

— Comment pouvez-vous en être aussi sûre ? Et si je n'étais qu'un nigaud qui s'en satisfaisait ?

— La prochaine fois que vous vous attribuez ce terme de nigaud, je vous punis et je vous assure que ça ne vous plaira pas.

Il n'en doutait pas...

— Mais... comment savez-vous que ce soulagement est atteint ?

— Ce n'est pas une sorte de révélation magique ou mystique. Le fait que vous me le demandiez prouve d'ailleurs que vous ne l'avez pas obtenu. Quand ce sera le cas, vous le saurez, voilà tout.

— Vous êtes-vous déjà trompée ?

— Non.

— Pas une fois ?

— Non, Alaric.

— Avez-vous connu des échecs ?

Les siens étaient si nombreux qu'il ne pourrait lui en tenir rigueur.

— Oui, bien sûr. Certains de mes maîtres se mentaient à eux-mêmes, donc ils m'ont menti, et je ne suis pas parfaite non plus.

— Vous êtes plus proche de la perfection que n'importe laquelle des femmes que j'ai rencontrées.

Elle lui caressa la joue.

— Je déteste la fausse modestie, alors je ne vous contredirai pas !

— Merci pour tout, en tout cas.

Elle rit de nouveau.

— Pensiez-vous que je vous laisserais me donner autant de plaisir sans vous rendre la pareille ?

— Vous auriez pu, répliqua-t-il en songeant à Larissa.

— Il était temps, dit-elle dans un soupir.

Ses yeux se fermaient, mais il lutta contre le sommeil et ramena les couvertures sur eux. Avec Mina dans ses bras, il allait vraiment bien dormir pour la première fois depuis des mois.

— Demain, vous irez à la cour présenter au roi le résultat de votre travail.

Il s'assit aussitôt et allait refuser lorsque l'expression de son visage l'arrêta.

— Ne serait-ce que pour prouver à ses ennemis qu'ils se sont trompés.

— Cillian a des ennemis ? s'inquiéta aussitôt Alaric.

Il songea à Devain. Il était en prison pour avoir tenté de renverser le roi et de prendre sa place, mais il avait de nombreux sympathisants.

— Il n'aurait pas dû me donner ce poste de ministre…

— Les rois ont depuis toujours accordé des faveurs à leurs amis, Alaric. Même quand ceux-ci n'étaient pas compétents.

— Et vous ne voulez pas que je me traite de nigaud ? rétorqua-t-il sèchement.

— Non, parce que vous ne l'êtes pas. Et je n'ai jamais dit que j'étais d'accord avec vous. J'ai dit que vous devez aller à la cour pour montrer que ceux qui accusent en secret votre roi se trompent. C'est bien le moins que vous puissiez faire pour lui.

Alaric se troubla.

— Il a souffert à cause de moi, c'est ça ?

— Souffert ? Je dirais que votre longue absence l'a blessé. Il s'inquiétait pour vous, tout comme Edward. Vous les avez ignorés tous les deux.

— Vous avez raison, je... je ne m'en étais pas rendu compte. Je ne pensais qu'à moi.

Il se rallongea. Il n'avait plus envie de dormir et, pour la première fois depuis des jours, il pensa à l'homme avec sa boîte en porcelaine et le manque se réveilla au fond de lui.

— Si je retourne à la cour, il faudra que je sois présent aux soirées, que je revoie... certaines personnes.

— Comme nous allons bien nous amuser ! murmura-t-elle d'une voix ensommeillée en repliant sa jambe sur les siennes et en l'embrassant sur l'épaule, comme elle le faisait souvent. Je serai là, avec vous, ajouta-t-elle.

Si cette nouvelle le rassura quelque peu, ce qu'elle dit ensuite acheva de le réconforter.

— Et je serais heureuse que vous me considériez comme votre dame.

Cette fois, Alaric glissa dans le sommeil sans aucune difficulté.

22

Mina ignora les inévitables regards qui convergèrent sur elle. Ils étaient dus à sa robe noire à col montant et manches longues, boutonnée de haut en bas, qui contrastait avec le satin et les dentelles qui paraient les autres femmes. Une robe totalement démodée, en outre, qui dénotait immédiatement sa profession.

Quant aux commentaires malveillants de certains, elle s'en moquait souverainement. Elle n'avait nul besoin d'un titre ou d'une lignée pour les surpasser tous. Elle était une dame de l'ordre.

Le projet de loi d'Alaric sur le négoce des tissus avait été particulièrement bien accueilli. Toutes ses suggestions étaient perspicaces et documentées. Très impressionné, Cillian avait ensuite pris son ami par l'épaule et toisé ses détracteurs avec délectation.

Bien sûr, Mina n'avait pas participé à la réunion de travail mais elle avait été présente, de sorte qu'ils puissent échanger des regards dès qu'Alaric en avait besoin.

Et c'est ainsi que les choses devaient être. Son rôle se bornait à le soutenir jusqu'à ce qu'il soit capable de voler de ses propres ailes. Quel que soit le plaisir qu'ils éprouvaient tous deux à être ensemble, leur relation n'était pas faite pour durer.

Il était maintenant en grande conversation avec Cillian. Ils riaient, complices, s'attirant des regards envieux. Durant la réunion, elle avait surpris des chuchotements accusant le roi de faire du favoritisme, mais la plupart des auditeurs avaient quitté la pièce satisfaits du travail qui venait d'être accompli.

Ce n'était qu'un premier pas, bien sûr. Mina en avait conscience, mais la politique l'attirait peu. Elle en apprenait le strict nécessaire afin de mener à bien ses missions. En tout cas, elle était heureuse de voir les deux amis réconciliés et se réjouissait qu'Alaric travaille aux côtés du roi. Cela lui serait bien plus bénéfique que l'apaisement de l'orgasme, songea-t-elle avec un petit sourire.

— Regardez-le papoter comme si personne d'autre que son ami d'enfance n'avait la moindre chance de l'intéresser…

Mina ne tourna pas la tête pour voir qui était l'auteur de ce commentaire dédaigneux. Elle imagina très clairement le visage féminin : une bouche pincée, des yeux plissés. Trop acerbe et convaincue de sa valeur pour penser à autre chose qu'à elle-même.

— … comme s'il comprenait quelque chose aux affaires !

Mina se retourna. Elle aurait reconnu lady Larissa, même si elle n'avait pas vu son portrait auparavant. Un portait flatteur, d'ailleurs. Le modèle décevait. Le peintre avait adouci les lignes dures de la bouche et du nez. Sa coiffure aurait mieux convenu à une femme plus jeune et ses vêtements, quoique coûteux et bien coupés, trahissaient une prétention sans bornes.

— Je ne crois pas vous avoir rencontrée, jeta Larissa en désignant Mina de la pointe de son éventail. Vous êtes la dame de l'ordre.

Femmes nous naissons et femmes nous finirons.

L'adage prenait toute sa signification quand deux rivales s'affrontaient pour un homme.

— Oui. Et vous êtes ?

Peu de personnes devaient oser remettre Larissa à sa place, car celle-ci pâlit sous la poudre qui recouvrait ses joues. Elle agita de nouveau son éventail. Ridicule, songea Mina. Un éventail, en cette saison…

— Je suis Larissa Darshan.

Mina ne répondit pas.

Derrière elle, elle vit Alaric se faire accoster par l'homme qui était venu lui parler dans le parc, le premier jour de leurs promenades. Penchés l'un vers l'autre, ils échangèrent quelques mots qu'elle ne pouvait entendre, d'autant plus que Larissa se posta devant elle avec autorité.

— Vous croyez que vous l'avez, siffla-t-elle, mais je n'ai qu'un mot à dire pour le récupérer.

Mina avait déjà bravé la jalousie de femmes qui souffraient d'avoir perdu l'être aimé, et elle avait tenté de les ménager. Mais Larissa ne lui inspirait que du mépris.

— Je suis une dame de l'ordre. Je n'ai pas à réclamer les faveurs de mon maître face à des femmes comme vous.

Larissa chancela comme si elle avait reçu une gifle. Cramoisie, elle posa une main sur son cœur et s'éloigna. Mina en conçut une joie si vive que cela l'inquiéta.

Alaric sentait la boîte en métal dans sa poche, contre son ventre. Il ne cessait d'y penser.

Très occupé par les tâches que lui donnaient Mina et Cillian, il n'était plus malade depuis des jours. Il avait découvert beaucoup de choses sur lui-même, notamment qu'il était plus à l'aise avec les chiffres qu'il ne le pensait. Sa vie de ministre et de compagnon de Mina pour un temps ne ressemblait à rien de ce qu'il avait connu jusqu'ici.

— Juste un soupçon, avait dit l'homme en lui offrant la boîte. Vous n'êtes plus dépendant, ce n'est pas une petite dose qui vous fera replonger. Vous pouvez vous dominer, n'est-ce pas ?

Bien sûr qu'il le pouvait. L'herbe, le vin, le worm… autant de passions masculines qui n'étaient pas considérées comme des vices. Il avait passé des heures dans les brumes délicieuses de la drogue.

Il pouvait se permettre d'y retourner une fois. Une seule fois.

Il en aurait d'abord le goût sur la langue, puis celui-ci se diffuserait dans ses veines. En un instant il se sentirait plus grand, il marcherait plus droit, parlerait, agirait avec une assurance qu'il n'avait pas en temps normal.

Une seule dose suffirait.

Mais quand il redescendrait, il se sentirait plus mal, plus malade que jamais, et la seule façon d'y remédier serait de reprendre une dose, puis une autre. Et ainsi de suite.

Pour l'instant, son verre de vin lui suffisait. Il en offrit un autre à Mina, qui avait décrété qu'elle ne danserait pas sauf si son maître y tenait vraiment.

Alaric n'avait pas insisté, bien qu'il aimât danser. Depuis la mort du roi Allwyn, la cour était beaucoup plus vivante. Il y avait des divertissements tous les soirs.

Mina ne dansait peut-être pas, mais elle battait la mesure avec son pied, remarqua-t-il.

Elle était la plus belle femme de l'assistance, et Dieu sait qu'elle avait de la concurrence ! Quand elle souriait, il se liquéfiait littéralement, la contemplant comme un idiot, la bouche ouverte.

— Alaric ?

— Il n'y a pas une seule femme qui vous arrive à la cheville, dans cette salle, lui dit-il en s'asseyant près d'elle.

Elle se mit à rire.

— Vous êtes gentil, répliqua-t-elle en lui caressant la joue.

Un nouveau morceau succéda au précédent, plus entraînant que jamais. Cillian avait un excellent goût musical.

— Vous êtes sûre de ne pas vouloir danser ?

Elle lui tapota la main.

— Oui. Mais allez-y. Il y a de nombreuses jeunes filles qui attendent un cavalier.

— Vous... Cela ne vous fait rien ?

— Pourquoi, mon cher ? Y a-t-il une loi à Firth qui interdise de danser quand on n'est ni marié ni fiancé ?

— Non, mais...

— Alors, allez-y.

Elle n'en serait pas jalouse, voilà ce qu'elle voulait dire, et il n'était pas sûr que cela lui plaise... Il se souvint qu'elle n'était pas là par plaisir mais par devoir, et son mécontentement s'accrut.

— Allez, Alaric !

— C'est un ordre ?

Tout à coup, le sourire de Mina s'évanouit et une ombre passa sur son visage.

— Vous vouliez peut-être vous montrer avec moi, ici, devant vos pairs ?

— Et si c'était le cas ?

— Il y a un tas d'autres choses que j'aimerais faire avec vous, Alaric, plutôt que de danser.

Cette invite énoncée sur un mode aussi autoritaire l'excitait au plus haut point. Elle le savait, et elle n'était pas moins tentée, il le voyait à son souffle précipité, à la façon dont elle glissait sa langue entre ses lèvres.

— Mais nous pourrons les faire plus tard, ajouta-t-elle. Allez-y, Alaric.

Il s'exécuta, ne serait-ce que pour le plaisir de lui obéir.

Il choisit une jeune fille au visage aimable, avec qui il aurait pu échanger quelques mots si elle avait cessé de regarder ses pieds. Sa façon de se mouvoir lui était familière, sans doute parce qu'elle ressemblait à celle des femmes qui l'entouraient.

Lui aurait-il fait la cour, à une autre époque ? Difficile à dire, d'autant qu'elle ne desserrait pas les dents. Ils arrivèrent en rythme au bout d'une rangée de danseurs, se retournèrent, revinrent. Mais il était temps de changer de partenaire et il se retrouva face à une nouvelle cavalière. Celle-ci… il la connaissait bien.

— Bonjour, chaton, minauda-t-elle. Quel plaisir de te revoir…

Ne serait-ce qu'une semaine plus tôt, il ne serait pas resté de marbre. Il se serait peut-être même ridiculisé sur la piste de danse, devant tout le monde. Et elle l'aurait mangé tout cru. Elle se serait délectée de le voir s'avilir devant elle, en public.

Une chose que Mina n'aurait jamais faite.

Tandis qu'ils tournoyaient, s'inclinaient, tournoyaient, Larissa l'observait avec une attention nouvelle.

— Tu as l'air… différent, dit-elle enfin.

— Et toi, tu es exactement la même, murmura-t-il en lui prenant la main pour aller au bout de la rangée.

Il était trop tard pour changer de cavalière. Larissa pressa ses doigts entre les siens et l'attira plus près que la danse ne l'exigeait. Alaric ne réagit pas. Il voyait Mina de l'autre côté de la pièce.

Avant, il aurait fait une scène mais aujourd'hui, c'était inutile. Rien de ce que Larissa pouvait dire ou faire ne l'y pousserait. Même quand elle l'attira encore plus étroitement contre lui et qu'il sentit la boîte métallique appuyer sur son ventre.

— Ta dame te lâche la bride, dis-moi.

— Peut-être parce qu'elle sait que je lui reviendrai sans qu'elle ait besoin de la raccourcir.

La musique s'interrompit à ce moment-là. Avant le morceau suivant, les danseurs se séparèrent pour se remettre en place, et Alaric et Larissa se retrouvèrent serrés l'un contre l'autre dans la bousculade.

Elle l'attira à l'écart en glissant un bras autour de sa taille et en se plaquant contre lui. Bien sûr, elle sentit le renflement de la boîte.

— Tiens, tiens... mon ami est passé te voir ? Je croyais que tu n'étais plus dépendant. Que tu avais renoncé à tout ça.

Alaric ravala sa réplique. Larissa l'examinait.

— Il paraît que tu as touché le fond, chaton. Quel dommage.

— J'aimerais que tu cesses de m'appeler chaton.

— Tu aimerais... hmm ? Vraiment ?

Elle égrena un petit rire cristallin, puis tourna son regard vers Mina.

— Tu aurais pu faire un effort, chaton. L'habiller correctement, au moins. Tu sais que c'est à toi de t'en charger ?

La foule se dispersa autour d'eux et une nouvelle danse débuta. Alaric ne s'y mêla pas, Larissa non plus.

— Elle prend soin de toi, je vois, continua-t-elle en effleurant ses manchettes de dentelle. C'est dommage que tu n'en fasses pas autant pour elle.

Elle lui éclata de rire à la figure sans lui laisser le temps de répondre.

— Tu ne vois pas de quoi je parle, n'est-ce pas ? Oh, par Sinder ! Tu m'amuses beaucoup plus quand je n'ai pas à te supporter tous les jours !

Ces paroles censées le blesser le firent seulement sourire.

— Alaric, c'est ta dame de l'ordre. Tu as le devoir de lui fournir une garde-robe, de la nourrir, de la loger. De pourvoir à ses besoins le temps de sa mission. Et toi, tu l'exhibes dans la même robe élimée qu'elle porte tous les jours depuis son arrivée. Parce qu'elle n'en a que deux, je parie. Tu l'ignorais ?

Alaric tourna les yeux vers Mina, qui discutait maintenant avec la fiancée de Cillian. C'était vrai, elle portait la même robe...

Larissa s'esclaffa de nouveau.

— Tu n'es pas généreux avec elle, encore moins que tu l'étais avec moi.

— Je t'ai donné tout ce que j'avais ! explosa-t-il.

— Ah, ah… le chaton sort ses griffes.

— Tu as décidé de mettre fin à notre relation après avoir accepté ma bague. C'est toi qui as choisi de rompre, Larissa, pas moi. Tu avais accepté de devenir ma femme, et puis…

Il se tut, de crainte d'attirer l'attention sur eux.

— Tu n'as décidément rien appris. Tu ne sais donc pas qu'il n'y a aucun plaisir à soumettre un homme qui ne se rebiffe jamais ?

— Je ne voulais pas me rebiffer. Je t'aimais.

Larissa pouvait être froide et cruelle, mais en cet instant, elle le contempla avec une douceur dont il ne l'aurait pas crue capable.

— Si tu m'avais moins aimée, Alaric, je t'aurais aimé davantage.

Désorienté, il resta muet et elle lui effleura la joue du bout des doigts.

— Prends un peu mieux soin d'elle, lui conseilla-t-elle. Reste à ses pieds autant que tu voudras, mais tiens tes engagements toi aussi.

Sur ce, Larissa s'éloigna.

23

— Parlez-moi de vous.

Mina se laissa aller contre les oreillers. Ils avaient pris un long bain, puis Alaric l'avait massée avec des huiles parfumées et emmenée au lit. Maintenant, il lui donnait des grains de raisin, un à un.

— Hmm... Qu'aimeriez-vous savoir ?

Mina avait toujours considéré ses missions comme des échanges requérant une certaine réciprocité, et livrer un peu d'elle-même ne l'avait jamais dérangée.

— Tout, fit-il en s'agenouillant près d'elle.

— Qu'avez-vous, Alaric ? Cessez de faire bouger ce lit !

Elle l'observa attentivement, cherchant des signes indiquant qu'il avait pris de la drogue, n'en trouvant aucun. Et pour cause : il n'en avait plus besoin. La boîte que lui avait donnée l'ami bien intentionné de Larissa, il l'avait jetée dans un égout.

— J'aimerais juste vous connaître, Mina, reprit-il en se penchant pour l'embrasser. Savoir une chose que vous n'avez jamais dite à personne.

Elle sourit, et il s'installa confortablement en posant la tête sur son ventre. Elle glissa les doigts dans ses cheveux.

— Pourquoi vous dirais-je une telle chose à vous ?

— Parce que vous allez bientôt partir.

— Bon, laissez-moi réfléchir... J'ai menti sur mon âge quand je suis entrée dans l'ordre de la Rédemption.

Il lui embrassa le ventre.

— Et ils l'ont découvert ?

— Si c'était le cas, vous ne seriez pas le seul à l'apprendre, mon cher.

— C'est vrai, suis-je bête ! dit-il en riant.

Elle contempla ses cheveux dorés comme les blés... non, comme l'éclat du soleil en été, décida-t-elle.

— Pourquoi avez-vous menti ?

— Parce que je voulais désespérément devenir une dame de l'ordre, et qu'il ne faut pas avoir moins de seize ans pour commencer la formation.

— Pourquoi le vouliez-vous désespérément ?

— Personne ne croit qu'une fille de treize ans sait ce qu'elle fait. Mes parents auraient pu me fiancer ou me marier, j'aurais pu tomber enceinte, mais ils trouvaient inconcevable que je me prenne en charge.

Il se blottit plus étroitement contre elle. Elle aimait le sentir là. Si près.

— C'est vrai que vous étiez jeune.

— Mais j'avais déjà des dispositions pour commander. J'étais faite pour ça, je le savais, mais personne ne me croyait et certainement pas mes parents, alors j'ai quitté la maison et suis entrée dans l'ordre. Je ne voulais pas que l'on décide de ma vie à ma place.

Un soupir de plaisir lui échappa. Alaric venait de glisser sa langue entre ses jambes, juste sur son clitoris qui n'attendait que cela. Elle se mit à bredouiller.

Les marraines de l'ordre l'avaient formée au métier, et elle s'était montrée une élève douée. La formation durait plusieurs années et à la fin, Stephan, le jardinier de la maison mère, l'avait initiée à la sexualité.

Alaric immisça un doigt en elle en continuant de la lécher. Elle le supplia confusément, car cette double stimulation l'avait propulsée au bord de l'orgasme.

Mais il résista, préférant la retenir sur ces rives enchantées.

— J'ai appris à amener les gens à me donner ce que je voulais, tout en les satisfaisant en même temps... Alaric!

Elle jouit violemment, dans une explosion brûlante. Il se redressa alors, glissa les mains sous ses fesses et entra en elle, prolongeant le plaisir qui continuait de l'éblouir. Bientôt, ils se rejoignaient dans l'extase, emportés par la même fièvre.

Ensuite, ils restèrent un long moment l'un dans l'autre avant qu'Alaric ne se retire, mais ils demeurèrent enlacés. Alanguis. Rassasiés.

— J'ai toujours su que nous nous entendrions, Alaric...

— Moi aussi, malgré le brouillard opaque qui altérait mes idées. Je ne pensais pas ce que je vous ai dit, ce premier jour, Mina. Je n'étais pas moi-même.

— Je sais.

— Je regrette tellement...

— Chut... c'est fini...

Tendrement, elle lui caressa les cheveux et Alaric ne tarda pas à s'endormir.

Au bout d'un moment, Mina se leva et se fit couler un bain. Elle avait besoin de se détendre.

Pour la première fois, elle avait peur. Peur de ne pas être capable d'achever sa mission, car Alaric était différent de tous ses autres maîtres. Si elle ne parvenait pas à lui procurer le soulagement absolu, elle en serait la seule responsable.

Elle s'était toujours méfiée de l'amour. L'histoire de Sinder et Kedalya n'était pas faite pour lui donner confiance en ce sentiment tellement puissant qu'il pouvait conduire les hommes à leur perte ou au ravissement total.

Or, il se passait quelque chose entre Alaric et elle. Une chose invisible, indescriptible, qui l'attirait et l'effrayait en même temps, qu'elle ressentait comme une menace.

Elle n'avait aucune prise sur cette chose.

Alaric donna la liste des mesures et des instructions à la couturière.

— Je veux le travail le plus soigné, ce qui se fait de mieux, déclara-t-il.

Être ministre de la Mode présentait certains avantages, songea-t-il en sortant de la boutique, le sourire aux lèvres, et en se dirigeant vers la confiserie. Mina avait dit avoir envie d'une sorte de caramels que l'on ne trouvait qu'ici. Il en acheta une jolie quantité malgré le prix élevé, ainsi que d'autres friandises appétissantes.

Le temps était à la neige, constata-t-il une fois dehors. Il se demandait combien de temps il mettrait à regagner le palais quand, ne regardant pas où il allait, il heurta une dame qui sortait de chez la modiste. Il lui prit le bras pour l'empêcher de tomber, mais la lâcha dès qu'il vit de qui il s'agissait.

— Désolé, marmonna-t-il.

Larissa portait un chapeau à large bord qui dissimulait son regard.

— Tu es seul, dis-moi. Elle te laisse sortir seul ?

— Je ne lui appartiens pas.

— Parce qu'elle le veut bien, rétorqua-t-elle. Tu es allé chez la couturière ?

— Oui. Au revoir, Larissa, conclut-il en la plantant là.

— Alaric, attends.

Il se retourna.

— Tu as l'air d'aller bien, murmura-t-elle.

— Je vais bien, merci.

Il avait désiré cette femme, ô combien. Pourtant, il regardait maintenant son beau visage, ses vêtements élégants et ne ressentait rien.

Larissa n'était pas stupide. Elle voyait bien qu'elle ne provoquait plus en lui la moindre émotion, et il crut apercevoir une larme dans ses yeux abrités par le chapeau.

— Elle va bientôt te quitter, c'est inévitable.

Il sentit une boule se former dans sa gorge, mais il ne lui donna pas la satisfaction de lui montrer à quel point cette perspective l'affectait.

— Quand elle s'en ira…

Elle ne termina pas sa phrase, comme pour bien enfoncer le clou avant de poursuivre :

— Que feras-tu, quand elle s'en ira ? Tu replongeras dans la drogue ? Sache que tu n'en as pas besoin. Tu n'auras qu'à me revenir.

Il lui fallait toujours ce qu'elle ne pouvait avoir, elle n'avait pas changé. Pour la première fois, ce ne fut pas de la colère ou de la douleur qu'elle éveilla chez lui, mais de la pitié. Elle était belle, riche, elle avait un tas d'hommes à ses pieds, mais cela ne lui suffirait jamais.

— Je ne veux pas revenir vers toi, dit-il doucement.

Elle battit des paupières. Cette fois, l'éclat qui y brillait était bien celui d'une larme.

— Mais si. Bien sûr que si.

— Non, vraiment pas. Mais… merci, Larissa.

Elle recula, une main sur sa gorge.

— De quoi ?

— De ne pas m'aimer.

Il lui aurait peut-être baisé la main, en guise d'adieu, si elle n'avait encore reculé.

— Mais… tu n'as pas à me remercier pour ça !

— Si, parce que si tu m'avais aimé, nous aurions toujours été en train de ronger les liens qui nous auraient unis et n'aurions jamais été heureux.

Elle retint son souffle et afficha un air dédaigneux, mais ne dit rien. Peut-être n'avait-elle rien à dire. Alaric porta la main sur son cœur, sur son front puis sur ses lèvres, dans le geste traditionnel de l'adieu.

— Si tu veux bien m'excuser, ma dame m'attend.

Quand on frappa à la porte de la suite, Mina ne bougea pas. En revanche, Alaric bondit hors du lit et enfila son pantalon de paysan.

Mina s'appuya sur un coude. Que se passait-il ?

C'était la fin de l'après-midi et ils venaient de faire l'amour. Refusant de quitter la chaleur du lit, elle s'enfonça de nouveau sous les couvertures.

Le nez dans l'oreiller d'Alaric, respirant son odeur, elle percevait des murmures. Comme il ne revenait pas, elle finit par l'appeler. Il apparut sur le seuil.

— Mina ?

— Hmm ?

— Viens voir.

Elle bâilla et lui lança un regard autoritaire destiné à le faire revenir près d'elle. Il sourit sans bouger.

— Qu'y a-t-il ? s'enquit-elle.

— Viens. S'il te plaît.

Elle finit par se lever, cédant à sa tendre insistance.

— Tu as une surprise pour moi ? C'est ça ?

Il se contenta de lui prendre la main comme elle arrivait à la porte, où elle s'arrêta net. Alaric tira un portant où étaient suspendues des robes de toutes les couleurs. Un autre, plus bas, contenait des chaussures et des bottes assorties. À côté, un coffret à bijoux, des boîtes à chapeaux, à gants… Un manteau de velours attira son attention et elle s'approcha, pressant le doux tissu contre sa peau nue.

— Qu'est-ce que…

Incrédule, elle pivota vers lui mais sa vision se brouilla.

Alaric se précipita vers elle.

— Ne pleure pas, voyons.

Elle pleurait ? Mina s'essuya les yeux.

— Qu'as-tu fait ?

— Ce que j'aurais dû faire depuis longtemps. Pardonne-moi.

— Mais non, j'ai toujours préféré mes propres robes à celles que mes maîtres m'achetaient... Oh ! s'écria-t-elle en tombant en arrêt devant une robe bleue, brodée de perles.

Des boutons de nacre ornaient les manches courtes et bouffantes. Elle était magnifique, à la dernière mode, et Mina sentit son cœur battre plus vite.

— Tu seras magnifique dans cette robe. Tu es d'ailleurs magnifique dans n'importe quelle robe.

— Il y en a tellement !

Il se mit à rire.

— Il se trouve que j'ai quelque influence dans le monde de la mode.

— Mais c'est trop !

— Non. C'est mon devoir de t'habiller, et mon plaisir, Mina.

— Devoir, plaisir...

— Tu n'es pas contente ? dit-il en lui prenant la main pour la porter à ses lèvres.

— Bien sûr que si, répondit-elle en se laissant aller contre lui, les yeux écarquillés devant ces trésors.

Ce n'est pas parce qu'elle aimait son uniforme qu'elle n'était pas sensible à la beauté, à la féminité.

— Essaie-les.

Il semblait tellement enthousiaste qu'elle ne put refuser, mais elle insista pour se baigner rapidement avant.

Elle n'avait pas de femme de chambre. Alaric se révéla très habile avec les lacets et les boutons. Elle porta son choix sur une création assez simple, sans dentelle ni volants, mais dont la couleur rendait tout ornement superflu : de la soie rouge ourlée d'or.

Quand elle se dressa devant Alaric ainsi vêtue, avec les escarpins en satin assortis et les gants qui montaient jusqu'aux coudes, elle n'eut pas besoin de miroir. Les yeux du jeune homme valaient toutes les psychés.

— Cette robe est… parfaite.

Jamais elle n'avait revêtu d'aussi beaux vêtements, raffinés, recherchés, seyants… et tellement luxueux. Tout lui allait merveilleusement, même les chaussures et les gants. Mina tourna sur elle-même, ravie.

— Comment connaissais-tu mes goûts à ce point ? Mes mesures ?

— Je les ai données à la couturière. Quant à tes goûts, j'ai… réfléchi.

— Mais comment connaissais-tu mes mesures ?

Il haussa les épaules.

— Je les ai mimées avec mes mains, la finesse de la taille, les rondeurs de la poitrine, la chute des reins…

Profondément émue, elle le regarda dans son pantalon de paysan qu'il ne mettait que pour elle.

— Je te connais, Mina, voilà tout.

— Eh bien, tu me connais à la perfection.

Comme elle l'avait souvent pensé, l'apaisement survenait parfois mystérieusement, tel un soleil surgissant des nuées en quelques secondes, sans qu'on l'ait vu venir. Mais ce n'était pas l'apaisement d'Alaric qu'ils avaient trouvé.

C'était le sien.

Tout à coup, elle s'aperçut qu'il était à genoux devant elle, les yeux brillants de larmes.

— Comment ai-je pu passer tant d'années à m'imaginer que j'avais tout ce que je voulais, alors que je ne l'avais pas trouvé ? chuchota-t-elle.

Alaric se releva.

— Laisse-moi te le donner.

Elle sourit.

— Mon cœur, tu l'as déjà fait.

Découvrez les prochaines nouveautés de nos différentes collections J'ai lu pour elle

AVENTURES & PASSIONS

Le 7 avril :

Courtisane d'un soir **Lisa Kleypas (n°5808)**

Par une nuit glaciale de mars, le corps d'une jeune femme est repêché dans la Tamise. Le détective Grant, appelé sur les lieux, reconnaît la célèbre courtisane de Londres, Vivian Duvall, qui a repoussé ses avances quelques mois plus tôt. Elle respire encore. Il décide de la conduire chez lui en la faisant passer pour morte, prétexte qui cache en réalité un désir de vengeance.

Lady Scandale **Loretta Chase (n°9213)**

INÉDIT

Agent des services secrets britanniques, James Cordier est envoyé à Venise afin de récupérer chez une célèbre courtisane des lettres prouvant que son ex-époux est coupable de haute trahison. Séduire cette courtisane, lui subtiliser les lettres… rien de plus facile pour James. Seulement Francesca Bonnard n'est pas n'importe quelle catin de bas étage. Belle, intelligente, cultivée, elle est aussi experte que James dans l'art de la séduction.

Un duel au sommet entre deux redoutables adversaires…

La couronne des Highlands **Kathleen Givens (n°9214)**

INÉDIT

XIIIe siècle. Fille d'une couturière à la cour, Isabel est soudainement élevée au rang de suivante de la reine Eléonore. Cette brusque nomination s'explique par l'intérêt que lui voue l'archevêque et trésorier du roi. Mais quand elle repousse ses avances, elle est aussitôt accusée de trahison et fuit à l'aide d'un Highlander présent à Londres. Traquée par l'archevêque, elle se réfugie en Écosse…

Le 21 avril :

Le loup et la colombe **Kathleen E. Woodiwiss (n°820)**

Dans l'Angleterre du XIe siècle, après la défaite du roi Harold. Guillaume le Conquérant et ses soldats normands avancent, pillent, violent. Les villages brûlent, le ciel s'embrase… Wulfar, ami et lieutenant de Guillaume, pénètre dans le manoir de Darkenwald. Le seigneur du lieu a péri au combat, et c'est sa fille Aislinn qui fait face à Wulfar.

2 rendez-vous mensuels
aux alentours du 1er et du 15 de chaque mois.

La légende des quatre soldats —2. Séduire un séducteur ☙ **Elizabeth Hoyt (n°9229)**

INÉDIT

Tandis que le vicomte Vale est abandonné par sa fiancée au matin de ses noces, Melisande, qui l'aime depuis des années, saisit l'occasion pour lui proposer de l'épouser. En effet, elle n'est pas sans savoir qu'il désire avant tout un héritier. Mais le plus dur reste à faire : se concilier l'amour de son nouvel époux...

Passion intense

Quand l'amour vous plonge dans un monde de sensualité

Le 21 avril :

Les magiciennes des âmes perdues ☙ **Megan Hart (n° 9230)**

INÉDIT

Dans un monde fantaisiste, lors d'une soirée qui tourne au drame, trois amis, Cillian fils de roi, Edward et Alaric, tuent une prostituée. Des années plus tard, toujours rongés par la culpabilité, ils n'ont qu'un seul souhait: retrouver leur sérénité. L'ordre de Solace leur envoie des émissaires, des demoiselles de compagnie dont la mission est de les sauver de leurs démons et de les aider à retrouver la paix.

L'ami de madame ☙ **Evangeline Collins (n° 9231)**

INÉDIT

Mariée à contrecœur pour sauver l'honneur de sa famille, délaissée par son époux dans une maison du fin fond de l'Écosse, Bella vit une existence morne et ennuyeuse. Jusqu'au jour où une amie lui propose une idée fort originale: pourquoi n'accueillerait-elle pas, pour quelques semaines, un homme en guise de compagnon ?

2 romans tous les 2 mois
aux alentours du 15 de chaque mois.

Et toujours la reine du roman sentimental :

Barbara Cartland

Le 21 avril :

Prise au piège (n° 2082)
Les folles idées de Serena (n° 9212)
Du feu sur la neige (n° 3345)

Une toute nouvelle collection,
cocktail de suspense et de passion

FRISSONS

INÉDIT

Le 3 mars :
La mort de l'ange ☙ **Linda Howard (n°9234)**

Drea passe sa vie entre deux virées shopping. Le jour où elle est « prêtée » par son amant à un tueur, elle décide de se venger. S'ensuit une course poursuite effrénée… qui se solde par un accident de voiture. Des anges apparaissent à Drea et lui donnent une seconde chance, mais on n'échappe pas à son passé…

Une mère en danger ☙ **Judith Henry-Wall (n°9182)**

La mort de sa grand-mère laisse Jamie seule au monde et criblée de dettes. La jeune femme aux abois décide donc de devenir mère porteuse pour une riche famille texane. Tout se passe bien… jusqu'au jour où elle se rend compte que ses employeurs cachent de lourds secrets. En cavale avec son bébé, elle trouve de l'aide auprès de son amour d'enfance…

Nouveau ! 2 romans tous les 2 mois
aux alentours du 1er de chaque mois.

Sous le charme
d'un amour envoûtant

CRÉPUSCULE

INÉDIT

Le 7 avril :
Les ombres de la nuit —1. Morsure secrète ☙
Kreysley Cole (n°9215)

Chef du clan lycanthrope, Lachlan MacRieve ne peut croire que le sort s'acharne encore contre lui : la femme à qui il est destiné appartient au camp de ses ennemis, les vampires qui le gardent en captivité depuis des années. Non, il ne laissera pas Emmaline Roy s'échapper, Emmaline qui ne se doute de rien et qui ne comprend pas pourquoi cet homme-loup la kidnappe et la conduit en Ecosse.

Le cercle des immortels —10. Lune noire ☙
Sherrilyn Kenyon (n°9216)

Ravyn Kontis est né dans un monde de prédateurs. Il y a trois cents ans, il a été trahi par ceux qu'il aimait le plus, a perdu sa famille, son honneur. Il est devenu un chasseur de la Nuit. Depuis, il lutte contre le Mal. Lui qui ne fait confiance à personne pourra-t-il confier à une femme un secret pour sauver Seattle ?

Nouveau ! 2 romans tous les 2 mois
aux alentours du 1er de chaque mois.

9230

Composition
CHESTEROC LTD

Achevé d'imprimer en Italie
par GRAFICA VENETA
le 21 mars 2010.

Dépôt légal mars 2010.
EAN 9782290023129

ÉDITIONS J'AI LU
87, quai Panhard-et-Levassor, 75013 Paris

Diffusion France et étranger : Flammarion